U0898481

书中人

阿微木依萝 著

译林出版社

目
录

书中人

一

周围升起的薄雾将十米开外的景色蒙住，我枯坐海岸很久，为了等一个人。他住在海对岸。我可以过去找他，却又不喜欢离家太远的地方。这是一片被称为“长生海”的湖泊（我们那儿习惯称湖为海）。我在长生海边连续等他三天，三天不见人影。来这儿钓鱼的人都用奇怪的眼神看我了。

今日我是下了决心在此过夜，看他是否夜间赶来与我见面。有人曾经跟我说，世上有一种人，他们白天不敢面对的人或事，到了黑夜会有胆量面对。想来那人欠了别人不少钱，白天不敢面对也有道理。他可能就是他们说的那种只有到了夜间才有胆量的人。

可我不是来问他要钱的。

我带了一顶帐篷，一床秋天使用的被子，一包泡面，一瓶防备蚊虫叮咬的药水，还有一盏蓄满电量的小台灯。这一切我都准备妥当，只等他如我所想前来相见。

黑夜很快降下来了。水面上透着一层微弱的白光（雾气那么重，白光如何来的我不知道），捕鱼的小船已经划远，这儿就剩下一片宽阔的水和我。猛然感到一阵冷清，不过也无所谓，这种感觉很快就消失了，我向来一个人居住，从不出远门。

我撑好了帐篷，打开台灯又关上，关上又打开。我有点儿紧张了。不知道这两年叶十三过得怎么样。不管如何，他必须跟我一并回去。

叶十三就是我要等的那个人。“叶十三”这个名字是我给他取的。说来话长。我是个写书的人，他不回去我写不下去。现在我不得不承认，离了叶十三我什么也写不出来。

我蹲在帐篷里思考假如叶十三来了如何跟他说话的时候，突然叶十三就站在我的帐篷外面了。像是我把他想来的，或者长生海的水浪把他推过来的，反正一抬头就看见了，被他吓了一跳。

“你吓死我了。”我拍着心口。

叶十三嘿嘿一笑，还是从前那副吊儿郎当的样子。

“你也疯够了，该回去了。我是特意来等你的。连连等了三天。”我说。

叶十三想了想，说：“我不回去。”

没想到他一口拒绝。

“接下来我要过怎样的日子仍然是我说了算。现在你相信我的确是从你小说中走出来的人了吗？两年前你可是一点也不相信，以为自己撞鬼了。”

我不知道怎么接话。两年前的一个晚上，我筹备写的长篇小说终于起了头，我在书中写了这样一个开头：“叶十三身强体壮，皮肤略黑，左眼靠近眉骨的地方有颗黑痣，右眼眼皮有点儿松松地往下塌，使得他的右眼睛看着比左眼睛小。他穿着蓝色衣服灰色裤子，一双本地人仿做的老北京布鞋，肩上搭一条汗巾，腰间系着白色围裙，从外面慌慌张张赶回来。是饭店老板一个电话将他吼回来的。作为这家饭店新请的小厨师，第二天上班就偷奸耍滑是想干什么呢！‘这工作你不想要的话就不用来上班了。’老板是这么跟他说的。叶十三只能急急慌慌从出租屋跑出来，丢下好不容易从老家前来请他帮忙介绍工作的姑娘——他心仪已久的姑娘……”我刚写到这儿，眼前突然站了一个人，一个正是我描绘的人。我还记得他跟我说：“你这么写可不好，我不是这样一个人，也不能是这样一个人。”我被他吓得半天吐不出气，之后结结巴巴问他是谁，他说他就是我所写的那个人——叶十三。他让我仔细观察他是不是跟我写的那个人长得一模一样，我对照了一下，确实一模一样。“你想怎么样？”我记得我是这么没头没脑跟他说的。“也没想怎么样。但你不能这样写。把我写得好一点不行吗？洒脱一点、有个性一点，或者是个混蛋也行，但不要是个委曲求全的人。”他说。我说不行，现在流行这样的小说，通俗易懂，平淡无奇的小人物拥有爆发力和闪光点，他们非常上进，每天哼着歌儿努力工作，每天都在期待新的一天太阳升起月亮升起，只有这样写才能让更多像叶十三这样的人看了有活下去的力量。他听后哈哈大笑，是从心底里在嘲笑我的那种笑声。他说，我这样的人永远写不好小说，也不配当个写小说的，因为我的眼睛所看到的一切会自动转化成谎言，我明明可以这样写却必须那样写。因为我要逢迎，也要考虑更多因素，我的小说中的人物不能有所叛逆，有所张扬，甚至不能颓废，必须接受我所灌输给他们的思想。我写这样的小说不是在给人帮助而是在给人下毒，我应该写点儿切实有用、生猛有味的东西点醒更多人：如果所有人都趴在地上会很挤，会因为挤而互相撕咬，这种情况下人和动物没有多大区别，他们不会考虑什么同伴，什么善恶之心，他们可以随便张口咬掉挡着他们路的同伴的脚指头。叶十三就这么七七八八跟我说了一通。我听得很糊涂也很受吸引。我放下笔和本子，认认真真打量这个自称是从我小说中走出来的人。我看了一会儿觉得眼酸才移开视线。我记得那个晚上我们谈了很久，也是在那个晚上我觉得这一生终于交上了一个朋友。我虽然是个写书的，但从未遇到一个能够称得上是朋友的朋友。可惜就在那天晚上，叶十三就跟我告别了，他临走前跟我要了一笔钱，一走就是两年。并且在那天晚上，他让我重新写了小说的开头，小说开头写的是：“一个叫叶十三的神秘人，他生来爱好云游，自小习武，跟一位神秘老者学过一些法术，拥有常人所不会的本事，有人在长生海旁边看见过他一次，听说他在那儿隐居了两年。”就是这样一个开头，我写下之后他就跟我告别了，他说我必须等他回来才能继续下一步写作，既然他从小说中出来与我见了面，那我的命运就跟他连接了，他能左右自己的命运就能左右我的写作，毕竟我要写的人是他，即使我怎么写他就怎么生活，可他始终能掌握一切。我私自写的东西他随时可以推翻。我原先很不相信：“大不了重写一个小说，这个长篇我放弃还不行嘛！”我是这样想也这么干了，还真是不行，我试过了，除了继续等他回来续写那个小说，别的东西我连开头都不能如愿。脑子里空荡荡的，仿佛那天晚上长谈之后，我从前能畅快写作的脑子就随着叶十三一起走了。我只能等他回来。两年还差三天我就在这儿提前等了。我到现在才算琢磨清楚，叶十三白天不来见我不是他欠钱不敢来，而是见面的时间还不到。他就如他所说，是个个性十足的人。此刻正是两年的节点，他准时出现了。他准时出现，我却不知道说什么好。

“看来你真的不再害怕了。这样就对了，两年时间足以修复你的恐惧之心。你想想啊，老天爷能凭空造出你，你当然也能写出我。我从书中出来站在你面前没什么好奇怪的，就好比你也必须通过你母亲的肚子发育生长才能出来看到这个世界。”

“我知道了，这些我早就不想了。”我说。

“这样就对了。你来干什么？”

“我跟你说了呀，你得跟我回去。”

“我不回去。你就自己回去吧。你回去再添上一句，就说叶十三实际上在长生海住了五年。”

“那怎么行！”我急了。

“怎么不行？你说了又不算。虽然你是写书的，你怎么写我得怎么过，可要是你不按照我说的写，你自己的意思一个字也写不明白，你只会看到自己不停地在纸上画圆圈儿。你不是也试过了吗？除了浪费很多纸和笔墨，你不会有别的收获。只不过是再等三年，我暂且答应你，三年之期一到，我就跟你回去好好商量下一步怎么写。”

叶十三说得头头是道，可我一个字也不想听。世上哪有这样的道理？让我写作突然遭遇怪事也就算了，他说他来自我的小说我也认了，毕竟那天晚上我们第一次见面，他能一字不差地在我面前背出我新写的小说开头，要知道这是新写的，还未完工，更谈不上发表，除了灯光、黑夜跟我本人，世上没有人知道我写了什么。他本人往我眼前一站真是没有丝毫可疑，要说他是从别人小说中来的我还不信呢。然而一个从我小说中走出来的人却不听从我的意思，他说什么是什么，反倒要我中魔似的听从他的意思，也太过分了。

“还有，”他说，他是抓着帐篷的边子说的，看上去很严肃，“你把我写得帅气一些。我需要一副好看的面子。你就照着当前那些很有气质很有美貌的明星男子的样儿将我描绘一遍。算了，还是我来告诉你具体怎样写吧。”

他就具体告诉我要什么样的美貌，让我照着写出来。我不肯。

“我没带本子和笔。你看到了，我只带了一盏台灯，一床被子，一瓶防蚊药水。”

“明天晚上我再来，你带上纸和笔，我们还在这儿见面。眼下夜不深，你先睡吧，明天回去拿纸和笔。再见。”

他就走了。半句话也不容我多说。

我在长生海边过了一夜，早上太阳从海岸那边爬出来，首先将薄薄一层金黄的光丢在水面上，我是被太阳光照醒的，看了一会儿新鲜的太阳才收拾帐篷回家。我的院子外面有好几棵树，一到秋天树叶飘进院落，我的家务活也就多了一项。我回来收拾完院子已经中午了。想起叶十三让我加的话，我拿起稿纸却一个字也不想添。小说中虚构出来的人破天荒出现在我面前，对我写的东西指手画脚并且跳脱出去过两年的逍遥日子也就算了，眼下要完全按照他的意思操纵小说的走向，是我在写还是他在写？越想越憋屈。想到这两年因为写不出别的东西只能打零工度日，更憋屈。我丢开稿纸和笔，坐在椅子上什么也不干。一肚子气。

下午在昏昏欲睡中度过。等我清醒时天快黑了。

二

朋友们都劝我去找个正经的工作，打零工不是一件好事。可我不想工作。一旦与人签了合同就仿佛签了卖身契。我帮人刷墙，也帮人搬砖，偶尔谁缺了人手需要干点儿苦力，只要价钱出得合适我也满口答应。我看中这份零工就因为什么事情我可以自己做主。

不过近来无事可干。不是谁家都需要天天抹墙，搬砖也有累的时候，我过得非常勉强。

好吧，实际上我已经两天没有好好吃过东西了。

我原本抽烟，自从缺了烟钱，烟也自动戒了。

必须跟叶十三做一个了结。如果他要坑害我就直接告诉我，也好让我彻底断了这份坚持了很久的写作决心，我可以听从朋友的劝告找一份稍稍体面的工作。在长生海这个地方，开口跟朋友讨一份正经的工作任谁也不会拒绝。何况我如今随着年龄增长从气质上变得非常稳重，加上这两年过得艰难，饱受沧桑的脸庞更添了几分别人对我的同情和信任。

我晾着叶十三一个月了，那时候秋天才刚刚开始，树叶落得不凶，院子清扫起来也不累人。这期间我一次也没有去过海边。稿纸上面当然一个字也没有添上去。我敢肯定叶十三每日都会在海边等我。他可以来家中找我，我了解他，之所以不来就是为了避免他万一回了家突然自己不想走了的情况。从这儿也能看出叶十三跟我一样是个念旧的人。我还希望他能有更多情分和宽广胸怀，看在我努力多年才有了今天这样一点小小成就的分上放我一马，让我尽情书写我认为可以在目前这种场面中立足的文章。毕竟他不能完全了解我所生活的环境，不了解读者们的心意，他带来的所谓自由和不羁的个性，是他自己的事情，并不适合谁。我能把握多数人的喜好，他不能。他必须回到我的小说中做一个本分的男主人公，像我从前那些通俗小说中的男女主角一样，听从我的安排，犹如命运给他们的道路那样，不声不响从头走到尾，我收工，他也收工。这样一来谁都不为难。他如果坚持不回到小说之中也无所谓，人世间也有许多人浪迹四海默默无闻，几乎像是不存在，对于他这个原本就不存在的人来说，流浪于众人当中，更不会引起谁的注意。即使我在稿纸上一个字也不续写，他仍然可以在海边度过一个一个白天黑夜，他只会感到有些茫然罢了，感到失去了往后生活的方向和目标。他仍然会活得健健康康，反正海边从不缺少这样的闲客。

而现在我又收拾行李了。我带着比上个月更厚一些的被子。帐篷也是新买的。我带上酒、蓄满电量的台灯、稿纸和笔。

到海边时天已黑透。我是天快黑时出的门。

叶十三果然像个被抛弃的人孤寂地蹲在海边。背向我。

“叶十三。”快走近时我才喊他。

叶十三惊喜地转过身来，望见我扛着帐篷又提了许多东西，急忙起身前来帮忙。

“你总算是想通了！”他说。

“我没想通。”我说。

“反正你来了就好。”他说。

我二人撑好帐篷，扭开台灯，扭开酒瓶。

“今天晚上月亮不会出来了。”他望着黑洞洞的水面上的天空。天黑得连水也看不见。我们窝在帐篷里守着这盏微弱的台灯，还好，它的电量可以支撑五个小时。

“你真不打算加上那句话吗？我再去隐居三年。我暂时答应你，三年之后我一定跟你回家。你的朋友不是也说，趁着想出去的时候一定要出去，等到时日一长人心就懒了。我觉得他说得很有道理。其实你也可以出去闯荡，难道你准备在这片像蜗牛一样的湖水旁边写一辈子小说吗？我听说你一年的稿费也就够你勉强活下去。”

“能活下去就好，想别的干什么？”

“也对。这一点你倒是很像我。”

“应该说你像我。要知道你出自我的小说，讲明白一点，你是我创造的。”

“也对。我不反驳。”

“那你就应该按照我写的路子生活。这样我也好早早拿到应得的报酬尽快书写下一个小说。好歹我也算是你的主人。”

“我的主人？哈哈哈，你们可真喜欢当主人。我是叶十三，叶十三无父无母，自然也不会有什么主人。我自己找了路子来到你的身边是本事，跟你没有关系。”

“总之你跟我脱不开关系是肯定的。如果我不写那个小说的开头，不给你命名，你就成不了形。”

“这个我承认。这份人情我会找机会还你。”

“那你是答应跟我回去了吗？”

“不答应。我确实欠着你的人情但并不打算立即还。”

我一下子控制不住脾气，差点没有伸手将他赶出帐篷。

“你瞪我也没用啊。”他认真说道。

我只好放松心情，安慰自己不要跟这样一个人计较。沉默了好一会儿，我才平和地望着他，用商量的语气跟他说：

“要么你跟我回去，要么你告诉我，如果我一直不同意按照你的意思续写，这份写小说的事情我是不是可以不用干了。”

他也认认真真跟我说：

“这份写小说的事情你肯定不会放弃的。我敢肯定。”

我就急了。越急越气。要是我有心脏方面的毛病，这会儿可能已经被气死了。

叶十三眼巴巴地望着我。等我回话。

我能说什么？

“就是活脱脱的一个混蛋！”我想。

叶十三突然嘴角扬起，笑了笑，像是知道我刚刚在心里骂了他。

“我要放弃了。我回去就找一份稳定工作。在今天这种情况下，一份稳定的工作远比坚持写小说来得实际和痛快。再说如今写书的人都很穷，我正好去尝试过一过好日子呢。”我说。

叶十三脸上仍然挂着笑容，摇了摇头，跟我说：

“你不会的，有一种人生来就注定要写小说，你就是注定写小说的人。你十天不写会怎么样呢？会着急上火，口舌起泡，犹如心底长草，感觉枯燥无味，仿佛严冬下了一场大雪死死压住你的心，使你不能轻松快活，使你觉得自己是个废人。你这样的人不可能胜任别的工作。你不是尝试过了吗？这两年你所做的零工有多差，难道没有人跟你说吗？如果他们不说，那是他们同情你，他们生怕活活饿死一个曾经体面地依靠写小说过日子的人。”

我哑口无言。他说的全对。如果不是他说穿了，我还想麻痹自己，认为自己是个除了写字之外仍然可以像别人那样胜任各种工作的人。我真不愿回忆那些聘请我的人在我眼皮底下既想说我几句又狠狠忍住的样子，他们要保持自己的教养和善心。毕竟我的这些零工都是朋友们帮我介绍的，不看我的面子也要顾及我朋友的面子。我就这么勉强过了两年多时间。叶十三去过逍遥日子的这两年，我算是辛苦地熬过来了。可我不想继续熬下去了。再来一个三年，我想我会死掉的。

“那我也不能同意你的意见。不能再让你去晃荡三年之久。要是一部长篇小说总也写不完，我想我会疯掉。”我像是妥协似的说了这番话。

叶十三看看我，又看看黑漆漆的帐篷之外。

“总会有办法的，你说呢？”他说。

“让我说什么？我能有什么办法？”

“你今天晚上是来告诉我，你坚持不按照我的意思写吗？”

“我是这个意思。”

叶十三摇了摇头，一副十分委屈的模样：“我现在过得正好呢。”

“我过得不好。”

“我知道。你过得挺艰难。你钱包都快发霉了吧？”

“你要是真的像你自己以为的那么聪明，就应该和和气气与我一并回去，我们两个商量一下怎么合理地安排你的一生。说句难听话，不管你怎么厉害，终究需要我亲手写出来你才能按照这个路子生活，你也清楚你自己写出来是无效的，所以我再三替你，也是替我自己好生考虑，我们两个应该合作。而且我写了这么多年小说，从未见过哪一部里面的主人公会像你这个冒失鬼一样突然跳出来跟我对着干。你这么做除了浪费我的时间，也是在浪费你自己的时间。没有我亲手写下你往后生活的走向，你是无路可走的。想必这些日子你一个人坐在海边也想过这个问题了。为了接下来我们两个都不再遭遇麻烦，我们就合作吧，像亲兄弟一样携手解决眼前的麻烦。”

“我们不是亲兄弟。”

“我知道。我就是打个比方。”

“我还是不能回去。”

“我怎么发现跟你交流这么困难呢！你不觉得一个人总是漂流浪荡跟鬼也差不多吗？你要一直茫然地蹲在海边我也没意见，随你的便吧，叶十三，明天一早我就离开这儿，再也不管你了！我去找份稳当工作过我妥帖的下半生，我会过得比你好，即便失去最热爱的写作也会过得比你好。你等着瞧吧，叶十三！”

“你好歹是个写书先生，柳墨城，你这么急躁干什么。难道我们不能好好商量吗？”

“你不要叫我的名字，叶十三，我跟你已经没有商量的必要了。”

“好吧，柳先生，你先冷静一下。”

“行，既然你不改变主意，那就出去吧，出去蹲在你的海边。以后这一大片长生海就是你的老家。你我以后再无什么关系。”

我把话说得很绝。叶十三露出一点惊讶之色，不过他是个犟脾气，硬是装得若无其事弯腰走出帐篷，背向着帐篷坐在台灯能照着的海边，海风吹着他的头发一律向后翻。

第二天早上，我醒来已是半上午。长生海对面的山顶灰云密布，天空亮得晃眼。有雨天边亮，看样子要来一场急躁的暴雨。我快速收拾帐篷，躲进海边修建的超大观海亭下。大雨果然迅速下到眼前，水珠四溅，海面雾蒙蒙一片，飞溅的水花跳起来又被大雨砸下去。突然想起叶十三，昨天晚上他是蹲在海边的。四周看了看，发现他也躲在观海亭的另一边。大概很想找话与我说却一直找不着话，他便尴尬地站在离我不近的地方，也在偷偷朝我这边看，假装看我身后那片海上的雨水。他发觉我在看他，立即给我露出一个笑脸。

他走了过来。

“怎么，你想好跟我回去了？”我说。是最后给他一次机会的语调。

“是的。我想好了。跟你回去。”他说。

我没想到他会同意，以为自己耳朵听错了。

“回去啊。我同意。”他又说一遍。

这回我高兴得恨不得感谢这场暴雨，一定是它狂躁地下到地上，将叶十三的脑子冲清醒了。

“雨停就走。”我急忙说，生怕他反悔。

叶十三望着天，用十分可怜我的语气说道：“我这全是为了还你的人情。毕竟我怎么说也出自你的小说。这份人情我得还。不过，具体往下怎么写，你还是要听我的。”

“行。我们再商量。”我急忙说。

叶十三看着天空，像是老天爷逼他说的先前那几句话。

大雨将观海亭全部淋湿，地面有了积水。我和叶十三只得踩在水中。

三

“你屋里怎么啥都没有了？你的大躺椅，还有沙发呢？”叶十三吃惊地问。推开门那一刻他的惊讶之色就没有消退。这会儿像是在质问我。

“反正那些家当又不是你的。心疼什么。”

提起这桩事我还生气呢。要不是他去过什么逍遥日子我哪会这么惨。屋里值钱的东西都被我变卖了。我总得活下去呀。我是要吃饭的呀。

叶十三像是不认识我一样，对我上上下下看了又看：“想不到你柳墨城是个败家玩意儿啊。”

我懒得理他。

叶十三盘腿坐在窗下。那是光线最好的地方。往常我写东西的时候会将本子和笔搬到那个地方摆着，趴着写累了跪着写，跪着写累了趴着写。反正那是个写作的好位置。我曾经幻想如果有一天在那个位置突然写死了，也可以就地掩埋，那一定是个不错的风水宝地。我急忙拿出本子和笔，也坐到叶十三旁边。

“我们来商讨一下如何写。”我说。

叶十三看我如此认真，又看看空荡荡的家，同情我似的点了点头。正当我高兴呢，叶十三又反悔了。他说什么也不同意立刻开始写作，他说我们刚刚经历一场暴雨，脑子其实并不如想象的清醒，这会儿写什么都是废的。想了想也对。我正觉得脑袋昏沉。可他接下来却跟我说，往后这些时间我们先不写东西了，写作是一条长路，不是一下子就要走完的。作为一个写小说的人，他很好奇我怎么过得这么封闭，以他两年在别处的生活经验，看到其他人都不是这样过日子的，为何落到我这儿却把日子过得像受罪。为了使今后相处方便，也为了让别人不起怀疑，他要我重写他的样貌，将他模样写得跟我差不多，这样就以亲兄弟相称，别人也不会有什么疑惑。这一点我也考虑了一下，觉得他这提议倒是挺有远见。只是我仍然很生气，他出尔反尔，说好抓紧时间完成这个长篇，转瞬又闹这一出那一出。我觉得我恐怕要一直被他牵着鼻子走了，但一时也没有别的办法，而且他说得也有道理，最近我的日子过得的确糟糕。我这一生最大的愿望，是等日子过得好一点，就去跟心爱的姑娘玉泠表达心意，可目前遇到的麻烦使我没有多余的力气，愿望恐怕短时间内无法完成了。我还指望写完这个长篇能获得高一点的报酬呢。

我立刻改写了叶十三的外貌。等我写完再看他时，他已经活脱脱跟我一个妈生的了。

“以后我们就是兄弟了。”他高兴地拍着我的肩膀，然后很快起身走到镜子跟前，用那双类似我的眼睛深深看向镜子中的自己。

“我很满意这个模样。以后不改了。”他说。

“我们到底什么时候才能继续往下写你的事情呢？”我问。

叶十三考虑了一下说：“很快。”

“明天我们出去旅游。”他扭头对我说。那样子并不是要听我的意见，是通知我。

瞧那熊样。我心里一万个看他不顺眼，当然一口回绝。

他也不理我什么态度，说完走出房间，去院中吹风透气了。

四

叶十三将我带到玉泠居住的楼下就走了。“柳墨城，接下来就看你自己的了。”他是这么跟我说的。他看上去倒是一片好心。可这片好心感觉是完全要将我丢进深坑的意思呢。

我站在楼下。

“楼上就是你的玉泠姑娘。”叶十三走的时候这么跟我强调。这句话一直飘荡在我的脑海。

楼上就是玉泠姑娘。我抬头望着三楼阳台，突然觉得自己有点儿像只蛤蟆。希望玉泠走到阳台又担心她突然走到阳台，不知跟她说什么。我最担心的是她根本不记得有我这么一号人。我们两个虽然一起在农村长大，但是长到十五岁就分开了，她随着父母搬到城里居住，也就是目前我站着的这片地方。分开以后我们从来没有见过面，天知道她有没有爱上别的人，会不会嫌弃我至今还是个穷光蛋，会不会嘲笑我不干稳当的工作要写什么小说，还把这件写作的事情坚持了十五年。我已经三十岁了，她也三十岁了，我们两个同龄，自从她搬进城里以后我就开始学习写小说，我是为了排解对她的思念才干了这么一件我觉得可以排解思念的事。真希望她是理解我的。当年是她勇敢地跟我表白，她说：“柳墨城，等我二十五岁还没有男朋友的话你就当我的男朋友吧！”我当时害羞得不知所措，心里当然高兴，恨不得下辈子也当她男朋友，但由于内向和胆怯，我当时啥也没说。不过从那时候起我就当她是我的女朋友了，就算不从十五岁计算，从她说的二十五岁计算，她也已经当了我五年的女朋友了。真希望她不要怪我这么长时间才来找她。

“玉泠！”我心里练习着要冲着楼上这么喊她，我在心里喊了两声。

我站在楼下差不多半个时辰。

“也许叶十三可以帮我喊呢。”我想。周围瞧了瞧，哪里还有什么叶十三，连个影子也看不见。

我眼巴巴地望着楼上。眼酸。恨自己没在来之前喝醉。听我那些朋友说，我一旦喝醉就跟换了一个人，也不内向了，也不害羞了，骚里骚气。

“楼上就是你的玉泠姑娘！”我在心里给自己打气，准备大声武气喊出心爱姑娘的名字。

不行。喊不出来。

天呐，谁救我！

我站在楼下快一个时辰了。不，一辈子了。觉得头顶上面的老天都生锈了。天要黑下来了。

突然，三楼阳台上出现一个人影。微胖。长发。我几乎要窒息了。是我的玉泠没错。可惜看不到面庞。此刻只有喊出她的名字才是最重要的。可是不行，我喊不出来。叶十三怎么不来救我！

玉泠又回到屋里去了。我瞬间像被泼了一盆冷水。

天黑了。

三楼的灯也亮了。玉泠再也没有到阳台来。来也无用，我看不清她的样子。伤感的愁绪突然将整颗心给蒙住了。我觉得我要死了。

夜风将我吹得打了几个喷嚏。喷嚏是压着声音打的。我已经引起这座楼房里一些人的注意，除了玉泠不注意之外，好几个人都将他们的头伸出窗口时不时看看我。也许他们觉得我这样傻帽似的站了好长时间，一定是受了这座楼里某位姑娘造成的情伤。他们在同情我呢。一楼有个老妇差一点就出来安慰我了。她离我最近，我能感受到她的关切之色。只是感情的事情大概她也觉得没什么好说，就又将脑袋缩回去，后来将窗户也关上了，肯定是在强迫自己彻底断了要来安慰我的想法。

夜再深时，受不住冷风，我就扭身离开了玉泠居住的楼下。不管怎么说，今天算是见到她的身影了。

叶十三早已在家等着。他一听说我在楼下白白站了那么久，又嫌弃，又好笑。

五

我不知道玉泠怎么找到这个地方来的。我租住的地方七弯八拐，巷子挺深。这是距离上次叶十三让我去偷偷看她的一个月之后。天气已近初冬，气温早已降下。她戴着一条围巾将脖子圈住，一条粉色格子的秋季长裙，一双米色高跟鞋，一头快到腰身的长发。

“嗨！”她说。她是这么洋气地与我打招呼。推开门第一眼看见，她就这么跟我说的话。虽然只有一个字。

“你……你……”我说。又惊又喜。

“难道你忘记我啦？”她笑了笑，自己帮我把院门完全推开走了进来。她站在院子当中，对我的房子好好观察了一遍。

“是你买的吗？买在一楼啊？”她问。

“租的。”我说。

她没说什么。也不知道她是没说什么还是没听到我说什么才不吭一声。

叶十三像是早就知道玉泠会来，昨天晚上就出去玩了，说是要去海边露宿一夜。我还以为他兴致来了出去游玩，现在看来他是特意躲出去的。早几天他就神神秘秘的，说我过几日会有旧友来访，没想到这位旧友竟是我的心上人。叶十三这回算是有点儿良心。玉泠说，是叶十三去找的她，告诉她我住在这个地方。

“你那位表哥呢？”

“表哥？”

“是啊，难道你没有一个叫叶十三的表哥？”

“啊，你说他啊，我是有这么一位表哥。他出去玩了。可能明天回来。”

“噢。”玉泠说。

“我们十五年不见了，你……”

“柳墨城，你怎么还是跟从前一样说话支支吾吾。我妈说得没错，你这个人吧，名字取得奇怪，人也怪。你是想问我有没有结婚或者有没有男朋友吧？我告诉你，都没有。你不会也跟我妈一样，准备给我介绍男朋友吧？”

“不不，我不是这个意思。”

“你啊，还和从前一样。”她笑道。

我听着这话心里都快甜疯了。还和从前一样，哈哈，她说我还和从前一样！这么说不是证明从未忘记我嘛！她是记得我的。真后悔那天晚上没有在楼下喊她。要是大着胆子喊上一句，也许她母亲就会把我喊上楼，既然她这么心急自己女儿的终身大事，那么任何一个年轻男人的出现，她都会列为“女婿候选人”来了解和考验。我就缺少那么一点胆子。

“你在想什么呀？”

“没什么。”

“你那表哥真的要明天才回来吗？”

“可能是。我也不能确定。”我说。说完忽然觉得哪里不对劲。是她的语气不对劲。她在关心叶十三，为什么？

我请她进屋坐，她客气地谢绝了。而且像是想走又不好意思立即走。我总算是看明白了，她不是真心来看我，她是来看……不！她是来看我的，她不看我看谁？难道要等着看那个突然变成我表哥的叶十三吗？想到这儿心里猛地升起一串火气，先前我还挺感激他呢！

不过叶十三的确比我更受女孩子喜欢。虽然一个字不写，可浑身上下透出一股子只有文人才有的气质，浪漫不羁，快人快语，敏感而又洒脱，说去隐居就去隐居，说要怎么过日子就怎么过，任性自由，整个人的状态就是半疯不疯恰到好处，毫无半点生存于世的负担。我就不行了。我是越来越不行。我混得不如从前不说，连房租也马上到期。我是个被老天爷突然抛弃的人，从前过得多好，如今就有多不好。

想到这些我直接提不起精神。面对心爱的姑娘，原本想学着叶十三的样子讲点儿好听的话，也没有兴致了。

“你吃饭了吗？”我问。

我问了句全天下人都会问的白痴话。

果然玉泠有些惊讶。她也没想到我现在变得这么笨拙和俗气。

“听说你在写小说啊？”她说。是故意岔开话题。

“是的。”我说。不好意思说一个长篇写了两年还只有个开头。要是早两年相遇我敢肯定此时不会这般光景，会让她刮目相看。可属于我的辉煌过去了。如今一同写作的人都在暗地里说我江郎才尽，再也翻不了身。

写作是自卑者的事业。到了现在，就连写作这唯一我能干好的事情也被剥夺了，不，被占有了。照目前这种情况，我哪敢说那些小说中的每一个字都出自我的手。叶十三已经代替了我的工作。我只不过成为他的一双手而已。也许哪一天连我这双手也可以不用，他自己就能操纵所有的走向，就像他说的，他的命运只能掌握在他自己手中。他如果写作，老天爷管不住他，读者也别妄想，他自己写爽了就行。我就没有他那份勇气和担当，我是一个实体的人，从母亲肚子里出来，他们教会我生存法则，要我遵守的一切规则已经贯通我的脑海，作用我的一生。叶十三不同，叶十三是一个书中出来的人，破天荒也没有破到他的头上，他是规则之外、创世纪之外的存在，他的一生才刚刚开始就顺着我的笔墨诞生了，并且抓住了最开始要紧的部分，一切都可以修改的这一部分。他是幸运的。跟这样一个幸运的人比起来我是可怜的。如果我是玉泠，我也会选择叶十三。

“你其实是来找叶十三的吧？”我干脆直话直说了。反正已经这样了。难道她脸上的神色我还要假装看不懂吗？

玉泠有点儿不好意思，抬脸看着我笑了笑，又低下头，又抬头去看院子外面的那几棵树，十分抱歉隐瞒了她来此的真正意图，对我说：“是的。”

我感觉自己打了一个寒战。

院墙外面落下的树叶被风吹进院子，有一片落在我脸上，有一片落在我脚上，我猛地感觉从头到脚都被石头砸了一样痛。

她早已忘记那些年许下的心愿。也罢，二十五岁已经过了，过去的年岁错过了追不回来，如今又何必呢。我还抱着痴心，以为她三十岁还没有男朋友是在等着我。

“给你泡杯茶吧？叶十三或许今天晚上回来，他这个人说风就是雨，没个准。你等等看。”我说。

玉泠脸色一下好看了。

她就喝着茶水在院子里等。坐在叶十三亲手打造的一个木凳上。树叶一会儿飘几片落在她背上滑落，一会儿飘几片在脚前。

“你这个房子租得好。这几棵树很好。”

“是，秋味儿浓。”我说。

她就找不着话说了。我也找不着说的。

天色要黑下去，叶十三还没有回来。玉泠不甘心地等了半个时辰，不得不跟我说，要回家去了，改天再来拜访。

我送她到门外，望着她走远才关了门。

这个晚上我注定要睡不着觉。

六

叶十三在外露营了一个星期才回来。我没告诉他玉泠是来找他的。我凭什么要说。早知道当初把他写成个女的就好了，也不会有现在这么多麻烦。我敢肯定他那天下午躲出去只是因为心虚，并不是为了方便让我跟玉泠多一点两个人相处的空间。如果没有他瞎搅和，玉泠眼里只会有我。然而目前不得不跟他和睦相处。我屋里已经很久不来一只耗子。耗子来这儿只会比我先饿死。要不是他七天准时回来，我只能出去向朋友求救。

“你从前没写东西的时候怎么过的？”叶十三问我。

“不知道啊。反正是熬过来了。”

叶十三不信。瞪眼等我说实话。

我只好耐心跟他说：“这你就不懂了，许多人跟我也是一样的，你要是追根究底，他们也说不清从前是怎么过来的。我敢保证都是这种回答：‘不知道啊，谁晓得啊，那么远的事情谁去记啊，反正现在过得不错就行了啊。’他们都会这么回答你的。但是话说回来，我写东西的时候过得挺好，当然，是在你没出现之前写东西的那段日子。叶十三，你算是把我的好日子给断送了。”

“我发现你还挺能说。”

“写小说的不能说，谁能说。”

“好吧，柳墨城，我觉得你对我意见挺大。可是话不能像你先前那样说。也许这才是你好日子的开始，你不要把目前这种情况看得像一场灾难。你们经常强调一定要将小说中的人物写得活起来，我现在活生生站在你面前，你却不高兴了。这很矛盾，不是吗？”

“不是矛盾，是很没道理。”

“要说有道理，那小说又有什么道理。任何存在的和不存在的，都是没有道理的。你倒是能说清什么吗？”

我突然被他问住，接不了话。

“说点儿有用的吧。是这样的，我越来越对你们的生活感兴趣了，你不是要将我写得很真实，很贴近生活吗？那你就应该要有十足的耐心和准备，让我亲身体验一下真正的属于众人的日子。你看这样行吧，明天你就写上：叶十三出去摆地摊了，他准备做一个商人，摆地摊是在为今后的行商道路打基础。”

我哪里会等到明天，立即找来稿纸和笔，迅速记下了他的话。

果然第二天早晨，叶十三就是我所形容的那个样子了，一身朴素的灰色衣裳，裤腿上好几个口袋的军绿色宽松裤子，一双钉子鞋，一个廉价仿藤编的塑料帽子，一只大号水杯装着浑浊的茶水。我所形容的一切，早上醒来就都在他的床边了。

“神奇吧？”他放大嗓门问我。一听就是因为激动才放开了嗓门。

“神奇。”我说。

叶十三半点也不掩饰他的吃惊，没想到他要的地摊货全都在眼前。我昨晚写了什么，今早叶十三的货物箱里装的就是什么。

“还好我们不干坏事儿，不然写什么来什么。柳墨城你不要羡慕，这一切都是我的。这些东西都姓‘叶’。”他笑着说。

我确实心里在想……想到一些不敢说出来的大事。我怕连自己也会吓着。

叶十三在整理他的地摊货。

“给我看看皇历。”叶十三一边整理一边对我说。他竟然使唤起我来了。

“干吗？”

“找个黄道吉日去摆摊啊。干什么这种惊掉大牙的模样？你们不是都看日子摆摊吗？”

“没听说摆摊还看日子。谁做生意还顾得着天晴下雨？难道你不打算每天出摊吗？”

“那就不看了。我这是第一次做生意没经验。”叶十三笑了笑。

而我心里仍然在想刚才想的那件事。我还是不敢说出来。

七

叶十三第一天出去摆摊就受了伤。东西也被拿走了。他很泄气。

“做生意好难。我就跑慢了那么几步。”他捂着脑门儿跟我说。又说:“为什么你不提前跟我说，会有人来撵走我们呢?他们开着车来的，一溜风就来了，摆摊的小贩儿一扒拉就跑光了，搞得我脑子根本转不过来。热热闹闹的巷子突然跟撞鬼了一样，跑得连个人影都看不见。你是没有瞧见那些有经验的小贩儿，他们的货物根本不用摆，像是一张施了魔法的布，往地上一打开就整整齐齐一件不落摆上了，遇到像今天这样的紧急情况，只见他们伸手往地上一拉，就像揭地皮那样顺手就把摊子收起来成为一个包袱，扛肩上迅速就逃走了。简直方便得不能再方便！你要是给我提前准备那样一个包袱，我哪会受伤?你瞧瞧，我摔得膝盖都破了皮！”

“他们只追你一个人吗?”

“我不知道。反正大家跑我就跟着跑。摔了。你怎么不早点给我准备那样的包袱呢?”

“我不知道。我只是写小说的。要是按照我的构思来进行，你也不用受这种罪。说到底是你自己找罪受，你现在来跟我抱怨和讲这些话是没有道理的。”我说。

“好吧。你是个写小说的。我知道了。你就是个除了写小说其他什么也不关心的人。你连身边的人如何生存都不知道，你还跟我说你写小说。你知道那条巷子每天有多少人在摆摊吗？他们的年纪，他们的货物，他们的遭遇，他们过去干什么，现在为什么要摆地摊，这些你都不知道。”

“我不知道。我没有你这么闲，也没你这么无礼。随便抓着人谈过去未来的是算命先生。”

“对。你高级。你是写小说的。”

“我本来就是写小说的。”

“知道为什么我会出现在你面前吗？因为我实在受够了你这种样子，除了闷着你的脑袋写一些乱七八糟的、飘着的、虚头巴脑的别人不需要的东西，你不关心任何人！在你的文字中找不到任何一篇可以观照现实的东西。你今天赞美树明天赞美太阳，你的文字里没有怜悯，没有悲痛，没有对我今天遇到的那些人的半点儿同情，只有虚情假意的情绪垃圾。你要的永远只是这些人当中所谓的‘闪光点’，他们的苦难也仅仅作为‘闪光点’的铺垫。像你这样的人最喜欢的就是胡乱主宰别人的命运。之前我还想着不管怎么样，我始终是你小说里走出来的人，好歹我们可以做个邻居，昨天才将房子租在你隔壁，现在我要考虑搬家了。我马上就去搬。”

叶十三气愤地说完就出去了，去旁边他才交了房租的房子里收拾东西。他走进去又很快走出来，因为他发现那房子里根本没他什么东西。他能有的，就是昨天我给他写的那些货物，可那些货物被缴走了。他光杆杆地站在门口，用那双很无辜很委屈的眼睛望着我。

“你能有什么可搬的？”我说。没有嘲笑他的意思。

“确实没有。我才发现我其实还受着你的控制呢。”

“我没有控制你。要说控制，那就是我们两个都在受着对方控制。我可是每日觉得受了诅咒似的无法摆脱你的操控。唯独按照你的意思才能写下去，这让我感觉到自己像个傀儡。我不确定在完整地写完你之后还能不能独自写别的。”

叶十三目光柔和了一些。他可能突然开始同情我了。我也不那么生他的气了。

“我们应该像亲兄弟一样解决麻烦。写小说的人和小说中的人应该是相互成就的。难道你要永远当一片贫瘠的土地，在你身上产不出一粒有用的粮食吗？”他说。

我想了想，想不出还有什么理由拒绝这个提议。“好。”我回他。叶十三的脸色顿时有了轻松的意味。

“说句为你好的话，你可能不爱听，”叶十三走到我给他准备的那间客房门口，“你应该跟我一起去摆地摊。只有你自己活起来了，你小说中的人才能活起来。”

我得承认，他这句话是有用的。

八

我第一次过这种落魄的日子。在我的小说很受欢迎的那些时候，我根本不会想到有一天会像现在这样跟叶十三蹲在乱糟糟的市场旁边。中间走路的每一个人都是我们的“上帝”。但凡他们的目光稍微停留在摊位上，叶十三就要热情地高声来一句：“您买点儿什么吗？”我很怕这种时候，好在我的朋友们陆陆续续挣了钱搬到城中心，在这片地方不会遇上他们。想起来真羞愧，我好像已经跟从前的生活和朋友告别了。叶十三说得对，什么样的人结交什么样的朋友，朋友是需要时间和生活来检验的，我那些朋友其实早就背离我了，他们已经看出我不再是从前那个风光的柳墨城了，曾经跟我称兄道弟的他们，走的时候却连个招呼也不打。

在这儿摆摊的全是老年人和中年人，年轻人很少，年轻人还能找到体面的工作。不过偶尔也会看到几个像我这样年纪不上不下的人，仿佛一夜之间破了产，需要扛着最后一包希望来此求生。“摆地摊是城里生存的第一步。”叶十三跟我说。

我还真坚持下来了。到了初冬时候，我可以独自一人看守摊子了。生意好的时候，我跟叶十三就去旁边的酒馆喝酒。可是酒馆老板每次都给我安排一张很小的桌子，收走桌上的碗筷只留下一副，我每回都要让他们多留一副碗筷。走的时候老板也只跟我一个人打招呼，他说："您觉得今天的酒可以吗？我自己酿造的……您慢走，您下次再来。"他从不跟叶十三说话，亲自来我桌上添菜也不看叶十三一眼。我问叶十三是不是跟老板有矛盾。叶十三说没有，让我不必管这些。

后来我才觉得有点儿不对劲。我觉得酒馆老板不是不跟叶十三打招呼，他是压根儿没看见叶十三。因为就在那天喝完酒出门时，我多了一句嘴，我问老板为何从来不跟我的朋友说话。老板左右看看，问我是不是喝多了一点，我从来是一个人进入酒馆，他又如何能跟我的什么朋友打招呼呢。我觉得他说的不像是谎话。

叶十三见我如此好奇，只好跟我说了实话。他说，他毕竟是小说中来的人，只有爱读书的人和稍微读点儿书的人能看到他，不读书的人是不能看到的。这种情况不是他能决定的。像今天这种丰富社会，人们看手机和电脑和电视和逛大街比看书多，有的人已经彻底不看书了。书城里坐着的人只是面对一屋子书看着手机喝冷饮和吃点心。他们夏天在书城里乘凉，冬天在书城里享受暖气，没有人会真心去那儿看书，剪着双手看一看整齐摆放的书籍就算是看过书了。而我说的那个酒馆老板，他看的最多的肯定是他的菜单和钱，其次就是手机上令人笑得东倒西歪的小视频，这种东西在城里或许不怎么火热或者已经火热过时，但在像我们这样的小城市和农村，市场才刚刚开始。叶十三说他敢肯定，酒馆老板只有在取酒馆名字的时候去请教过读书人，所以他的酒馆名字才会那么干净利索，一言到位——"酒说了算"。像这种招牌名字在大一些的城市已经相当流行，并且比他这种"酒说了算"更文艺，他的"酒说了算"只是比较符合我们这个城市的人的性格，在别的城市，已经是"世外桃源""万里桃花酒馆""去远方""诗和美人""侠客隐居地"这样的类型了。光看着店名就会觉得这儿满城都在读书，但事实上，只有不读书的地方才需要这种满城文艺的存在，消费文艺是因为根本失去了文艺，一种因为失去某种天性的东西而热浪般席卷而来的焦虑气息隐藏其中。人们不是不愿意读书，是不知道为何失去了读书的能力。他们家中其实堆满书籍，只是灰尘也同样布满书籍。也许灯光越亮越读不下去，从前只有微弱的一束灯光甚至没有灯光，却能对着月光读书。可是没有人会熄灭大地上的灯火去顶着天上的月亮读书。没有人有勇气突然面对这份沉静。明天成堆的工作，明天更多的经济需要，令他们只会更加大电量，躺在第 36 层高楼房间的沙发上抽空看几段爆笑视频来缓解压力。他们很难掌握好时间，一看就是半夜，所以你会发现没有人熬夜看书，但很多人会熬夜看他们感兴趣的视频和新闻，而那些网络推送投其所好，总是推送他们感兴趣的东西，如此往复，永无止境，长年累月把他们那无法自控的心给牢牢攫住了，谁也逃不出来，像吸毒的人消耗时间和精力，在泥沼之中，直到生命终结。有人为了拍几段搞笑视频，去吃很多无法想象的东西，张嘴大吃大喝，仿佛他的胃可以装下全世界所有的东西；有人表演跳水；却因为不慎摔在石头上死掉了；有人表演玩游戏；有人表演孝心；有人表演做菜；有人表演田园生活；有人表演如何活剥一只狗；有人表演淘粪或摔进粪坑；有人表演爱情。但是没有人表演看书，因为这不仅不搞笑还挺无聊。总之，每个漫长的夜晚，人们在表演和看表演中度过。

叶十三说完比我更伤感。他从书中来，在那些不读书的人的眼中，怎么可能被看到。所以他的生意才会那么冷清。他看得见他们，他们看不见他，当他大声跟他们说“您买点儿什么？”的时候，人们看到的却是我，我冷冰冰望着地面，我还不会做生意，不会对他们笑脸相迎，不会推销自己摊子上其实对他们有用的东西。

后来我才学会在摊子上喊出我的声音。叶十三可以不用吃饭，我却必须填饱肚子。叶十三只需要躺在书上睡一夜，有时候也会消失在我眼前，他说是回到书中休息，这样才可以不用吃饭便养足精神。他需要时不时回到自己的来源地才能获取养分，才能继续生活在我们这片无法给他提供养分的地方。

可是我放开声音也没有用。叶十三的货物根本无法被人看到，就像他本人无法被看到一样。我之前以为的那些停留在摊子上的目光，其实是停留在我身上而已，他们只是很奇怪我这样一个看上去精神还正常的人怎么会一无所有地蹲在这个地方喊他们买什么。还是一个老者跟我说了实话，他说“小伙子，什么事情都会有好转的时候，不要想不开。如果你真要卖点儿什么给我的话，明天就真的搬点可卖的东西来。你总不能将脚下这些灰尘捧起来卖给我吧？”

我才意识到这段时日，人们只不过看到我这样一个精神落魄的人一无所有地蹲在同一个地方发呆。偶尔我学着叶十三的调子喊一句“您买点儿什么？”，他们就快速地跑开，站在远远的地方偷看我接下来会干什么。我一直在众目睽睽之下被观察，被当成……精神失常。

“如果这儿有很多读书人的话，我是不需要回到书中去的。”叶十三说。

叶十三比我勇敢。他一直在等待这个城市中某个读书人的到来。那样的话他的货物和他自己就会被看到。

我也是受了这份激励才将自己从前囤积的一些书籍拿出来变卖。我需要暂时用它们渡过一段难关。也是用它们去争取多一个读书的人。目前写不写小说已经无所谓了，我需要脚踏实地地生活，就像叶十三说的一样，我是个读过书的人，但并不关注身边那些不读书的人，所以我读那些书也是白读，就像我写那些小说也是白写，我根本没有挖到生活的根基、人们的痛点和需要挑破的脓血。从前我那些文字就像工厂里出来的每一个物品，也只是为了拿去换取利益，让我获得一个人们根本不屑的作家身份和一笔收入。

可是叶十三仍然是敬重我的，这也是昨天他才跟我说的。在这个狂热追求物质的社会中，我还能保持看书写作的痴心，相当不容易。为此他才觉得我说到底是个可以挽救的人，应该出来跟我说点儿他的看法，如果要在这条写作的路上走得远一些，我的写作观念要从根本上做出改变。我很感动，也很羞惭。他不知道我因为别的事情挤不进身，才勉强挑了这件事来做。

叶十三的到来确实改变了我的现状，起码我确实不用只对着稿纸和笔，成天胡思乱想胡编乱造，我还可以干点儿别的，去接触更为真实的人和事件。我在摊位上还真卖了一些书，所以我和叶十三才能偶尔下几次酒馆。但是人们仍然在我摊子跟前看不见叶十三。也就是说，那几个人虽然买了我的书却一直没有看。叶十三倒是表现得很有耐心，他说有人买书就有希望。不过他说完又很难过。我知道他为何难过，这个从书中出来的人，他在这儿的朋友竟然只有我。他去隐居都是多余的。后来他才跟我说，他去那儿并不是隐居，而是希望在那个地方遇到几个能看见他的人。他回来不是躲不开我的要求，而是因为在那个地方没有待下去的必要。

我几乎扛起了生活的担子，很吃惊除了写小说还可以摆地摊。不过，叶十三说得好，摆地摊是写小说的起步。当然，首先要锻炼脚力，城管来了才躲得快——叶十三不知道那些撵他的人有个标准的名号：城管。我为此每天练习跑步，脚底磨出茧子，可仍然跑不过城管。他们有四轮敞篷小白车，喇叭挺粗，一路鸣着过来震慑力很强，加上他们手里拿着电棍，说话粗声粗气，小贩们慌乱逃走，比电影还要惊心动魄。我好几次差点没有跑脱。某次有个城管的手都快抓住我的屁股了，人跑起来屁股总是掉在后面，我有什么办法。好在我的屁股不是尖的，要不然真脱不了身。

我过得很累，好几次我跟叶十三说，我们可以换一条生存之道。

叶十三不答应。叶十三觉得凡是生存，哪一条道有什么区别？

叶十三就是这么个死脑筋。早知他如此固执，还没跳出书来我就应该将他写成百万富翁。那么他一定不会习惯过眼前糟糕的日子。可百万富翁就没有任何烦恼吗？我又不确定。

九

天气越来越冷，在我们这个海拔 1500 米的地方，早晚必须依靠厚棉袄度日。城边高山上，人们已经穿上羊毛毡，好在夜间高高的月亮也挂在那个方向，不然这种天气谁会夜半坐在院子里一直看着那座山，吹着从山边流来的冷风。

“要下很大的雪了。”我对叶十三说。我的意思是问他要不要写上这么几句：羊毛毡一件，厚棉被一床，高筒抗寒鞋子一双。

叶十三没同意。“我们不能依靠这种凭空想象而得。”他说。

我和叶十三的摊位上卖的全是书，有旧杂志，有朋友的赠书，有我自己的书，还有一些少儿读物。逐渐地，我在市场上算是打出了名声，人人都知道我是个卖书的。至于我自己写不写书，别人从不过问。

少儿读物卖得最好。大人们自己不读书，但是要求他们的孩子读书。我和叶十三就是依靠卖童书挣来生活费。

可是我不快乐。叶十三也不快乐。他的摊子上已经什么东西都不摆放了，摆放了别人也看不见，他算是和我一起看守书摊。当然，他不需要吃饭（偶尔吃一点），也不抽烟，也不喝酒。

玉泠每隔几天就会来看一看叶十三和我。她是可以看见叶十三的，因为她爱好读书。并且以她的经验，她觉得这个世界上最爱写书的是男人而最爱读书的则是女人。女人比男人更具备先天性的文学气质。由此好几个时候她都想要学习写作，只是她很明白自己的天赋不在于创作，而在于不停地阅读书籍来充实精神花园。这也是叶十三更吸引她的地方：我只是个写书的，而叶十三从书中来。

上个月我和叶十三决定去城里，就在大雪落了第二场之后，我们坐火车去那个据说是文化绿洲的城市,可到了那儿才知道并非如此（也或许我们两个有限的时间遇不到更多人）。在地铁上，公交上，花园里，甚至偌大的图书馆里，人们要么在看手机，要么架着电脑玩游戏，极少有人在看书。看书的都是少儿，能看见叶十三的都是些没长大的孩子。他去了城市也没有结交到更多朋友。那少量的几个读书人，有的读着叶十三根本不喜爱的书，有的就算是在读书，也是为了某次某个人的研讨会而匆匆读一遍，之后他们忙着写各种还没有吃透却必须下定论的褒贬不一的意见，完全没有时间跟叶十三多说三句话。叶十三很失望，我也很失望，大城市这一趟算是白跑了。我们带去的童书一本也没有卖掉。这儿的人都很奇怪这个时代还有人摆书摊，更奇怪我们售卖的童书全是城市里根本用不上的，他们需要买孩子们看了有助于升学考试的书籍，而我们带去的童书显然不对路。“文学也要紧跟时代。”他们好心地告诉我和叶十三。大概唯一的好处就是在大城市里面能看见叶十三的人确实多一些，只是这种看得见和我们所处边缘小城市的看不见是一样的。我们只在大城市住了一个星期就回了家。叶十三觉得我们两个不应该去大地方，而应该从小地方扩展。毕竟大城市的原住民不多，真正在大城市生活的人都是小地方出去的。我们只要抓住根本就不会错。

叶十三做的决定从不真正听从我的意见。一切都是他说了算。他说去乡下，我就只好跟着去。明天是我和他去乡下的日子。这一次叶十三信心十足，他跟我说，越偏远越文学，文学往往诞生在贫瘠的土地上。这些话我听着倒是入耳。早前我也是这么想，而且以我多年前生活于高海拔山区的经验，在那黑漆漆的天空之下，万物寂静之中，文学确实如植物在我们心底疯狂地生根抽芽，只是多年以后我生活在小城市里面，并不会真正想过重返高山故土，去贫瘠的土地上重新感受那潜藏于淳朴人心的文学气息。我还使用着很早以前滋养在我心里的那点儿尚未消亡的文学气质，只不过，我从不承认这种气质已气若游丝。

叶十三所做的这些选择对他有用，对我更有用。

第二天一早，我和叶十三各扛了一捆书上山。正值寒冬，我们爬到半山腰已经看到再高一点的地方堆了积雪。

公路已经开裂。雨季天垮塌的路面还没有完全修好。路边放着巨石和土堆。穿过松树林才看到父亲和母亲给我留在这儿的老房子，他们已经搬到另一座小城市居住。每天早晨和傍晚，我的父亲去就近的公园里打太极拳和遛鸟，我的母亲则和她的老姐妹一起跳广场舞。如果他们身体健康，我不用时时看望他们，逢年过节我们一家人见个面，吃个饭，然后又去过各自满意的生活。我的父母已经学得和城里人一样，甚至比城里原住民更注重生活的品质。母亲每年让我给他们买的各种养生用品就达万元，只是最近这两年，也不知道他们是打听到我很穷还是猜到我很穷，不再跟我要求买什么东西，他们说，他们已经什么都不需要了。有时候父亲给我打来的电话都是短短几句，而母亲则是选择给我发短信。听说他们每年都去旅游，如果不是体力跟不上，他们还准备去西藏看一看。我不知道他们哪里来的钱，也许是早年积攒下来的钱吧。在没有学着养生之前，我的母亲可是出了名的节约。我已经快三年没有见过他们。每当我要去见他们的时候，母亲都以各种理由拒绝与我相见。仿佛我变穷之后就不再是他们的儿子。这两年我们逢年过节也不聚餐，我在我的城市，他们在他们的城市，互相发一通祝福短信就算是见过面吃过饭了。

我走近才看见老房子背后塌了许多泥土下来，将原先我修理出来的水沟也堵住了。屋里潮湿不堪，仿佛曾经住在这所房子里面的人已经去了另一个世界。我感慨又伤悲。想起祖上几代人都在这个地基上生活，到我这一代竟然荒废了。

“这不能住了。”我跟叶十三说。

“为什么不能？就住这儿。”他说。他将我们扛来的书籍都摆放在屋里一张旧桌上。

“这房子很牢的。”叶十三说。

我细致打量房子里面，虽然潮湿，但要说它会马上垮掉也不至于。

十

确实如叶十三所说，越偏远越文学，文学在陡峭的山区还完整地具备了它的神性。老人们会在夜间给孩子讲过去的故事。虽然这里不是每一个人家里都有书，也不见人人都在看书，可是很奇怪，他们都可以看见叶十三。这就使我总算弄明白，不是读了书的人才能看见叶十三，而是还有精神需求的人就能看见叶十三。

叶十三很激动，他几乎感动得要掉眼泪了。好几个晚上我们都在左邻右舍的家里听故事。什么“老花牛娶妻生子”“鲤鱼精化身为人”“两兄弟分家”等等，这一系列早前我听说过的故事仍然继续讲述给下一代。

叶十三觉得自己永远离不开这个地方了，可我不想一辈子住在这儿。我们的书卖得不是很好。虽然很多人渴望得到更多书籍，尤其是少儿读物，可没有人愿意花钱给孩子买书。除了课本以外的读物他们都不舍得花钱。城里人永远不会缺少的儿童绘本在这个地方的孩子家中根本看不见，他们的父母甚至连绘本是什么也不知道，更不会替孩子选童书。

“我要在这里扎下根基。”叶十三说。他提议我将所有的书籍都搬回山中，在这片紧缺读物的地方发挥它们的最大作用。

“我们可以租书，租书比买书便宜，一个星期多少钱，这样算。”叶十三已经拨好了算盘。

我不同意。对于一个写作的人来说，书要么卖掉要么留着，决不肯外借。租也不行。叶十三说我境界太低，难道更多人读书不是更好吗？我才不管这些。

“总不能一辈子不出去了。”我说。

叶十三抬眼看了看天，这儿的天被山峰堵塞得又高又窄，确实给人永无出头之日的感觉。可是为什么不能留在这儿呢？叶十三低头看我的时候，他眼神中就是这种疑问。

我无法使他相信，即便在这样文学滋生的地方，我们也很难长久地生活下去。巨大的寂寞和苦闷感会促使我们时刻想要混入城市的人流中。人的欲望是最难把握的，人要流浪，又要安定，只占其中之一便不会安心。

叶十三正在兴头上，他不听我的，很快弄来许多书籍。“城里有人论斤卖书。”他说。他买了几大箱子，害我借了两匹马才将它们驮进山。

自从办了租书屋，我的老房子就越来越热闹了，白天黑夜都有人来。更令我惊喜的是，我又可以写东西了，可以跳开叶十三去单独写别的。有一次我在纸上随便写了个愿望，不是小说也不是散文，只是一个我突然想到的愿望，我写道：明日早晨，我将会得到一辆白色小轿车。第二天早晨醒来果然在我房子门口停着一辆白色车子，编号都是我头一天写的那个，一模一样。我起先不敢相信，直到叶十三跟我说，那就是我的车子，他已经暂时不管我这边的事情了，他忙着经营书屋，我以后想怎么写就怎么写，只要不是写他，我写什么都会实现。他说我写什么都会实现。这句话算是给我狠狠提了醒。想起秋天之时，我心里惦记的那个事情总算有了开头。我就是希望写什么来什么，如果生活可以走捷径，为什么不走呢！

从那天开始我就写了很多东西，任何家里需要的东西我都写了一遍，包括房子。我写了个二层小洋楼，我的老房子就变成了二层小洋楼。我和叶十三住在山区，但生活条件却比住在城里更好了。

我仍然不满足。衣食无忧并没有给我带来长久的快乐，开头几日的惊喜已经过去了。

“你可以出去走走。”叶十三说。他也看出我不想待在山里。

我就听了他的话，开着我的白色小车出去游玩。我去了很多地方，前几日却又回了山中。

“能去的地方太多，使我感觉反而没有什么地方可去了。”我对叶十三说。

叶十三还在忙着登记那些借书人的信息。这一天气温合适，春天就要来了，不过寒气还是很重，叶十三拿笔的手不时伸到嘴边哈气。

“找点儿事做吧。去写东西？”叶十三说。

“我什么都不想干，也觉得无事可干。叶十三，我觉得心里很空，什么都没有了。”我说。

叶十三停下手里的活，看看我，又看看天空。“你会想到办法的。”他说。

我能想什么办法，只感觉世间无路可走。

更令我绝望的是玉泠跟叶十三住在一起。就在我出门的那段时间，他们同居了。

“天要灭我。”我想，不然为什么让我变得富有，却仍然让我觉得一无所有。

我只好成天住在底楼不上去。叶十三的书屋开在二楼。他和玉泠也住在二楼。我每天晚上要堵着耳朵睡觉，将枕头压在脑门上，生怕听到一丁点儿从楼上传来的声音，也戴着眼罩，使我的双眼完全沉落在黑暗里。

我频繁做梦。有一天晚上摘了眼罩准备去上厕所，却好像看见父亲和母亲在房间里出现。我熟悉他们的衣服，熟悉他们走路的脚步声，更熟悉父亲每天叼在嘴上或拿在手里的烟斗。又有一天晚上，我实实在在地看见了母亲，她坐在屋子最边角，样子很可怜地在那儿刨坑。我抓住她的手她才惊醒过来，睁大了眼睛瞪着我。我才发觉那眼神已经不是我熟悉的母亲的眼神，只不过是一张母亲面庞上的两只陌生眼睛。她瞪着我不说话，却又想跟我说点儿什么，面容愁苦。我很疑惑，抓着她的手连声喊“妈妈”，问她怎么突然回来了，她却只眨了眨眼睛最终什么都没说。父亲我只见过一次，也就是仿佛见到他们在房间里出现的那一次，之后再没看见。我以为是做噩梦，可是第二天醒来，却真真地发现屋子边角有个刨出来的小坑，那正是母亲所为。

这件事我不想跟叶十三说，我生他气；更不会告诉玉泠，玉泠已经不是早年那个玉泠了，她现在是叶十三的妻子，也许再过一段时日就会听到楼上传来他们孩子出世的声音。

我只能每天夜里戴着眼罩摸着墙壁去上厕所，这样我就不用看见母亲在那儿刨坑。然而等我戴着眼罩时，母亲却跟我说话了。在一个下雨的深夜她哭着跟我说，要我将老房子变回来。我只能暂时答应。我还没试过将改变的东西变回原样。从我答应之后，母亲就不在那儿刨坑了，我摘掉眼罩也没看见她。

十一

我不想按照母亲的意思将老房子变回来，新的房子住得正舒服呢，就算不为了叶十三考虑，我也并不希望重新住进老房子。我倒是写了别的愿望——我父亲的愿望。小的时候父亲摸着我的脑门儿说，头大脑门宽必定要当官。谁料长大之后我是个写小说的，写了许多当官的，自己却没当上。我知道父亲很不高兴，他肯定也是因为不高兴见到我，这两年才会疏远我。谁让我写小说也写不好，混得一年不如一年的。他不高兴也是有理由的。

我想让他高兴高兴。他还不知道此刻他的儿子写什么来什么。

我在纸上写下：明天早上我将以市长的身份醒来，我住在大楼第六层，我的办公室设在这个地方。其实不是我的办公室，是我妻子的办公室。秘书会在八点一刻准时开车接我去见我的顶头上司，上司对我十分看重。

也就是今天早上。我是昨天写的愿望。我把自己写成已婚，我对玉泠算是彻底放弃了，既然没了盼头，她既然可以嫁给我虚构的人，那么我也可以娶一个年轻貌美虚构的妻子。希望我的妻子可以长成我写的那样。

但今天早上我醒来并没有变成市长，还躺在底楼房间昨天晚上我睡的床上。叶十三在二楼开门营业，玉泠跑到路边梳头发。早晨的太阳光照在玉泠脸上，使她变得像个刚刚来到凡间的仙女。我差点没张口喊她。

母亲却在角落里张口喊我。“柳墨城。”她喊道。我转身才看见她站在角落里。而我听到她的声音时，却以为她是在很远的房子之外喊我。

“妈妈，你怎么了？你生病了吗？”我说。我觉得她可能生病了，脸色很灰。

“瞎说什么。我好好的呀。”母亲说。

她沿着房间走了一圈，对我说：“你没有变回我的老房子。这些墙壁还是昨天那些。”

我只能告诉她，今天晚上我就试着将房子变回原样。母亲不相信我了，她说她要亲自看着我将房子变回来，于是这一天，我被她监视着哪里都不敢去，一直等到天黑，我写下将新房子变回老房子的愿望她才放了心。我们等到凌晨。我跟母亲说，到了凌晨就会看出房子有没有变化，如果有，我们会在那个时候住回旧宅。可是到了凌晨，房子没有任何变化，母亲摸着那些墙壁痛哭，说我把她的老宅弄丢了，让她在这个世上再也没有落脚点了。我感到很奇怪，难道不是她自己更喜欢住在城里，将乡间老屋一直荒废下去的吗？就算今天再也变不回老房子，那也不至于如此痛恨我啊。母亲不肯听我解释，她的哭声时远时近，仿佛没有站在我跟前。

“你不要这样盯着我，妈妈，我感到害怕，你的眼神跟以前一点也不一样了，像陌生人的眼睛这么看着我。”

“你变走了我们的房子还有什么好说的。我给你说柳墨城，你再也找不回那些旧东西了，这就是你为什么越来越感到空虚的原因，只能写更多愿望。你跟我说，你还能写出什么？多久没有写新东西了？你去照照镜子，去看看你现在还是从前的样子吗？你变了，柳墨城，你改变身边的一切的时候，自己也被一点一点改变，你只是未发现。跟着倒霉的当然是我，你说我的眼神这般陌生，也不是我乐意的，是你抽掉在这个世上我最熟悉最在乎的东西——我留在这儿的脚印和我看惯的东西，老房子差点垮塌可它还装着我过去所有的记忆，你却把它们全都变不在了，你比我狠心，柳墨城，虽然我和你父亲住在城里，可我们两个老人的心还踏踏实实留在这里。现在你把这些全都变不在了。你的父亲很生气，他说再也不要跟你见面。你问我怎么突然回到这里，我是为了找回那些丢掉的东西你信吗？我还对你抱着指望，盼你能变回我的老房子。看来不能了，我已经看到这个结果了。”母亲摸着房子的墙壁边哭边说。

我该怎么办。我不知道。

“那我要怎么办？”我脱口而出。

母亲摸着墙壁哭够了才蹲在地上。她的两只眼睛已经不看我了。也不跟我说话。

“妈妈。”我喊她。

“柳墨城，”她终于说道，“你还有什么话说？”

“妈妈，我不知道怎么了，在过得很差的那段时间，我想着既然写什么来什么，就该好好利用这种能力。”

“你利用得很好。算了，不说这些了。你还看书吗？”

我突然想到，我已经很久没有看书了。看不进一个字。

“看不下去是吧？你跟其他人一样了。早年我们生活在这儿的时候，虽然干着沉重的农活却一直没有脱离书本，我们在这座山区以书香之家自称，也的确没有辱没这个名号。只是后来大家都变了，包括你的父亲。他曾经那么爱看书的人，不知道怎么突然就变了。”

我觉得心头闷痛，像被什么东西砸了似的。

“父亲也不看书了吗？”

“看。只是看法不一样了。跟没看一样。”母亲一声冷笑。

“妈妈，我觉得……我听着感到好像……”

“你说话不要吞吞吐吐。”

“我感到你跟我说话的声音很远。”

“是吗？那恭喜你啊，柳墨城，你新的人生就要开始了。我也不管你了。也许你的改变并不是坏事，当几乎所有人都变成一个样子的时候，少部分人是很难坚持的。我也不知道明天早上醒来会不会兴高采烈接受这所老地基上的新房子，活得像只欢天喜地的孔雀也说不定呢。你不用为我难过。看在你是我亲生儿子的分上，我不为难你了。从今天开始我要去外面走走，彻底将心里那些旧情抛开，回来的时候——如果还能回来的话——也许你就有了一个彻底不一样的妈妈。”

“妈妈，你要去哪里？”

“随便走走。”

“你知道父亲在哪儿吗？”

“我知道啊。你可以去那些井里找找看，就是这几年人们时兴的井下读书室。天气不是变得越来越热了嘛，你瞧瞧现在这种春天的气候，那还是春天的气候吗！根本不一样了，比夏天还热呢。不过你要费点儿工夫，想找到你的父亲可不容易，你大概不知道这片山上新挖了多少井下读书室吧，就连城里那些读书的人也来了这里，他们掏钱租了井，没日没夜在井下看书呢。用他们的话说这叫隐居，清心寡欲又接地气，相当于修道。他们是这么说的。你和叶十三的心愿……哦不，是叶十三的心愿，他终于看到结果了，读书的人越来越多了。要知道这段时日叶十三可是租了不少书出去。只是他也没办法将人们的读书习惯改变过来。他正在楼上为此烦恼呢。”

“什……什么井下读书室？我不知道啊。你认识叶十三吗？”

“你知道的。你仔细想想。我认识叶十三。”

我仔细想了想，突然想到从前确实在这片地方有许多地窖，人们用来存放红薯。那时确有许多人在地窖空着的时候跳进去读书。我也进去读过，夏天清凉，冬天暖和，更吸引我的是地窖上面搭着遮风挡雨的草棚，夜间点灯读书，读累了抬头看着顶上一小片天空，月光就从草棚的边角流下来，仿佛世界就只有地窖这么大，天空就只有地窖的边缘这么宽，人不需要太宽的地方，更不需要太宽的天空，我们看的书中的世界再怎么宽阔都是缩成地窖这么大一点。我那时候还小，跟地窖里的老鼠做搏斗游戏，我把它们捉住了捆绑起来倒挂在地窖边上，月光照得它们的耳朵很薄很亮，如果它们死了，我就狠狠地将它们扔得远远的。然后我继续坐在地窖里读书。那时候有很多地窖，也有很多像我这样读书的孩子。只不过我后来出了地窖去了城市，那种封闭的地窖气息流窜不定，最终使我走上编造故事的道路。我明白从前那种地窖读书的方式并不是我们真的愿意读书，只是一种寻找安定的方法，是不愿面对顶上空旷的孤寂，是没有勇气承受才跳入地窖。看书就是做梦，也是拯救。难道至今还有人用这种方法逼迫自己吗？当然，我即便觉得那不是正常的读书方法，那是自虐，是逼迫，是无路找路，可也不算一件坏事。叶十三一直希望找到更多爱读书的人。如果真如母亲所说，许多人开始读书，即使用的这种方法有些病态，也不能不说是一种盛况。

“你想到了吗？”

“想到了，妈妈。”我说。

“那就对了。只不过现在不是地窖，是纯粹的深井。”

“现在天气很热么？妈妈，天气并不坏啊，你瞧瞧我还穿着厚外衣呢。”

“你跟叶十三很久不说话了吧。这样更好，你最好一直不跟他说话。就当二楼送给他住了。能保持距离就一定保持。”

她没有直接回答我的话。

“妈妈，叶十三只是我小说里写的一个人。我和他没啥矛盾。我们算是很好的朋友。”

“柳墨城，我希望你过得好好的，即使以后不写东西，像现在这样有点儿茫然地生活一辈子也不要紧，只要你好好的。”

“我是好好的呀。”

“不，你不好，但我确实管不了你，以前管不了现在更管不了，你有自己的想法和活法。好自为之。”

“妈妈，你不要着急，不要担心。你明天就回城里去吧。我会找到父亲让他早日回城的。以后我们逢年过节还一起过。”

“他不会回去的。柳墨城，我还是实话跟你说了吧，你的父亲两年前就已经死了。”

“死了？怎么可能？去年春天我还跟父亲通电话呢。你刚才还让我去井下找他呢。”

“那有什么奇怪，只要他还想跟你通电话有什么不能，他要住在井下谁也管不着。他确实没有活着。他的生命在这个世界上就像你变走的老房子那样再也回不来了。你找他有什么意思，反正他也不会答应你回到城里居住。如今他更喜欢待在井下，我敢肯定他的性格比从前还固执。”

我不敢相信母亲说的话，却又不能完全不信。难怪父亲一直拒绝我去城里见他。原来他只是声音还记挂着我，人已经跑到井下去了——噢，他已经死了！

十二

这儿的山坡上都挖了深井，我不知道这是叶十三生意变好之后形成的还是之前就是这个样子，所有读书的人都在井下成天成天待着，肚子不饿绝不出井，肚子饿了才爬出来。看样子他们并不像我们当年蹲地窖读书，我们是为了逼迫自己找到更宽阔的道路，而他们仅仅是习惯这样读书。我和叶十三夜里经过的那些深井中，每一双抬起来看我们的眼睛，眼神都是毫无喜色的，麻木和茫然的，没有因为读了书在思考什么。书本也拯救不了他们涣散的状态。与他们打招呼从来得不到多余的回答，不超过五个字，甚至冲我们点点头就算了。

叶十三很焦急。“这样下去可不好。难道都是这样的吗？”他说。

他还是那么操心众人的事，仿佛人们的存在才是他的存在，而他认为只有存在于人们心中才算是完整的人。也许他有他的道理。就像我们出生之后，一直在努力使自己变得更出众，更耀眼，更完善，一生都在锻造自己的路上奔劳，这样即使将来死去也会在世上留下一些闪光的东西。

叶十三走遍了这儿所有的半山坡，除了更高处，也就是说，如果半山坡没有遗漏的话，处于这片位置的所有井下读书室他都见过了。

“没救了，你知道吧柳墨城，我觉得很难过。我曾经还抱着希望，我希望看到少部分人起码还有思考的能力，有发脾气的能力也好啊，比如他们看到我们的时候，突然吼我们，说我们打扰他们读书，搅扰他们正在思考问题。可是一直遇不到这样一个人。你也看到了，我们到过的深井边，有人茫然抬头看看，有人连头也懒得抬一下。他们虽然看得见我，可跟那些看不见我的人有什么区别？我知道他们看到的我只是一个模糊的人影，为此每个人都觉得自己高度近视，佩戴着根本不需要佩戴的近视眼镜，高一脚低一脚头脑发昏忍着想呕的感觉从我这里一本一本将书租回去。他们只是看不清我，因为没有一个人诚挚地想要锻造自己，想要丰富他的精神世界，精神世界是荒废的、垮塌的，就像你当初那所可怜的老房子。没救了，柳墨城，我现在很难过，你觉得我应该怎么办？”叶十三说。

我还从未见他如此绝望。不知如何安慰。

“我们也不是把所有的深井都观察了，那更高的山坡上还没有去呢。”

“啊，也是。我们还有一点希望在更高的山坡上。可是那儿会有希望吗？”

“我不知道。但起码还有深井等着我们去看。”

“我知道你不是为了帮我喊那些人出井。你只是想要找到你的父亲。”

“是这样。”

“他不会回去的。”

“我妈妈也是这样说。”

“她是了解你父亲的。”

“那不一定。”

“那是一定的。以后你得听我的安排了。没办法，柳墨城，好歹你是个写小说的，我想来想去，这件事你有责任。”

“你在说什么呢，什么叫听你的安排？”

“我是在说，把那些人喊出深井你也有责任。如果以后我要指挥你做什么，即使你是不知道自己在做什么，事后也不要怪我促使你做了什么。啊，我好像把你说糊涂了。总之，你会理解的，而且我敢肯定以后你自己就会挑起这份担子。希望你现在能明白，这不是你在帮我的忙，如果仔细说来，是我在帮你的忙，帮你们所有人的忙。人们不看书一方面是诱惑太多，越繁华越浮躁；一方面是你们写的东西有问题。我虽然不知道问题出在哪儿，但一定是有问题的，比如说写东西的人自己受困于笼子之中，那么他写出来的东西能飞起来吗？不能的。也许还有别的缘故，你们太注重别人的胃口了，但其实别人的胃口并不一定和你想的一样。我再打个比方，你们上网的时候不小心看了一眼什么类型的小视频和新闻，结果后来你再登录的时候推送的全是那一类（这个你有体会），可这并不是你真正的喜好，你不小心的一个举动被理所当然地概括成你的喜好，这就是误区和冒犯，这不是投其所好，这是冷暴力。当初我们刚刚见面时，你就是这么要求的，要求我能同意你把我写成大众喜欢的样子，可我怎么会同意呢？你知道有人喜欢看下半身小说，你就来个大量的性描写，你要让我随随便便在所有人面前亮出自己的生殖器，这怎么行？柳墨城，我不是说不能亮我的东西，我只是说，写东西的人是抱着自己的影子在写，你这个人起码的格调应该要有。我说这些你肯定不高兴，你会觉得我在书中泡久了迂腐不堪，你会嘲笑我既然不喜欢这个时代就不该出来在你面前晃荡，你想让我哪儿凉快哪儿待着。如果我是你以往那些忍气吞声的小说主人公就算了，可既然我忍不住要跳出来反抗，那就没你什么事儿了。不要怪我古板，照我的意思，你该创造的是真正有营养的，属于‘天门开了’那一类的作品。人类需要这种开天门的灵气，尤其在这个时代更不可缺。即使大家都跟你说，你写的这些乱七八糟的东西到底在说什么，可总有一天他们会明白这是他们脑门儿顶上缺失很久的东西。”

叶十三一口气说了这么多。紧接着他就开始找他的鞋子。

“明天就上山顶。”他说。

我就知道他会这么快决定。

我忘记跟叶十三说，我的愿望有了限制，当我想要变成市长的时候却发现自己像只蛤蟆一样在自己原来的房间床上醒来。

十三

叶十三让我放开嗓门儿喊，我就放开嗓门儿喊，面前就是深井，坐在井下小马扎上的读书的人已经读得很累的模样，倚靠在井壁上。对于我的喊声他们都是一样的回应：沉默。

“沉默是有罪的。”我想跟他们说。可是我说不出自己的意思。我只能说出叶十三让我说的话。这可能就是他先前跟我说的，会促使我做一些不经我同意的事。此刻行为受控，算是明白叶十三之前的意思了。

“跳下去拉他上来。”叶十三说。

我就跳了下去。

“使出你全部的力气。”叶十三说。

我就使出毕生之力拽着井下的人往外面爬。可是拉不动他们。他们像生了根一样拉不动。

“喊他们，对着他们的耳朵吼。”叶十三说。

我就对着井下的人的耳朵大声喊话：出去！出去！出去！

没有用。他们像是根本听不见。

叶十三一屁股跌坐在井边。他朝我招了一下手，我的手才能松开井下之人的胳膊。我爬出井。

“柳墨城，我们叫不醒他们。”叶十三很沮丧。

我想对他说,叫不醒就不要叫了,反正我的嗓子也哑了。但说不出。在他没有让我说自己的话时，我的话说不出来。

叶十三蹲在地上将鞋子脱下来扔得远远的。他把气都撒在鞋子上。

“你可以自己说话了。”他说。

“不，你还不能自己说话。”他又说。

这使得我刚张开嘴巴，不料想说的话又给吞了回去。

叶十三又把鞋子捡回来重新穿上。

“路还远。我要有耐心，我要有信心。”他自言自语。

我盯着他，不知道说什么。当然本来也说不出。

山顶灌木交织，我们在林丛穿行，一会儿低身一会儿抬头，有时候要趴着才能过去，脚下植物密匝，藿麻将我的脚脖子刷出一片一片的红疙瘩，又痒又痛，我一边走一边抠脚拍腿，叶十三扭头看一眼知道我想抱怨但又没法说出自己的话。他一阵大笑。“神经病！”我心里骂他。走进一片野生毛竹林的时候，我俩都犯了难，这种竹子浑身是刺，浑身是毛，长得拇指粗细，最粗也不超过四根筷子合起来，杆子坚硬，叶片又尖又长好比暗器，抱团成长密不透风，人们说不可居无竹，那一定不是这种毛竹，否则就是宁可居无竹了。不过它的竹笋倒是一道美味。它就适合长在这样的野外，到了季节奉献细竹笋，再到了时候又奉献它整根整根的竹竿，这样的竹竿特别适合用来铺楼，也就是相当于在房间的檩子上铺开一片，用竹藤，用编织烤烟的手法编织竹竿，相当牢固万无一失，可以用来堆积粮食，也可以用来铺床睡觉，铺床睡觉最好，不用另外摆放木床，直接打地铺，等于高层地铺。睡在这样的毛竹竿上，每晚做梦都会梦见自己在野地上飞升捉月亮。我那座不在了的老房子里就有许多毛竹竿。看到眼前的毛竹子，想到我的老房子，突然一阵难过。

叶十三问我有没有带纸和笔。我点头。从口袋里掏出纸和笔。他很高兴。走过来拍拍我的肩膀说我是他的福星。叶十三让我写下：两把镰刀，马上立刻要。我就按照他的意思写下。等我一收笔，两把镰刀立即出现在我和叶十三面前。我很激动，这么说来我写的愿望还管用，只是有些愿望不管用。

叶十三扔了一把镰刀给我：“开砍吧。”

我真不知道为何一定要从这儿经过，难道不能绕路吗？可我一句话也说不出。我接住镰刀本不想跟他一起砍竹林，谁知不受自己左右却受他操纵，干起活来比他还卖力，手都被竹叶割破了。自从写了小说，我的手哪里还干过这样的粗活。随着一阵忙活，毛竹林中砍出来一条细细的通道，当然这条路就在身后了，我们往前砍一步，后面的路就远去一步，只是前边还是密不透风，什么也看不见，更不知砍多久能到头。

叶十三的手也被割破了，刀把染着他手上流出的血。

突然，竹林变得有点儿薄了，这从空气中可以感觉出来，不那么闷了，透风了，风是从前方迎面吹来的，竹林的响声说明它们不那么拥挤，有摆荡的声音了。我加了劲儿向前砍去，可是砍掉最后一层竹子的时候——我以为是最后一层竹子——发现竹林中间是个非常宽敞的圆形场地，差不多有我居住的村子的一半大，周围是被竹子包围起来的。我们如果要继续向前，那就必须到对面继续砍出通道，否则只有往回走。叶十三是不会往回走的，我们还没有到达真正的山顶。不过暂时肯定不走了，因为此处的圆形场地之中有很多个深井，密密麻麻，用心隐藏于竹林里面。不知他们如何做到不留痕迹穿过毛竹林到达这里挖出如此多深井的。我感到震惊，回头盯着叶十三。

叶十三面无表情，他只平淡地对我说：“你去找找看吧，你的父亲，我不太确定他在不在这儿。”

啊，原来他非要穿过毛竹林是知道这儿有深井，更猜测我父亲可能在此处。我向他表示了感谢的意思，便走去井边一个一个观察。

“你要看仔细一点。这些井和外面的不一样。”叶十三提醒。

我听了他的意见便放慢脚步，一丝不漏地观察井下的状况。确实跟外边不一样。这些井更宽，井下的布置非常有意思，居然栽了一小撮植物和几根毛竹子，由于经常管理，长多了就砍掉或连根拔除，毛竹子没有像地面上这种长法，倒是成为最精致的点缀。我一路看了七八口井，里边差不多都是这样的布局。井口又深又大，我必须站稳了才能避免摔落下去。搞不清他们是如何下去的，没有台阶也没有悬挂的绳索。在这些井中，我还看见了屋檐的一角，也就是说他们在里面还盖了房子！这令我吃惊。说不准顶上只是井口的样子，井下却像个宽敞的村落呢！

继续将剩下的井都查看了一遍，无一例外，都能看见屋檐的一角，都有毛竹子和不同的植物，看来他们统一的都喜欢这种在地面上长得密密麻麻的竹子。可惜一个人也没看见，除了这些布下的景让我相信里面肯定住了人。我望了望叶十三，想知道他有什么好的办法。

叶十三在竹林旁边休息。对我抛给他的询问的意思没有做半点回应。

十四

叶十三没有找到更好的办法到达井下，我们在井上喊了一天，除了见到那几根毛竹子和屋檐角，我们也只是听到底下传来水声，像是有水车在运转，除此之外一个人影都不见。叶十三有点儿着急了。他只好让我使用老办法。他让我写下“到井下，马上立刻到井下”，我就写下这几个字。可是，我们还站在井上。

叶十三吃惊地望着我。

“怎么回事？你的愿望不灵了？”

我张了张嘴，说不出想说的话。

“好了，你可以按照自己的意思说。”叶十三说。

我告诉他，我早就发觉有些愿望即使写出来也实现不了，比如我曾经想当市长没当成。

“我早该想到的。”叶十三说，“我早该想到不是所有愿望都能实现。”

“那怎么办？”我问叶十三。

叶十三看看脚下的深井：“不知道啊。”

他还是头一回表现得这么没主张。

就算有绳索也没有这么长的，就算有这么长的也不敢冒险攀下去。

谁知道底下的人什么性格，既然能躲在这里，肯定是不愿受到打扰，贸然下去会不会遭受袭击？

我和叶十三都拿不定主意。

“就这么等着吧。”叶十三说。

我说等着可不行。总要下去看个究竟。要么他去要么我去。叶十三听了我的话没说什么。

我等不及。我去那些井边又细致地查看了一遍，敢肯定底下绝对是一片宽敞之地。

“我必须下去。”我对叶十三说。算是跟他打过招呼了。叶十三拿不出主意，只能放我去找树藤。穿过毛竹林，在对面的灌木丛中我拽了许多野生而牢固的粗藤子。回到井边，叶十三帮我将藤子连接起来。“你可要想好了。一不小心会摔死的。”他对我说。我说想好了，既然亲爹可能就在井下，怎么说我都应该下去看看。即使如今他回不到地面，也不愿回到地面，作为他的儿子我还是要下去跟他说几句话，如果他往后住在这儿不见任何人，这次见面就当告别吧。

叶十三说我变得和从前不一样了。

我将藤子的一头绑在一捆毛竹子上，叶十三也帮我抓紧它，我就顺着藤子往选好的一口井里溜下去，长度刚好，我顺着藤子下去。果然，底下是一片宽阔之地，我仰着头对叶十三说，底下的风景太好了，跟我们两个之前猜测的一样。这儿就是半个村子那么大，从井口下到一半就是空的，有很多柱子撑着这些井面。叶十三很受吸引，看样子他会跟着下来。

我落到井底了。真不好说是井底，如果不是顶上有井口罩着，谁敢说这不是地面上任何一个美丽的小村子。青色的瓦房，古朴的墙面，不多远就是一座独立宅院，高高的院墙，房外假山和数量恰好的毛竹林，流水的响声出自一条穿村而过的小溪，只是我抬着眼睛总也看不见村子远处的景致，雾蒙蒙的，像沉在深秋之后的雾气之中。小路上精心铺着石子。小路两旁是蘑菇一样的草亭。草亭里只放着两把竹椅。竹椅是用整根的毛竹子编造，而在溪水里面还浸泡着许多毛竹子，看样子仍想用来编椅子或别的东西。没有听见鸡犬声音，除了风和水响，还有几声不知哪里传来的鸟鸣。

我走得很慢，每一处景色都在吸引我而拖住我的脚步。

我忘记在路过那些房屋的门口时伸手敲门，因此屋内又是什么布景我就不知道了。

顶上井口很高很远，每一个井口高度不一，村子的小路有上坡有下坡，也有十分平坦的地段。我直走许久才算走到尽头。不过尽头之外我什么都看不见，雾气一片，还有厚而高的院墙。看来这并非一个简单的村子，更像是一个古代的地下城楼。如果不是叶十三仍然高高地站在井口边上，并且随着我的走动他也在走动，我还以为自己落到哪个时代了呢。不过，走到尽头最边缘的时候没看见叶十三。

仍然没有见到人。屋里却有声音传出，好像是读书的声音。

叶十三等不及，也顺着藤子下来并且找到我。

“怎么样？”他问我。

“人影子都不见一个。”我说。

“不可能只是一些房子。”叶十三说。

“那你去敲门。”

“不。你去。毕竟是你要寻找你父亲。”

“你在担心啥？什么时候叶十三变得这么胆小了？”

叶十三不说话了。他东张西望。

十五

我为什么要听叶十三的话呢？这个莫须有的人！他把我的生活全部打乱了。我住在城里的时候他住在我家，住在山中他也住在我家。现在他还命令我，啊，他跟我说："柳墨城，你要去敲开那些房门，只有这样才能找到你的父亲。"嚯！难道我不知道只有这样才能找到我的父亲吗？

我把叶十三甩在身后很远，我第一次感觉到，只要想甩掉这个人就完全没有问题。而我过去煎熬的日子都怪自己太善良。我应该学得像一条凶狗，见着叶十三这样的人就一口咬上去。既然起了写他的心就该有本事掌控一切。

我停下来，等到叶十三走到跟前，我用报仇似的语气对他说："看看老天爷，他创造了我们这些人可从来不听我们的意思。都是他一个人说了算。"

"我听出来了，你是想说，我不该左右你的写作，应该听从你的安排。看来你下到井中受了这儿不好的风气的影响。"

我懒得跟他多说，但房门要敲开，毕竟我确实需要找到父亲，于是抬手随便敲了一座房子的大门——我刚好来到这座房子的门前。

叶十三站在远远的后边，因为他又被我甩开了。

叶十三见我抬手敲门时大声对我说了一句：“你要小心点，别被他们说服了。”

天知道他又胡说八道什么。

房门紧闭。我刚要伸手敲第二遍，听见屋里我父亲的声音传来。

“是柳墨城吧？”父亲在门后问。听脚步声应该正从里屋出来开大门。

“是呀。”我有点激动。

门开后，父亲站在我面前，样子非常年轻，还穿着早年我第一次写小说得到报酬后给他买的蓝色外套。

“我就知道你会找到这儿来。为了不让你找到，你瞧瞧，我带着许多朋友在此地悄悄住下了。你怎么找到这儿来的？”

“叶十三带我来的。”我说。

父亲左看右看，然后奇怪地望着我说：“什么叶十三，叶十三是谁？考验我眼睛有没有毛病吗？明明只有你一个人站在我面前。”

“不是啊。还有叶十三。你看他就站在那儿，我身后，正在向我们走过来的那个人就是。叶十三，你快过来看看我的父亲。”我边说边往一边让，以便能让他看见叶十三。

叶十三加快步伐走到我跟前。父亲还是看不见他。

“我看你一定是写东西太多，脑子伤到了。你进来坐一坐。听说这两年你没写东西，是改行了吗？改行也好。干什么都要用心。”

我被父亲让进屋，叶十三也急匆匆跟着进来。

“我父亲看不见你。”我悄声跟叶十三说。

“我晓得。”叶十三苦闷地点头回答。

父亲走进他睡觉的房间去干什么了，好一会儿也不见出来，把我和叶十三丢在院子里。

我发现院中培植的毛竹子从上到下挂着我父亲写字的毛笔，他年轻时候就爱这个。而在其中一个小房间的木柜上摆满了书籍。他是爱看书的，还写字，可他还是看不见叶十三。

“现在你找到他了。他就是这个地方的主人。你把他喊出去吧，只要他肯出去，这儿的人就都会跟着出去。”

“不行。我妈说了，他不会听我的。再说你不觉得这个地方环境很好吗？难得开辟这样一片地方，连我看着都心动了。”

“这是能长久住的地方吗？你看看周围的雾气，远一点什么都看不见，这根本就是一片虚造的地方。”

“虚造的有什么不好？你也是我虚造的。”

“柳墨城，你这样说话就是不讲理了。我们不是说好了吗？找到你的父亲，然后喊出井下所有人。之前说的那些话你是一句也没有听进去啊？”

“我为什么要听进去？叶十三，下到井中我才突然想透彻，人可以被自己左右但绝不能受人摆布。我最不幸的事情就是写了你。确实如你所说，今天的人们都不爱追求艺术，失去真挚的艺术之心了，他们追求艺术的表皮甚至表皮也不要，就像假和尚浑身挂满佛珠骗吃骗喝。可这些东西总有一天会有解决的办法，但不是现在，也不是你能解救的，是需要一段过渡的时间，是时间，你知道吗？给他们自省的时间。毕竟他们是一群拥有先天性想象力的高级动物，他们迟早会因为精神荒废而焦虑不安，然后开始重新寻找通往精神花园的路径。他们只是需要一段过渡。你明白我的意思吗？凭一人之力想要叫醒所有井下的人，你不觉得是在做梦？”

“可是……”

“……没有可是！叶十三，这回你得听我的。这儿环境真的不错。请你给他们一点时间。以后我的事情你也别管了。”

“你想做什么？”

“我想……留在这儿。”

“我就知道你会这样。你是个容易受到诱惑的人。你和你父亲和其他人一样，遇到难以解决的事情就藏起来，藏到井下来了，打造出这样一片令你们心满意足的地方就永远不打算面对别的问题。”

“叶十三，我们无法左右别的人，你不是神，我也不是，我父亲也不是——而且我的父亲好不容易死了，正准备过他死后清清爽爽的日子！你不能对一个跟你交情不深的人以及一个死者有太多要求！——住在这儿的人们也不是神。我很理解他们，这像最后的落脚处，也像最后能飞升的地方，如果有一天他们真正想通了，这些井口也就不需要了，只要推掉井口，就等于拔地而起，重新融入地面生活。那时候你会发现许多人都能重新看到你。但此刻你不要勉强他们。如果你相信我，请放手让我写你，我保证不会按照之前设定的那样去给你安排人生，这两年我对写作有了别的思考，请相信这种改变。”

“我不能相信。”

“叶十三，你是好话听不进，坏话也不想听，总之你的意思就是我必须什么都听你的。可我不想忍你了。从未有人受他小说主人公的摆布，很可耻地让我遭遇到了。我不能按照自己的意思写你的一生，你却跳出来摆布我的一生。你要去实现什么伟大理想你去实现，请不要带上我。”

“既然如此，那你就得听我的。我还真要实现我的理想呢。就从你开始吧。你的父亲是我让他进的屋，只要我不喊他出来他就不会出来，你跟他也别想多说话。不错，他是看不见我，但没关系，我能看见他就行了。人就是一张鼓，不敲不会响，我不能由着你的意思了。说实在的，我并不是对这片地方没有办法，也不是不敢下到井中，我只是有一瞬间觉得，也许真应该给他们时间。可我看出来了，柳墨城，那个叫醒井下人的人是必须存在的。我是希望好好跟你商量着来。柳墨城，不，现在你不叫柳墨城，现在你叫叶十三。”

“你在说什么鬼话！”我打断他的话。

“你就是叶十三，我是柳墨城。我喊你一声你要答应，你答应之后你就是叶十三。不过，看在你写我一场的分儿上，我让你在变成叶十三之前与你的父亲告别。”

我震惊到一句话也说不出。不过我还是狠狠地走到他跟前（保持三五步距离），高高抬起头，瞪着他。

叶十三张口一喊，我父亲就从他的小房间出来了。

“儿子，你有什么话就跟我说吧。”父亲说。他手里提着一包行李。

“你这是要去哪里？”我问。

“你已经找到这个地方了，那我就要离开这儿。”

“为什么？”

“你的妈妈前几天已经去世了。儿子，我回城里还有什么意思。我拿着东西去找找看，兴许还有别的地方可以居住。你妈肯定已经找到新的住地。人死之后就是另外一种活法，我和你妈妈生活了一辈子，现在总算可以分开去过自己的生活。我知道她跟你告过别了。她很想念那所老房子，如果不是你让它消失掉（当然我很羡慕你这种能力），也许她就住在那儿了。”

“爸……你在……在说什么呢？”

“我知道你很难过。儿子，你不要难过。这儿的人你想叫出去也可以，只是你叫出去也没有用，还不到他们出去的时候。人和鸡蛋一样，需要捂一捂才能长出形状，才能长出翅膀，才能破开束缚他的硬壳，之后才能见天，才能在额头上长出汲取阳光的冠子。虽然有翅膀也飞不上天，但对天空的想象会蕴藏在翅膀里面。人和鸡蛋是一样的。我知道这个比喻很粗糙，我的意思是他们暂时只能住在这儿，就像鸡蛋要住在蛋壳之中。急着出去是无用的，地面上那种情况暂时不能提供上好的环境修身养性，也可以说，我们还不能强大到面对一切诱惑，所以目前必须住在井下，这不是外人以为的禁锢，以为的坐井观天，这种状态和心思你应该懂，你从前有过地窖读书的经历。我和这些人目前的行为和你当初是一样的。当然我指的是这里，不是外面那些井下的人。那些井下的人比我们还不如呢。他们没有想着要出去，觉得井下很自在很舒服，从未想过培养信心去重新面对生活更大的冲击。儿子，我确实感觉到很多压力，这些压力无法细致地跟你说清楚，但你要对我有信心，对这儿和我一样的人有信心。你要相信他们是不一样的。虽然你在这里走了很久也见不到一个人，但他们跟我一样，只是更愿意待在自己的房子里，所以你要相信，他们没有放弃自己。你看见我那些挂着的毛笔了吗？那都是我重新捡起来的爱好。我们的脑袋并非完全空掉了，只是还需要足够的时间，毕竟生活抽走我们脑袋里的东西是一步一步来的，如今要找回它们，也得一步一步来。很多人都需要时间，你也需要时间。我之前听你妈妈说，你被自己写的一本小说中的人给控制了，她说她曾经去你的城市偷偷见到过那个人，和你长得一模一样，她差点以为自己生了两个儿子，说句惭愧的话，我也偷偷去看过你，但从未见到那个叫叶十三的人，你妈说那个人叫叶十三。这样也不坏，儿子，不要气馁，写东西的人是抱着自己的影子在写……什么？这句话叶十三说过？啊，我以为是我说的……写东西的人是抱着自己的影子在写，所以说，也许叶十三就是你自己，是你多年写作的套路令自己生厌，你不想长此这样下去所以才给叶十三留了跳出你小说的口子。当然，叶十三想要干什么你肯定也无法左右。你是你，影子是影子。但是你最好听取我的意见，你可以适当给井下的人提个醒，只是不要急着喊他们冲出去。你也暂时住在这儿吧，我敢肯定你会喜欢这个地方的。现在我要走了，难得你听我说了这许多话。”

父亲挎着行李就走了。

我站在原地，看着父亲远去的背影，仿佛秋天所有的风都吹进我心里，脑子空荡荡，嘴里说不出道别的话。

“叶十三！”

这声音像一声炸雷滚进我的耳朵。

“我在。”我说。我不由自主地回答。

我看到柳墨城站在眼前。

“你是柳墨城？”我觉得整个人心情都变了。变得很忧愁。变得很茫然。变得熟人站在跟前差点认不出来。

“对啊。我是。”他说。

我觉得浑身难受，因为好几天没回到书中休息。玉泠已经走了。是在前天晚上走的，当我不停地在井下奔忙的时候她哭着走了。“叶十三，你跟你的那些井下的人过一辈子吧，不要再来找我了，我们两个算是彻底完蛋了！”玉泠是这样和我说的。女人很善变。她们有多善良就会有多狠心。她当时跟我表白的时候说的是：“叶十三，我知道你和我们不一样，你是从书里来的，但不管怎么样我都愿意和你在一起，对于我来说书中没有黄金屋但是有叶十三，有叶十三就够了，我的一生就是圆满的了。请你一定不要感到突然，我们的相遇说明这一切是天注定的。我跟柳墨城只是一起长大的朋友，这一点你一定要相信。”当时那种情况我是头一回遭遇，糊里糊涂就跟她好上了。当然也不是说我对她一点好感都没有就跟她好上了，我确实也喜欢她。曾经有一回，我差点跟她直接去扯结婚证。要不是走到半路发觉没人看得见我，令我突然很沮丧，我就跟她一直走去扯结婚证了。如今她走了也好，我这样的身份与她不般配，她的父母至今不知道有我这么一号人，他们看不见我，所以他们一到周末就拉着玉泠四处相亲。我也受够了，说实在的，早分早好，我祝她幸福。

“你怎么了？”柳墨城说。

“没什么。”我说。

“你明明很伤心的样子。”柳墨城说。

我就死盯着柳墨城，脸色一定很难看。柳墨城也识趣，知道我不想跟他说话了。

我准备去敲门。我走到一间大房子门口。“砰砰砰！”我把门敲得很响。

没人给我开门。

“没有人在。”我自言自语。

柳墨城走到我旁边。“我来敲。”他说。结果里面很快传来人声，门也跟着打开。开门的人看得见柳墨城看不见我，我就知道他只看得见柳墨城。

柳墨城按照我的意思说了来意，希望这儿所有人都到井上去生活。这人“砰”地就将大门关上，半句话也不愿多听我们说，门板差点撞到柳墨城的鼻子。“神经病！”那人在门背后气愤地吼道。

“怎么办？”柳墨城问我。他还是老样子，没主见，遇事总表现得无能为力。

“月亮都快出来了。”柳墨城又说。

我这才发觉天色这么晚了。抬头看见井口的云彩很亮很白。

柳墨城走路像梦游，他确实需要找个地方先养养精神，而我也该回到书里歇一歇。

“小路边有草亭，休息一下。”柳墨城说。

柳墨城没有问我的意见，跑去坐在草亭的条凳上。

晚风很凉，但也不是冬天那种感觉。现在是几月我也记不清了。我从书中出来的时候柳墨城好像在过夏季，而那时候书中的季节却是春天。柳墨城当然不知道这些，他也不会过问，更不相信（我也没必要跟他细说），他不知道书中有书中的世界，书中也不止我一个人。说来惭愧，书中人也过得像行尸走肉，他们被哪一个写东西的人逮住，他们就按照那个人的意思在另一个虚构的空间去过完他的一生，过完那一生他们再回到书中，如果再被逮住就匆匆地再去过一阵子或一辈子，这样一来书中人的性格多少会受到影响。他们已经受到影响。他们从不思考。“我生来是被人写，我的人生有人做主。”他们就是这么认为的。他们变得恍恍惚惚，六神无主，得过且过。我的一个朋友被逮住无数次，很多回经历了横死，很多回当了坏蛋甚至傻子，只有一回值得留念，那就是与一位美女结成夫妻，只是后来那女人跟别人跑了，这一点是个小小的遗憾，然而比起别的遭遇这是一桩美谈。他无数次跟我谈起那段书外人生，念叨那个不属于他的女人。在我还没有被柳墨城逮住的时候，我和我的朋友还在树林中谈他的往事呢。说来我已经很久没有见过这位朋友了，偶尔回到书中也没联系上，他可能又被柳墨城的哪一个同行给逮住了。

我来到柳墨城生活的地方是要自己做主的。我不想过书中人都在过的人生。我要反抗。可我后来发觉柳墨城也是个可怜人。他没有主见，随波逐流，他对自己所处的环境的状况也很无奈，但没有办法，甚至连他自己也时时堕入生活的陷阱。他的小说必须考虑到别人的审美趣味。他从不踏入离家太远的地方，这或许是他潜意识的反抗精神，想要守住自己最后的阵地。但又有什么用呢？他的人“不愿到人多的地方去”，他的写作方向却已经“到人多的地方去”了。这么多年来他获得的声名并非他真正想要的，可他又必须伪装起来，表现得很上进，励志，奋斗不息，名副其实。他已经相信这种方向是对的了。

不过今天很不一样。今天的柳墨城好像受了什么咒，仿佛被人给换了心，看着和过去相同，实际上那眼神中有了悲伤的神色，这种神色从前是不会有的。他终于懂得（当然他现在肯定不会承认），眼前这些井下的人有多固执，也知道他曾经写的那些东西有多没用。他对我之前说的那些话可能有了某种感触，我曾跟他说：写的东西要像羊脖子上挂的铃铛，能响起来，能让人感觉到你在哪里，给人以方向，给人以想象。

我好像有点儿同情柳墨城了。他不知道他像生活中的一头驴子，蒙着眼睛转圈圈，虽然没被逼到井下，也差不多快到那个地步了。我是在他还没落到那个地步的时候就被他逮进了他的小说里，我肯定是要自救的，或者说互相救助吧。要是他能看一看书中我的世界跟他的世界差不多复杂，他或许也能抓住一点儿勇气吧，比如他会突然醒悟：

生活既然如此，逃是逃不掉的。

晚风很凉，是深秋的感觉。我在书中和书外两地儿跑，已分不清季节，也算不出这中间消耗了多少时间。不过我记得历经过两次落雪，一次落到柳墨城家门口，雪堆积如山，出门都成问题，一次还没落到半山腰就退回去了。

我看柳墨城是累极了，困极了，他要睡着了。

我也想回书中歇歇。我感到自己心力不足，就仿佛我的一生很快要过完了。

十六

穿过小树林就到了书中人的地界。这里正在下大雪，流水却永远不会结冰，水声哗哗作响，再往前就是我的住房。

我刚到门口就被里面的声音给惊住。

在我的房子里有人在唱歌。是玉泠的歌声，我熟悉她的声音。

“我就知道你今天回来。”玉泠在屋里这么说，接着将门打开，满脸笑容地迎接我。

“怎么你……？”我说。

“不认识我啦?！”她故作生气。

“快进来坐吧。饭都给你热好了。”她又说。

我只好进屋。还以为进的别人屋，半天回不过神。

“说说看，你回来住几天？”

她这语气像个女主人。

“两三天吧。”我说。

“那可好了，算是你住得最久的一次。是因为我吗？”她很惊喜的样子。

她不是跟我分手了吗？我们两个不是彻底完蛋了吗？真不明白眼前这种举动什么意思。

“你要改变的那个人呢？”

“谁？”

“柳墨城啊，还能有谁。你不是要教他怎么去认识他所处的环境，让他写一些真实的现象吗？”

“不提了。我忽然发现我自己的情况比柳墨城还不如，有什么资格教他。他只是在适应他的环境，而我也只不过在做一些徒劳的工夫。我没办法改变书中人的想法，他也没办法改变他周围人的趣味。就算他按照我的意思给我安排精彩纷呈的一生又怎么样，回到书中世界我仍然是一个随时可能被捉去篡改人生的人，我将会跟我的那个朋友一样，越来越颓废，越来越感到哪一种人生都不快乐，顶多在我众多被虚构的人生当中，能挑出柳墨城按照我的意思为我书写的有点儿趣味的一生。我和柳墨城只不过是可怜人遇到可怜人。说起来柳墨城更可怜，我可以被无数次改写，即使大多是不幸的人生，柳墨城却是单一的，没有人会改写他，好的坏的都没有。”

“那可不一定。”

“什么意思？”

“我的意思是，说不定柳墨城已经被改写了。只是他不知道。”

“什么意思？”

“我没说明白吗？”

“是呀，你没说明白。”

“我说得很明白呀。但是你这么一问，我好像也不知道在说什么了。”

“算了，不说这些啦。忘了问，你怎么会在这儿。”

“因为我是你的女朋友。”

“你不是说……”

“……打住。我什么都没有说过。”

她什么都没说过吗？

“我看你没再去摆地摊了，是伤心了吧？要是我，我也伤心。当初你去那儿摆摊我看着都累，你能跑过那些人吗？跑不过的！那都是些什么人你也不想想，一是跑得快，二是脾气坏，三是负责管制你们。就这三样在手，哪怕老天爷明明给的一根鸡毛，他们也能耍出夺命斧的威风。这叫什么，这叫小人得志，不去摆摊是对的，反正也没有人看得见你。就算有人看得见也就那么几个人。那几个人又不像我对你这么好，叶十三，这一点你可是要承认的吧？我对你怎么样你心里是有数的。我是真心爱你，到今天我也丝毫不介意你的出身。有时候你得弄明白，像我这样的女人就算爱上鬼也不会随便爱上谁，要不然我也不会拖到这个年纪，我父母可是至今没有见过你。你别这么瞪着我呀，听我把话说完，总之在你的身上有吸引我的魔力，我摆脱不掉。我试过跟父母好好谈谈，就在我们两个吵架之后，我很后悔跟你赌气，说了那些你不开心的话就走了。我回去跟父母商量，我说我谈了男朋友，请他们以后不要带我去相亲，我还告诉他们，有一回我一直在饭桌上说话，并不是自言自语，而是跟我的男朋友，也就是你，在跟你说话，我是这样跟他们说的，他们就更不高兴了，并且吓得也不轻，就像那天你看到的那样，我父亲差点又跑出去喊人为我驱邪，我母亲大哭，他们以为我神经出了问题，要带我去看医生。这种情况下你说我跑不跑？”

“这么说来，你是逃到这儿来的？”

“猜得不错。”

“你这一冷一热的我受不了。玉冷，我们已经分手了。”

“我说分才算，你说不算。”

“你这人……”

“……打住。听我说完。那天确实生气，对你说了一些不好的话，那就收回那些话，反正你两眼清明，看得见我对你的付出。我都跑到你这边来了，好意思跟我计较吗？”

"你这让我……说什么好。"

"那就什么都别说了。为了表达诚意我来了你的世界，现在我们之间没有什么阻碍了。"

"你还没告诉我你是怎么来的。"

"这你就别管了，我有办法。"

"他们不可能接纳你啊。"我是回答她，也是自言自语。

"你说那些书中人吗？有什么不可能。你也是书中人，却还跟我谈恋爱呢。你离开的这段时间发生了许多事，估计你还不如我清楚呢。"

"什么事？"

玉泠不肯马上告诉我，她要我先吃饭。也好，我也饿了。我是吃饭的，并不是像柳墨城以为的那样只要回到书中歇一歇就能恢复体力，我只是不能在他那个环境中享受食物。我们有我们的食物。

吃完饭玉泠带我出去散步。她对这儿还真是比我熟悉的样子。我们走在雪地上，很多人也走在雪地上，按照书中人的习惯，这个点正是出来散步的时间。

玉泠咳嗽了好几声。这个环境她还不很适应，我脱了衣服给她披上。

"这就是我看中你的一点——细心。书外的人已经不注重这些了。当然不是指一件衣服的事情，而是很多细碎又复杂的事情。"

"说两句吧，我听着。"我希望她说下去，因为她正处于说话的情绪当中，之所以停顿一下，是需要我牵一牵她的话题。

玉泠裹紧外衣，继续朝积雪很厚的地方走，那个地方原先是假山和流水，现在假山被落雪覆盖了一半，流水还在淌着。

"你小心脚下。"我牵了她一把。

"我那个地方的人不说你也看到过，那些谈恋爱的人聚在一起都不用嘴巴互相说话了，用手机，躺在一起用手机聊天，我适应不了。叶十三，他们是不会像你先前那样为我披一件外衣的，即使在落雪的天气他们也不会。”

玉泠很伤感。

突然她又变得高兴了。

“你看，我看到谁了！”她一高兴一抬手，将披在身上的外衣抖落了。

“柳墨城？”

“是啊，就是他！”

我以为自己眼睛出了毛病。可那人确是柳墨城。

“你怎么看到他那么高兴？”

“是啊，我还是头一回见到柳墨城这么高兴，就好像他不是柳墨城，他是你。”玉泠说完皱了皱眉。看看我，又看看向我们走来的柳墨城。

“我来看看你们。”柳墨城说。

“玉泠，你该回家去了。”柳墨城说。

玉泠将我重新披在她身上的外衣脱下来还给我。什么话也没多说，看了看柳墨城，非常听他的话，转身就走向对面的小树林，穿过那片林子就是书外人的地界儿。出去之后该怎么回家她是一清二楚的，可我舍不得她走，我们两个才刚刚和好，她还说这儿有了一些变化，具体什么变化还没告诉我呢。

“我是来喊玉泠回去的。”

“怎么轮到你来管玉泠的事了？”

“也不是管。就算我不喊她走，她也会跟着我走的。我在哪儿她只会在哪儿。一时认错也很正常，毕竟我们两个现在长得越来越像。我没有破坏你和玉泠的感情，我只是想让你亲耳听到，玉泠自始至终爱的都是叶十三。叶十三没有抢走玉泠，他跟玉泠是真心相爱。现在你都知道了，就不会心里不痛快。我知道你心里一直不痛快但不肯承认。就算叶十三之前想要放弃玉泠，现在也不会这么做，她跑到这里的勇气不是每个女人都有。”

“我当然知道玉泠是爱我的。我的这些感受不需要你来告诉我。柳墨城，你是不是脑子有毛病，怎么你在说我的时候好像说的是你自己？”

柳墨城对我笑了笑，像是有话要说又不想多说，好像我会明白他要说什么似的，他就走了。

我站在假山旁边许久都没想明白他说的那些话。不过，玉泠走了之后我以为自己会很难过，可就是难过那么一小会儿之后就不难过了，这使我吃惊，说明我潜意识中对玉泠的感情没有表现出来的这么深，反而柳墨城刚才看玉泠的眼神里充满了爱意。至于玉泠，她见到柳墨城的时候就仿佛见到她丢掉的魂，让她回家她就回家，似乎那个柳墨城才是叶十三，而我叶十三才是柳墨城。我想着想着从伤心转到气愤。要不是需要在书中休养两日，我立刻就……就去干什么呢？

真没劲！

我一个人走回住所，走着走着忽然一点也不生玉泠的气了，连柳墨城的气也不生了。到了房子门口，我没有立刻进屋，而是站在屋外看着周围。这是我从小住到大的地方，可此刻却仿佛初生于此，万分好奇。我又一个人走了出去。天色已黑但白雪煌煌，更有月亮像同情我这个难得回来的人似的，将月光冷亮冷亮地洒到地上。我就不算是一个人在路上走，有这些光陪着。

十七

前面站着的人都是我熟悉的，没想到还能再次遇见熟人。那些井下的人也到了这儿——我是指柳墨城和我在毛竹林发现的那些井下的人。

那个差点撞掉我鼻子的老头，我一眼就认出来了。他们一大伙人正聚在一起说话，就在我前方十来步距离。他们还没发现我。

啊，我忘了他们看不见我！

“咳，别挡道儿。”

一个孩子的声音。我扭头一看，他趴在雪地上正往我这边挪。细瘦的身体像一条短蛇。我确实挡住他的路了。

他艰难地挪到我旁边。我看他腿脚并没有出问题，手也好好的，腰也好好的。“你为什么不起来走路呢？”我多了一句嘴。

小孩没理我。呼噜呼噜经过我爬到前面那些人跟前，从那些人中间穿过去，就到那边去了。

我也跟着穿过人群，到了人群之外回头看了看，发觉没人看得见我，他们嘴巴一直在互相说话，但这么近的距离我却一句也听不清。

前方是我不知道的。遇到一条河，月色照得河水像苦的，我本来想喝一口也不想喝了。河面搭有宽阔的桥板，通过它到了悬崖下的小路。这是修来跑步用的，隔一段距离就有标注。路上来来往往的行人，都是书中人。

“你们好。”我站在桥上跟他们说话。

“你们好啊。”我走过桥，到小路旁跟他们说话。

他们好像都不认识我了。

“别费嗓子啦。”

这话明显是跟我说的。

是刚才那个小孩子的声音。他在人群中扑腾扑腾往前爬。我差点没看见他。

“是你啊。”我说。

“对呢。”小孩爬到我脚前，直了腰板蹲着，却不站起来。

“我很奇怪你怎么不走路。”

“我也很奇怪你怎么会问这么生疏的话。你不是叶十三吗？对这儿的情况难道不是最了解？”

我沉默。我是叶十三。但我对这儿的情况好像真不如从前那么了解了。可能出去的时间有点儿久，匆匆来匆匆去，猛地回来住久一点却发觉自己像个书外人。

“你是被书外人捉去写成什么了？”

“对嘛，这才像熟人问的话。”

“把你写成……”我指指他的样子。

“对。写成一个先天性残疾人。生下来我就得在地上爬行。我都爬了十一年了。书外许多人还在为我难过呢，大把大把掉眼泪。”

“可你回到这儿不用爬。”

“不。我习惯了。我还没从这段人生中醒来。这种感觉你应该很清楚，多少人还沉浸在他们刚刚历经的人生中醒不过来。书中人是没有自己的人生的，这你是非常明白的是不是？我们生来就像是一个空心的瓶子，迎接书外人给我们往心里随便灌输他们的意思。我们在书中世界的生活习惯，都是拣取被书写的那些众多人生中的记忆，仿佛那就是我们真实的记忆，并在这种记忆中前行。如果再被抓去经历一阵子或一辈子，又会自然而然地从中拣取最有印象的一部分记忆添到过去的记忆中，形成目前我这个样子。你看看这些人。他们每经过一段书写就会倒空自己，成为茫然的空心的人。有的人还没从上一段人生中醒来就又被抓去经历下一段。你仔细看看他们，他们其实正被抓去书写，可身体和意识都是分开的，你可以想象，此刻书写他的那个人正在做无用之功呢。他们只不过抓了我们的一半——仅仅是个影子或者一小部分意识——没有完全将我们整个地带出去，因此留在这儿的书中人也不是完整的，他的一半在这里一半在外面，很惨呀！

“啊，还有一件事我忘了说。叶十三，我很奇怪你先前那种眼神好像真把我当成一个孩子了。过去你也没少用这种眼光看我，但至少你心里是明白的，我并不是一个孩子。这次不一样，这次你浑身上下透出来的意思都是把我看成是个不知事的孩童。难道你忘记我只是按照书外人需求的那样长成了一个侏儒，我真正的年岁跟你差不多。你向来很反感我们按照书外人的需求来安排自己，可有什么办法，虽然你生来心里就装着属于自己的很多的想法，我们却不能都和你一样好命，不是每一个人都能自己给自己做主的。我今天有这些思考，也是从被书写的人生中锻造出来的感悟。基本上这些感悟是属于我自己的，这已经让我觉得很幸运了。

“叶十三，我不高兴你当我是个不知事的孩童。”

“你不要多心，我没有这么看待。”我说。心里却羞愧不已。

“你抬眼看看他们。”他又说。

我抬眼看看身旁的人，他们茫然的神情，梦游似的步伐。

“白雨……”我说出这两个字便怔住了。这是谁的名字？

“叶十三，你总算喊出我的名字了。”

原来这孩子……这人，他就叫白雨，为什么我会觉得不像是我自己喊出的呢？我不知道。

“白雨，”我说，“你要去哪里？还有他们。”

“不知道。走走看吧。反正就在这里转来转去呗。”白雨说。

“我带你跑一程吧。”白雨说。

“跑？”

“虽然我在地上爬，但你未必跑得过我。别小瞧我。”

我说好。

白雨准备好了，他弓着身子像一条小狗，两手落地，两脚落地，腰板撑得像桥板。也算是惊喜，起码他没有五体投地。

“开始！”他喊出这两个字，身子就弹出去了。

我紧跟其后。

果然如白雨所说，我跑不过他，却也紧跟在他身后。我还是头一回知道自己可以跑这么快。要是早点弄明白自己还有这方面的才能，该去当运动员，还写什么小说。

“你扭头看。”白雨说。

我就扭头看。我看见身旁书中人的脸，是落叶被月光照枯一样的脸。随着我步伐增快，这些脸扯成一片，茫然如雨水似的飘过去了。我感到心里凉凉的，谁给我下了一场冰雹似的。我觉得眼窝很热，很快在眼窝外边却又有一股新的冷降临在脸颊上。我不想跑了，但更想跑，跑得远远的看不见我这些同类人的苦痛。

“叶十三！”白雨喊我。

“什么事？”我说。

“看见什么了？”

“茫茫的，什么也看不见。”

“那就停下。”

“不！”我说。

我们继续往前跑。白雨像狗一样冲在前头，我像疯子一样跟在后头。我只知道自己正在路过一群毫无生气的书中人。这一跑确实让人心情没有那么糟糕了，也弄明白当初为何执意要去跟柳墨城作对。我不是作对，我是在奔跑。跑是一种抛开和改变。

突然我听到身旁有人说笑。

天呐，有人说笑！书中人会互相说笑吗？这是一件大事。

我扭头看看白雨，发觉前方不见他，就知道他被我甩在后面了。他就在后面。

“你听见了吗？白雨，听见了吗？”我问他。我停不下脚步。

“我知道啊，所以我带你跑一跑。”

白雨已经从地上站起来了。他是站着跑的。也是站着回我的话的。

“你站起来啦！”我说。

“是啊。”他说。

“你想唱歌吗？”我说。

“唱啊。”他说。

白雨张口就唱，我也跟着唱，我们唱道：

悬崖下一条长长的路上。
茫茫的人在长长的路上。
我们踏着月光踏着积雪，
在茫茫路上。
前方长长的路和积雪。
前方茫茫的月和积雪。

白雨声音哽咽。我的声音哽咽。我们唱完就没再说一句话。不过很高兴这样一路跑着。旁边的人们一直在说笑，笑声还挺大。当我歪头去看，发觉先前原本扯成一片的脸是清晰的，而且脸色和悦，最令我吃惊的是那些井下的人也在其中，他们和书中人在说书外人的世界。

我的脚步慢下来。那些人却走得很快了。

我停下脚步。

“白雨，你看他们。”我说。

白雨没有回我的话。他已经不在后面跟着了。

“再见。”白雨的声音从前方传来。他已经走到人群中去了。那些人满脸笑意地对我点头招呼，我也对他们点头招呼，不过他们在忙着商量事情。

我发现了一件怪事，看见书中人伸手拉了一把，在他面前便出现一个书外人。受了触动，我也不由自主地伸出手去，嘴里念着玉泠心里想着玉泠，可伸手一拉，拉进来的却是柳墨城。没想到真的能把人拉进来！我又吃惊又高兴。

我正准备将这个发现告诉柳墨城，柳墨城却气呼呼地看我一眼转身就走了。他好像挺嫌弃我这么做无聊透顶。我不明白这个人怎么在这个地方想来就来想走就走，好像这儿是他家。我看别的书中人都是亲手拉进书外人，再将书外人推一推，书中人好像看得见哪儿有门缝似的，书外人才能离开这个地方。柳墨城却不需要这样。当然他即使需要，我也不知道把他从哪儿推出去。可为什么要给我脸色看呢？我原本是要拉玉泠进来的。

十八

我清醒了过来。在叶十三的房子里忽然什么都记起来了：我不是叶十三，我是柳墨城。我在书中人的世界。只要想出去就会有人帮忙将我送到书外去，可我没有请求帮忙。这件事已经随着冬天过去了。大雪融化，春暖花开。我在书中度过了一段时日。我觉得舒畅、惬意、不虚此生，我在我虚构的人物世界里活起来了。

柳墨城……哦不……叶十三偶尔也来看看他的老房子。说实在的，这房子越看越像我的老房子。后来在这儿时日长了我才发觉这真的就是我的老房子。书中人原本什么也没有，他们从前住的只不过是一个一个小小的窝。

是林北告诉我的，书中人没有房子。也是林北告诉我，书外人丢弃的所有东西都长到书中人的地界儿了。

林北就是那天差点撞掉我鼻子的井下人。他的名字听上去很年轻，更让人以为是个年轻姑娘。他自从到了这儿就住进自己书外丢弃的那所房子里。那房子就长在叶十三房子——我现在很糊涂，不知道该称它是我的房子还是叶十三的房子——就算是他的房子吧，就长在叶十三房子的旁边，隔着一条细沟。他每日都会到我这里串门，张口闭口地喊我小墨，喊得我好像是他的儿子。我喊他林大爷，他不高兴，让我喊他林大叔。

林大叔跟我说，这儿每一天都会有变化，如果哪一天我的门口突然长出一片荒草地也不要吃惊，那就是在书外人的某个地方有人将一片荒废的土地彻底遗弃了。而如果在我的面前突然长出一个草棚，那更不用奇怪，那是从前书外的读书人用来煮酒谈天的地方，它要是到这个地方来，说明外面建造起了现代化的精致的酒屋，嫌弃它这种土不啦叽的东西了。

我起初不敢相信林大叔的话，经过验证不得不信。我出去走了一圈，确实发现曾经在书外世界丢弃的东西都长到这个地方来了。并非书中人自己修建，确确实实仿佛种子一样在这个地方的土里冒出来。我恍惚生活在书外世界的过去当中。我很惊喜，热泪盈眶，我算是真正相信了叶十三的话，他在外面所付出的劳动是有用的，当人们把旧物随意丢弃，他都会想办法将它们以别的方式保存起来流传下去，他就是以这种搬到书中的方式保存了书外人不要的旧东西。我不知道他是怎么做到的，但既然他能有别于其他书中人，跳出去与书写他的人“搏斗”，那么要从外面搬点儿东西到书中世界也不是不可能的。当然，我敢确定，那些旧物是经过他挑拣的，叶十三是个相当有想法的人，他懂得轻重缓急，并不是每一样东西都值得流传下去，有些旧物是可以丢弃的。我如今站在这些被复活的、不该抛弃的旧物跟前，感觉脸上吹拂的风好像都是从遥远的过去吹来的。我对叶十三的敬佩更加深了。我感到，这不是我曾经虚构的人物，如他所说，他是独立的，有思想的，写是写不圆满的，只有他自己才能掌握自己的命运，只有他想在谁写的那段人生中活下去，那个小说的人物才能活下去。

叶十三比我勇敢，他在我那个世界里活得像个英雄。

“我不一定还要出去的。”我跟叶十三这样说过。他来看我的时候我这么说的。

来到书中世界的书外人越来越多，许多书中人反而跑到书外去体验他们新的人生了，听叶十三说，他总会在外面遇到他的同类。我也告诉叶十三，我在这儿也遇到了自己的同类，虽然大家互不相识，但一眼就能看出来自同一个地方。

叶十三时不时就会丢进来一些小巧的、外面的人不需要的东西，有一次差点丢来砸到林大叔的鼻子。

我和书外来的人就这么住在了书中人的土地上。谁也没想着走。这儿不是我们的故乡，但和故乡一样，在这片土地上充满了我们遗弃的东西，有一些旧物的味道在风中游荡，而我们谁也离不开这儿的原因是，我们感觉，我们也像旧物。

天降大运

一

介史里布从小就喜欢给自己算命，但从未算到有一天会被雷劈。高空降下一个雷，独独的一个，劈妖精似的劈在他头顶。

所有人包括介史里布自己都觉得这次死定了。天雷轰他，不死怎么可能。可他没死。除了头顶炸响那一刻让他身子晃了晃，他连倒地都没有。

这是早上的事情了。

早上好几个人看见介史里布冒着烟。如果不是眼睁睁看见滚雷在他头上爆炸，还以为这个傻透了的介史里布要成仙飞走了呢。

那几个人拔腿就跑，将这件奇闻拿去四处传说。被传说引来的人不下二十个。他们把介史里布团团围住。介史里布还顶着被雷轰翻的头发坐在门槛上发呆。

那些人上上下下看了又看，七七八八说了许多话。他们在找介史里布没有被雷劈死的原因。

“不敢相信！真是不敢相信！”他们说。

介史里布抓着自己鸟窝一样的头发，偶尔抬起一张黑脸，也想知道这些人到底有没有琢磨出原因。

“又没有下雨，”那些人说，“天也是晴的，却扯了几道火闪和独独一个雷。”

“日他妈！”介史里布突然站起来骂道。

人们迅速地向后一退，吓着了。毕竟这个雷都没有劈死的人突然做出这样一种反应是会吓到人的，万一他身上还藏着没有爆炸完的滚雷，那不是人人都要遭殃？

介史里布看着眼前受惊的人，略微有些抱歉——当然脸上什么表情也是看不到的，雷把他的脸炸黑了。“我只是顺口一说。”他解释道。

一个年轻小伙子走到前面，问道：“你有没有觉得肉疼？”

“为什么要这样问呢？”介史里布说。他认出来，这个人是他小学的同学。那时他经常被这个人欺负。

“因为我没有被雷劈过，没有经验，我就是想知道什么……滋味儿。”

“我也说不好。”

介史里布确实不知道什么滋味儿。

“你应该知道，不可能没有一点感觉。或者，有什么不一样？”

介史里布抖抖肩膀：“没什么特别的感觉。有什么不一样呢？除了脸和头发和衣服黑了。”

“你不可能就是发型乱了啊？一个人被雷劈了能说自己没有感觉吗？”

介史里布很抱歉，也觉得这位同学的疑问有道理。可自己确实没有感觉。除了发型乱了一点，脸黑了一点，身上没有别的疼痛。就连先前被雷轰得耳鸣，现在也不耳鸣了。

“你肯定只是暂时没有发现。你一定有什么不一样的感觉。”

“你叫什么名字来着？”

“什么？你忘记我的名字了？”

“我记得吗？”

“你昨天还记得……啊！哈哈哈，这就是不一样的地方！我知道了，你的记性被炸掉了！”

“是吗？”介史里布疑惑道。他不记得自己曾经记得他的名字，只记得他们一起上过小学。可是小学里面多半人的名字他都忘记了，这位同学一定是先前那几个亲眼看着他被雷劈的人跑出几里地宣传的时候撞见了，他才“千里迢迢”赶过来的。他住在村子外面那个村子的外面，与他中间还隔着一个村子。这个地方宽阔，大山区，一个村到另一个村要走好远的路，其间隔着沟沟坎坎和大悬崖。这位同学就是太希望看他的笑话了，听了关于他的消息肯定是小跑着赶到这里来的。

这位同学叫什么来着？

“哈哈哈，我就知道，你不可能一点事儿没有！”

“你叫什么？”

“阿鲁阿波。”

“嗯。阿鲁阿波。你是来看我死了没有？”

“是的。”

“我没有死。”

“是的。”

“你很失望吧？”

“是的。”

介史里布猛地抬头。

阿鲁阿波立即改口：“不是的！”又说，“我更想知道你为何没有死。”

“我也想知道。”介史里布拍拍袖子，袖子里冒出一股奇怪的味道，“天火烧焦的味道就是不一样。”

阿鲁阿波大胆走近，伸着鼻子一闻，一股说不出来的奇怪味道。忽然，他“啊”地叫了一声，吐出这个字顺带吐出一口黑血，两脚一偏，倒在地上，两眼直瞪瞪地。

介史里布战战兢兢走去看，发现阿鲁阿波已经死了。

“死了。”他带着哭腔说。

众人惊恐万分，指着介史里布想骂又不敢骂，最后还是壮着胆子说：“你把他害死了！”

介史里布委屈不已：“不是我害死他的。”

“就是你，你们有仇。”

“不是我。”

“是你，你们有仇！”

“那点儿仇怨不至于让我想要他的命。何况，现在我脑子乱哄哄的，连他的名字都记不清，你们先前都看到了，我记不起他的名字。我也是才想起曾经跟他有些没有解开的误会。想不到现在他给我丢下更大的误会——让你们误会我。”

“不是误会。就是仇。”

“只是误会。”

“不管是什么，反正他死了。你是一个雷都劈不死的人，一个倒霉半生的人，一定是天降大运了，你要用这种突然而来的力量报复别人。”

“为什么要栽赃我？这些都不是我心里想的。”

“你心里就是这么想的。”

“你们真是……”

“我们真是傻！居然没有想到你这样的人一旦有了力量，就不是从前那个……”

“我没有。”

“你有！一个总是遭遇白眼的人突然得了老天相助，会白白浪费？”

“我真的没有想那么多。刚刚只是一场意外。阿鲁阿波的死是意外，跟我没有关系。”

“可你被雷劈了。”

“这我不反驳。”

“你被雷劈了，但是没有死。”

“这我不反驳。我也很奇怪自己没有死。”

“这就是天降大运了！你倒霉的日子突然过去啦！你要开始害人了！”

“我没有害阿鲁阿波。你们看见我动他一个指头了吗？”

“虽然没有看见你是怎么弄死他的，可他确实死在你的面前。你如今跟之前不一样了。”

“我没有那么恶。”

“谁的恶是写在脸上的？”

“我没有那么恶。”

“反正阿鲁阿波死了。就死在我们这些人的眼皮子底下。”

“这我……”

他们七嘴八舌，都站在与他一定距离的地方争辩。他们想上前将死掉的阿鲁阿波拖走又不敢。

二

介史里布亲手将阿鲁阿波埋葬，在他坟前还伤心地哭了一场——其实只是带着哭腔吼了一阵。他其实还没有从自己被雷劈的事情中缓过来。

“一个被雷劈的人吓死了他的仇人。”这句话已经传得很凶，连小孩子见了介史里布都会自动绕道。

第三日，他一睁开眼睛发觉耳朵里全是乱糟糟的声音，就像有人用簸箕将许多声音从地上撮起来一下子倒进他的耳朵里。这些“扑腾扑腾”的声音让他觉得自己的耳朵像一片塞满了小鱼的池塘。他一下子从床上翻起来，捂着耳朵却捂不住进入耳朵的声音。

介史里布怪叫着在地上打滚，滚到窗户底下。太阳还没有出来，不见任何温暖的光芒，天空倒是寡淡地亮着。

他的院子周围其实早晚都有人在偷偷观察，仿佛是轮班防守。防守什么呢？也许防守他变成妖怪？或者看他会不会在后来几天突然死掉？一个被雷劈的人，总不可能还和从前一样是个普通的人，从雷劈他那天开始，他就不普通了。他们肯定是这样认为的。

介史里布顾不上仔细寻思，刚刚从脑子里冒出一点想法，很快就被那些声音给“扑腾”灭了。

听到介史里布痛苦的叫声，周围草丛里陆陆续续（后来迅速地）走出来好几个人，凑到介史里布的窗前。介史里布抬眼看见，足有七八条壮汉，都是这个村子得力的人，有几个跟他交情还不浅呢。自从遭雷劈以后，谁都跟他淡淡的，只不过怀着冷淡情绪也依然要随时注意他的举动。雷劈发生后的两日，这些壮汉每天都躲在房子周围观察他的动静。

介史里布抱着脑袋，他觉得那些声音不是单单进入耳朵，还进入了他的脑袋。后来，他觉得自己就是声音的宇宙，除了那些声音，没有他了。他漂浮着，空空的，突然不再喊叫，变得死一样安静，躺在地上就像躺在半空中悬着，眼睛直直的，手摊在两边，形成一个“大”字仰面望着屋顶。

“死了吗？”那几人互相看着说。

他们又摇头。

介史里布当然听得见他们的声音，只是很奇怪这么近的声音进入耳朵时仿佛从很远的地方传来，变得特别微弱。

“就说嘛，他不可能还和以前一样。”他们说。声音更微弱。

介史里布躺着，漂浮在空空的境界，只有他自己才能感受到的境界。不过那些声音不像之前那么“攻击”他了，而是变得舒缓，变得让他有思考的空隙。他开始研究这些声音，并得出答案：近的声音变得很遥远，那么远的声音一定就是响亮清晰。也就是说，之前听到的那些粗声大气的声音其实隔着很远的距离。

介史里布想通了这个，接着就想不通了——声音为何要来找他？那些声音在抢着说话，有很着急的事情要跟他说似的。

介史里布瞪着眼睛望着屋顶。此刻他可以站起来了，声音不会再将他“拽倒”，但他想躺着。

他又转头看着窗外。窗外的人急忙向后退了一下，发现介史里布没有盯着他们看，而是看他们缝隙里透过去的天空，才又走近窗户，不过，主动让开一点，让介史里布可以看到更宽的天。

介史里布静静地望着天空，太阳还没有照热的天空显得很憋屈，想下雨似的。他脑海里飘出一些过往的经历，有点儿伤感，也觉得很累，他的老胃病又要犯了。

“介史里布，你为什么不起来？”窗外有人鼓起勇气说。

介史里布懒得理他。

许多年来这是自己最平静的时刻。平静的日子太少了，显得珍贵。“我凭什么要急着起来，多好的时候啊！”介史里布心想。

“不会是这里出问题了吧？”其中一人指着自己的脑袋跟身边的人说。

“看着像。”有人接了那个人的话。

他们还悄悄说了别的。

介史里布都听得清清楚楚。现在对于他来讲，别人什么秘密的话都不是秘密。他们还不知道他已经拥有了这种奇怪的能力。

从未有这样的时刻躺着让他思考一些事情。他刚从城里回来——啊不对，回来半年了——因为他已经三十岁了嘛，三十而立，既然在城中也立不起来，那就干脆回家算了，他也太想念他的土地，以及山区的风色，熟悉的风色不能让陌生人在里面窜来窜去搞得很陌生，所以他决定回来加入自己熟悉的味道，使从前往事中该有的味道继续保存下去。他发觉离开的这十年，出生地就像一口有了裂痕的土锅，他就是一个补锅匠，他是怀着这样一颗痴心回来的——谁知道回来短短半年就被雷劈了！

这件事说起来真让人难堪。村里还活着一些讲究的老人，他被雷劈当天，老人们全都赶来看，他们敲着拐杖，面色愁苦，所有表情都在告诉他一件事情，那就是他介史里布如果不是已经干了什么伤天害理的事情，那就一定是即将要干伤天害理的事情。“没有谁会无缘无故被雷劈的！”他们其中有人悲痛地说。

介史里布来不及跟谁解释。他连给自己解释的理由都找不出来。翻了个身，他爬起来蹲在地上。

“窗外的壮汉们，”他说，“要进来坐吗？”

“不不不不不——”他们摇着手说。他们平时胆子都很肥的。

介史里布身上全是土灰，也懒得拍打了，反正已经挽救不了这件脏衣服。他起身脱下衣服往床头一扔，换了一件之前穿过准备要洗的，然后走出门，站到屋檐底下。那些人从窗口退开，站到院子里，没有要走的意思。

“你们准备一直这么看守着我吗？”介史里布心里有点儿不痛快。为什么不能像从前一样对他呢！

几位汉子找不着话回答，互相看看，又看看介史里布。

“既然没有话说，你们就走吧！”介史里布说。

奇怪的事情就在眼前发生了，他的“你们就走吧”刚说完，那几个人就像被人踹了一脚，突然向后退去，像有人在身后拽着他们的衣领似的，退到大门外面去了。不是他们自己慢慢走的。介史里布吃惊地望着发生的一切。难道是他的话有什么作用？

介史里布想知道是不是自己的话有作用。他迅速地对着门外喊：你们回来。

那刚退走的人又被推进门，推到他跟前，个个惊恐不已，脸吓得黑红黑红的。

“走吧。”介史里布说。

那些人又退着出去了。

介史里布试出来了，自己的话确实有作用。他高兴不已，这哪里还是普通人，归为神人也不夸张。这回他相信之前那些人说的话了，天降大运给他了。之前愁苦自己三十不立，现在好了，一个炸雷把自己劈得立起来了——这当然就是天降大运。

介史里布站在院坝里，突然哈哈大笑。如果不是亲身体会，只是将自己目前的能力说给刚才那几个人或者别的随便什么人听，他们都会说他穷疯了才会幻想自己有与众不同的能力。

那些声音一直像溪水一样流淌在耳朵里，只可惜听不懂说的什么，好像是一种来自别的地方的语言。只要不再“攻击”他就行。介史里布走到大门外，想知道那些人退到哪儿去了。

门外围着许多人——许多老人，其中有些根本不相识的面孔。看来短短两日，他们已经召集了所有上了年纪的有资格教训他的人——他觉得是来教训他的。

刚刚那几个被赶走的壮汉也站在大门外。

“长辈们好！”介史里布说。

老人们不理会。他们在生气。

“请到屋里坐。”介史里布又说。

这话吓着了先前那几个被赶走的壮汉。他们下意识往后缩了缩脚。

“我们才不会上你的当呢。”于鹤老人说。他的胡子在开始变白了。据说胡子变白再变红，人就差不多要死了。于鹤老人说话欠缺力气，看上去的确有了几分将要辞世的味道。

“于老爷，”介史里布忍不住委屈，“我做了什么错事吗？为什么堵住我的门。”

“我们不容许你继续住在这儿了。”于鹤老人使劲清了清嗓子，这样能使他喑哑的带着“咝咝”声的话听起来清楚一点。

“这是我祖辈居住的地方，我为什么要走？我不走。”介史里布气愤地说道。先前还尊重他们是一帮老人，没想到越老越不讲道理。

“你不走不行。”于鹤老人也很固执。

“这是我的祖屋。没人有权力将我赶出去。”

于鹤老人刚要开口，被壮汉中的一人抢了先：“刚才我们也领教了，你已经不是个正常人，连你的屋子都不是正常的，你在屋里随便下个逐客令，我们就像中邪了一样不由自主退出门外，而你只要喊一声回来，我们又回到你身旁，这太不可思议了，太可怕！所以即便是你的祖屋，你也不能继续住在这里。于鹤老爷，您是资格最老的人了，您来说说，这个人我们还敢留在这儿吗？他得了这么可怕的力量一定不会像从前那样老实。谁知道他会害了谁，比如阿鲁阿波，他说死就死了，死在这个人的面前。我们都还年轻，而且比我们年轻的人更多，于鹤老爷，您可千万要给我们做主。”

于鹤老人一听，用手指抚摸着自己的白胡子，很严肃也很公正的态度，说道：“介史里布，你也听到了，大家都很担心。如果你没有被雷劈，还是从前的介史里布，那自然没有人会害怕，可你是一个雷都劈不死的人，并且在当天还突然死了个跟你有争执的阿鲁阿波，大家害怕也是情理之中。要不，你先到外面过一段时日再回来。等到你自己觉得你没有问题，大家也能接受你的时候再回来？”

“我本来就没有问题。我现在就觉得自己一点问题都没有。”

“不，你有问题。你必须走。”

“就算我觉得自己没有问题，你们也会觉得我有问题。你们要是一辈子都不接受我，我就一辈子不能回来，是不是这样？”

“不会的。”

“我不能走。”

“你走了对自己好，对别人也好。”

“我为什么要离开祖屋？我回来就是为了再也不出去了。”

“我知道你回来就是为了不出去。可你不是被雷劈了嘛，情况不同了。”

于鹤老人倒是满脸真诚的样子，但话语中的意思却很强硬。他们一帮老人堵在门口，不就是来碍他的眼，故意泼烦他吗？

介史里布又委屈又恼怒。挨个地看向众人，没有人觉得他是无辜的、值得同情的，都瞪着他等他回答，都贴着一副逼迫的面孔。

“想不到一个炸雷劈出这么多无情的人。”介史里布自言自语。他知道人们等着他说马上离开这里。他才不要这样说呢。凭什么？

“要么进来坐，要么……”介史里布没有说“走”字，毕竟是一些年龄很大的人，万一像之前那些人一样被拽着向后退，摔倒扭伤也不好。

“我们知道进了你的屋子就是你说了算，就像刚才那位年轻人说的，你的房子已经和你一样变得不同了，我们进去只会受你摆布。可是你也不能一辈子待在屋里是不是？出了门那些命令就不管用了，不信吗？那你试试看，你喊一声‘走吧’，看看我们会不会被控制。你只有在屋里才是无所不能的。在那儿你可以把我们圈起来随便使唤，呼风唤雨，那屋子会像个囚笼把我们困得没有半点儿反抗能力。可是在外面不一样。在外面你得听我们的。或者说，在外面是我们共同的人说了算，谁也不能一个人做出天大的决定。好比眼下让你暂时离开祖屋，也不是我一个人做的决定，是我们在场的包括没有勇气在场的所有人的决定。我们一致决定让你为了大家的安全，去外面随便什么地方寻个安身落脚的地方。你一个人出去总好过让我们大家都出去。我们这些人里面老老少少，出去找落脚点总是不方便。你既然是天雷也轰不死的人，自然有天赐之福，去外面说不定有更好的前程。”于鹤老人又说。他倒是突然来了力气，一口气说了那么多。

“我不去。不管你们怎么说，我都不会离开自己的祖屋。我有权住在这儿。”

“你又不是一只癞蛤蟆，为什么一定要缩在这儿惹人讨厌呢？”

“我又不是一只癞蛤蟆，为什么一定要被你们赶来赶去呢？”

“介史里布，你这个人没有一点同情心。”

“既然大家都没有同情心，我为什么要有？”

“你很不讲道理。既然这样，你就永远住在你的祖屋，一步也别想出来。”

“住就住。你们没事干的话早点离开我的门口。”介史里布还是忍不住撵他们走。他其实也想试一试自己的话还管不管用。

不管用。

老人们得意而坚定，站在原地看他还有什么可说的。

介史里布无话可说。

“我没有说错吧？你的命令只在屋里有用。”于鹤老人敲着拐杖说。他总是动不动就敲他的拐杖。

介史里布疑惑不解，但也懒得解惑。他的话在屋里管用就行，证明老天爷没有灭他后路，始终让他有个容身之所，不被人欺凌。当然，他心里很不平静，他凭什么要遭人欺凌？他已经拥有了不一样的能力，可以听到他们任何人的秘密。他完全可以利用这些把柄控制每一个人。越是这些讲究体面的人越害怕丧失他们的体面。只要抓住他们的每一根软肋，那就不仅仅是在屋里能呼风唤雨。他听得见声音的本事可不会因为出了门就没用了。

然而，他坚信自己是个正派又有气度的人。这种优良基因是祖辈传给他的，住在此地多年，从未听谁抱怨他的祖上出过什么恶棍。不管眼前这些人如何欺负他，他都要保持底线。上天没有将他劈死，传给他超于常人的能力，必然不是为了让他用来对付这些无关紧要的人。这么想一下，心里那些不平静也就平静了。

“我只是在气头上。”他安慰自己。

回了屋，关上大门。

介史里布进入厨房，准备给自己做一碗面条。他发觉饭量变大了。吃了一碗之后还感到饿，又吃了一碗，再一碗。这样下去可不妙。难道那些钻入耳朵的声音会消耗他身体里不少的能量？刚才在门口与老人们说话的时候，耳朵里的声音非常微弱，就像已经开始坏了的机器传声筒里传来，啊，就像他从城里好不容易花钱买来的二手收音机——只用了十五天——传达的声音就是这种样子：沙沙沙沙，擦擦擦擦……差不多就是这种响。

介史里布出了厨房门，突然想不起自己该去哪儿散步。在城里他学了一些“不好”的习惯：饭后出去走两公里，消消食。这习惯回来还一直改不掉，被嘲笑。

那些人一直就没有走远，他们在忙着干一件让他难过的事——把他房子周围的路全部堵住了。老人们亲自下的命令。

他们堵住了前门的路，后门有一条很窄的小路倒满了玻璃渣子。人多势众，做事快速有成效，吃了三碗面的工夫，他已经听到他们传过来的胜利的笑声。这期间他一步都没有出去看。他害怕出去，但是他能通过声音知道他们在干什么。

无处可去。

感到自己像一条狗。虽然不是丧家之狗，但也仅仅除了这个家什么都没有了。他连到外面草路边痛快地放一泡尿的自由都没有了。

他坐下来，坐在院坝里那棵已经死了的石榴树下望着天空。

三

第四日。傍晚。

介史里布由于无处可去，在家里睡了整整一天，从前缺失的睡眠这几日全都补回来了。此刻又到了傍晚。

之前那些傍晚时分他会到河边走一走，春天时就在河边享受春天的风，夏天就享受夏天的风，秋天领教秋天的风，到了冬日傍晚，他也裹得严严实实在河边接受寒风。这是很小的时候就保持的习惯。“人总要冻一冻才知道清醒。”父亲还没有死的时候总爱说这句话。这句话他本来是不爱听的，但挥之不去，随着老家伙去世时间越久，这话就越是挥之不去。他跟父亲的感情谈不上好，也不算坏，比陌生人稍微好一些。父亲活着的时候说话不多，与他交流更少，他们差不多像是熟悉的陌生人——不，就是陌生人。父亲死了十年了。他是在父亲死的那一年出去闯荡的。觉得一个人没了父亲，就等于剪掉了拖住自己的尾巴，可是出去晃荡一圈，他还是得回到这条尾巴存在过的地方继续生活。他怀疑自己总是到河边吹风，也是继承了父亲的习惯。他肯定要继承一些东西的，不管怎么样，终归抹不掉来自父亲的一些痕迹。只要不出远门，一年四季的风他都要吹个遍，眼下这种门都出不去的遭遇还是头一次。头一次被剥夺了吹风的自由。

一个不自由的人脑子里当然是乱哄哄的，从早到晚，焦虑贯串到了睡眠，梦里一直跟着一条狗学挖坑，企图挖出一条通道。一觉醒来就只剩下伤感了。他现在连狗也不如了。狗是有爪子的，厉害的狗能把墙拆了。他的爪子不够坚硬，而且有些笨拙，就是因为太笨拙，在城里干活的时候总是遭人白眼。

耳朵里始终响着细细碎碎的声音。突然听到有人在哭，女人，有点儿熟悉（哭声不需要辨别出自哪里的方言）。他注意着倾听，注意倾听时哭声却不响了。

介史里布发现那些声音在自己掌握着分寸，所谓分寸，是指它们在自己调整不同的发音，想让他听懂。然而调整了很多遍也没让他明白。声音还是一直不放弃信念，或许是怀着足够的信心总有一天会让他弄清楚它们为何要选择他的耳朵，而不是别人的耳朵。

“是有什么苦难的事情要告诉我吗？”介史里布心想。这个问题两三天来一直挂在心头。

“得了吧,你以为你被雷劈成救世主了？”他会给自己泼一盆冷水。

介史里布抓了一块竹席铺在院子里，躺在上面。昨日天要黑之前他也是这么躺了一会儿，躺着看天空变黑。今日天上的云是土黄色的。

“介史里布！”

有人在喊。

“什么人？”他心想。翻了个身。他得确定这是耳朵里的声音还是耳朵外面的声音。虽然近处的声音也会进入耳朵，不过，当说话的人离他十步以内，声音就不能汇入。也就是说——他摸出了经验——假如有人在十步以内说悄悄话，他就不能听到，他必须退到十步以外，那么他们的秘密就不是秘密了。退得越远声音越清晰。

两种声音。一种能听懂的，一种听不懂的。能听懂的声音基本都是于鹤老人他们传来的，还有别的村、那些从前见过面打过招呼不太熟悉的人。听不懂的声音来自别处，仿佛是从地下冒出来，隐含着冷冷的惊恐的味道。他们似乎在受折磨，某种不得不受的折磨。他们在企图将所受之苦告诉他。声音时大时小，也许他们也知道他需要休息和睡眠，当他进入沉思或者夜间睡觉时，声音几乎听不到，非常细弱，仿佛细弱的微风。

他抬眼看看身边，没有人，显然不是十步以内传来的。声音如此响亮，那就是来得很远？谁会在远处喊他？

“介史里布！”

那人还在喊。不太熟悉的声音，也不特别陌生。这个人肯定认识他，不然怎么会叫出他的名字。

介史里布从竹席上爬起来，踮着脚尖向院墙外面看了看。外面没有人。外面除了一些树木和秋季的杂草，什么也看不见。

“哎，秋天深了！”

他叹了口气，缩回脚。有点儿失落。

四

第四日。深夜。

介史里布已经被那个不停呼喊他的人给吵得难以入睡。其余的声音都小下去了，只有这个喊他的声音还在一直响。由于没有别的声音阻挡，他的声音就更响亮了。

“你到底是谁？”介史里布抱着脑袋。烦透了。焦虑以及愤怒。

声音还在响：

——介史里布!

——介史里布!

——介史里布!

“天杀的！”介史里布骂道。他奔入厨房摸了一把菜刀在手里，挥舞着，嘴里“啊啊”乱叫几声，想要杀掉这个吵了整整半夜的声音。可是只有声音没有人，去哪儿杀?

介史里布“哐当”丢下菜刀，坐回床边，抬头看着屋顶。“我作了什么孽吗？”他自言自语。

“介史里布……”又是一声。

介史里布心里震动了一下。因为这一声“介史里布”没有之前那么响亮了。很微弱。“是近处的声音！”介史里布居然感到一丝欣喜。

他从床边起身，拉开房门来到屋檐下，望着院坝。

晚上月光正好，照着那棵死掉的石榴树。

院坝里站着一个人。介史里布吓了一跳。也不是很害怕的那种吓，就是心里“咯噔”一下立刻又恢复了。

“你是？”介史里布试着问。

那人穿着灰灰的、像麻布袋子一样的衣服。

“我需要你请我进屋。”

“阿鲁阿波？”

“你眼力真好。我是阿鲁阿波。”

“你不是死了吗？你的声音怎么变了？”介史里布听了对方报来的姓名倒是偷偷地吓了一跳。阿鲁阿波不是死在他面前的嘛，他们都说是他害死了阿鲁阿波，可他没有害死他。这会儿为了让自己“行得正坐得直……半夜不怕鬼敲门”，必须保持镇定。如果表现出很害怕，被吓得哇哇大叫的那种样子——啊，周围一定有人监视——明天就会传出风言风语，说他做了亏心事才会吓得魂飞魄散。

“我是死了。声音肯定和从前有点儿不同。但你还是认出我了。”

“我是看见你的手指。”

“对，我的右手有六个指头。”

“是的。”介史里布说，“阿鲁阿波，我没有害你。那天是你自己倒下去的。我手无寸铁。更没有将自己的拳头砸在你的头上。”

“是的。”

“你也觉得我是无辜的对不对？”

“对。”

“太好了，既然你来见我，那就再见一见别人，你去跟他们解释，我是清白的，没有害过你的性命。你是……你是什么原因死的？”

“我也不知道。”

“没有征兆吗？比如疼痛。”

“哪有什么征兆，人的死都是突然而来。”

“不会呀，有人病了很久然后才死。”

“那都是假象。人的死就是突然而来。反正我已经死了，你也不要再纠缠这个问题了。我来找你是有话跟你说。”

“什么？”

“你能不能请我进屋再说。”

“为什么要请，你自己就可以进来啊。”

“你不请我，我是进不去的。”

“你又不是吸血鬼，只有外国人的书上那么写着，吸血鬼要受主人邀请才能进屋。”

“你看的书挺有用的。都差不多吧。你要让我进屋吗？”

“真奇怪，活着的时候你最讨厌我看书，现在又说我看书有用。”

“我现在觉得你看书是有用的。过去觉得没用那是过去的看法。你为什么和从前一样啰唆呢？要不是我已经死了，拳头对你没有作用，我真的很想砸你的头。”

“你死了脾气还这么大，要不是你一直跟我斗嘴，外人也不会以为我们两个有深仇大恨，你的死也不会平白算在我的头上。”

“深仇大恨算不上，但在我死之前，我们之间的确是有很深的仇怨。”

“乌尔丽跟我没有关系。我之前就跟你解释了无数遍。她虽然跟我走得近一点，但我们只是朋友关系。或者可以说，是兄妹关系，我将她看作自己的妹妹。我不知道她去哪儿了。”

“我知道她去哪儿了。”

“你知道？”

“是的，我知道。”

“她在哪儿？”介史里布很惊讶。只是惊讶，他不能表现出激动或者万分高兴，这样只会让阿鲁阿波再次找到理由，说他这么激动是因为心里非常喜欢乌尔丽。

“她死了。”

“什么？！”

“我说，她死啦。”

“为什么会这样？她不是出远门了吗？那天她来跟我辞行。”

“她都跟我说了，她跟你辞行就是因为她知道自己要死了。”

“你不是说死者并不知道自己要死吗？”

“乌尔丽不同。”

“她为何不同？”

“因为她不是一般的人。”

“那她是？”

“我不知道她是什么样的人，反正和我们不同。她在那儿非常勇敢。活着的时候比我们勇敢，死了也比我们勇敢。你不知道那儿发生了什么。”

“哪儿？”

“就是那儿。”阿鲁阿波指了指远处。

“阿鲁阿波，我被你说糊涂了，我不知道你指的是哪儿。”

“地下。”

“你是怎么上来的？”

“乌尔丽让我来的。”

“她？”

“她是最勇敢的人。现在她是我们的领头羊。大家都这么喊她。”

“领头羊？”

“你打算什么时候请我进屋？”

“请进。”

阿鲁阿波进了屋。介史里布走在后面。

“你先等一等，屋里有点儿黑，我先开灯。”介史里布走上前，在床头摸着灯线，一拉，灯亮了。他转身想喊阿鲁阿波随便坐，结果，阿鲁阿波的样子吓到他了。“你这是……”他只说了半句话。

“你想说啥？”

“你怎么这种打扮？”

“不行吗？我们都是这种打扮。”

“你们？”

“对啊。我们那儿的人。”

“你穿的简直就是条麻袋啊。”

“那是你们的看法，我们不这样觉得。不过我们也确实喊它‘麻袋’，算你无意中说对了。”

“你怎么不把手拿出来？”

“因为它在麻袋里。”

“你抽出来不就行了。”

“因为它在麻袋里。”

“你就不能伸出来吗？”

“不能。”

“我无法理解你们，为什么有手不用。”

“我们有我们的道理。”

“行，你们的道理。”

介史里布给阿鲁阿波端了一碗水：“你打算喝吗？”

阿鲁阿波没有喝，摇头说：“这不是我们该喝的。”

介史里布自己把水喝掉了。他有点儿生气。

“你的灯光还是这么弱。”阿鲁阿波说。

“我想你并不是来告诉我我的灯有问题的吧。说吧，你来做什么？”

“我需要你跟我去一个地方。”

“什么地方？”

“当然是我们的地方。”

介史里布心里一慌，急道：“我怎么能去你那个地方呢？我一个活生生的人。那不是我该去的。”

“我能来，你当然也能去。走吧，趁着天黑。”

“我不去。”

“乌尔丽让我来接你。”阿鲁阿波顿了顿，又说，“她说你会同意的。”

介史里布张口就说：“好。”

介史里布见自己说了“好”字吃惊不已，他本来是要说“不去”的。他摆了摆手，想解释又无法解释。

阿鲁阿波从椅子上起来，像一条走路的麻袋，走到介史里布跟前。

“走吧。”阿鲁阿波说。

介史里布走到床前，关了灯。到了院坝里他突然想起来，说道：“我们走不成啊！”

“怎么？”

“我的路被堵死了。我那些好邻居干的。你那个地下的入口总不可能在附近吧？”

“这你不用担心，跟着我走就行。不用出门。”

“不用出门？”介史里布将信将疑。

阿鲁阿波并没有去打开大门。他朝着那棵死掉的石榴树走去。

“你过来，抓着我的麻袋。”

介史里布走过去，伸手抓着他的麻袋。将衣服喊成“麻袋”真是别扭死了。

他抓住麻袋的那一刻，石榴树突然向旁边挪动了一下，露出一条长长的弯弯曲曲的台阶。介史里布死死盯着石榴树，狠狠看了它一眼，心里骂道：“这杂种是在装死吗？它怎么会动！”一只脚急忙跟着阿鲁阿波踏上台阶。台阶一直向前，延伸到看不见的地方。阿鲁阿波抬脚走上去，介史里布心里开始慌张了，急急慌慌跟紧了阿鲁阿波。就这样，他们一直在台阶上走，有时上有时下，弯弯扭扭，两边是灰色，混混沌沌的，除了台阶什么也没有，更看不见尽头。

这哪里像是去地下的路，这路比天低一点，比地高一些。

介史里布大气也不敢出。更令他恐惧的是，回头看自己走过的台阶，一节也看不到了，他每挪动一步，身后的台阶就消失一节，只有前路，没有退路。介史里布想生气也不敢，想松开阿鲁阿波的麻袋更不敢，一肚子委屈和怒火。“到了地方我一定要好好质问他！”心里又在这样打算。“也许我的灾难要来了。”突然又想到这个，顿时觉得自己好可怜。

五

终于从那条灰色的奇怪台阶上走了下来。介史里布扭头一看，最后一节台阶也消失了，他们像是突然从这个地方冒出来的。眼前的处境并不像介史里布想的那样好，天空是黄色的，地上所有的东西都是黄色的，包括人也是。

“这是哪里？”介史里布无精打采地问。他很不习惯自己居然是黄色的。这跟直立行走的毛毛虫有什么区别？

阿鲁阿波就更像一条虫子了，装在麻袋里，没有手，向前一扭一扭地挪动，简直是和虫子一个妈生的。

阿鲁阿波说：“再往前走走。”

介史里布只好跟着。不走能怎么办。“真是被鬼牵到了鬼地方！”他心里骂自己。

到了一座黄色的大房子门前。阿鲁阿波突然转过身说：“到了，这就是你的住处。”

“我的住处？”介史里布很排斥这种自作主张的安排，“你搞错了吧？我为什么要住在这里？我有自己的房子。”

“那已经不是你的房子了。”

“阿鲁阿波！”

“你不要生气。这是乌尔丽说的。”

“谁说都不行！我只是陪你来一趟，可没打算在这里定居！这是什么鬼地方！你有什么要我帮忙的事情你赶紧说。”

“你可不要瞧不起这个地方。”

“我还真是瞧不起。瞧瞧你，阿鲁阿波，你那双黄色的眼珠子怎么看怎么难看。”

“你看惯了会觉得很好看。”

“你有什么要我帮忙的事赶紧说，我还忙着回去呢。”

“没有乌尔丽同意，你走不了。”

“你这是绑架吗？”

“不是。”

“你告诉我台阶在哪里。我自己会走。”

“没有台阶。”

“你说的什么鬼话，我们就是从台阶上来的。”

“那只是你看到的。不是我。”

“阿鲁阿波，我并没有害死你，是你自己死的。”

“我并没有死。”

“你说什么？”

阿鲁阿波正色道：“我说我并没有死。”

介史里布惊讶道：“怎么可能！我亲手将你埋葬的。你不要以为死了之后说一些鬼话就能吓倒我。实话跟你说，我已经不怕你了。你知道我的胆子有多肥。”

“我知道你天不怕地不怕。”

“那就不要跟我胡说八道。”

“我确实没有死。”

介史里布不信。

“为什么？我亲手……”

"……对，是你亲手把我葬了。可我确实没有死。是乌尔丽把我救出来，带到了这个地方。"

"那你先前还承认自己死了。"

"我如果不那样说，你怎么会感到愧疚呢？你不感到愧疚是不会跟我来的。我的'死'对你来说是一个解不开的心结。"

"这是什么地方？"介史里布还是想搞清楚这黄色之地属于哪里。既然阿鲁阿波不是死人，这里自然也不是地狱。

"长生之畔。"

"什么意思？难道对岸还有个长生之地？"

"对。聪明。就是这个意思。但不是对岸，而是……"阿鲁阿波故意停下。

"而是什么？你赶紧说，我不是来听你给我讲恐怖故事的。"

"而是在上面。"

"上面？"介史里布抬头看看，"那就是天上啊？"

"对你们来说是天上，对我们来说，只是长生之地。跟你在你那儿看到的天空不是一回事。具体的事情乌尔丽会跟你说清楚的。有些事我没有权力说。"

"有什么不一回事，不就是一个颜色多样，一个颜色单一嘛，都是天。"介史里布又说，"你说个事情还需要得到乌尔丽的允许吗？"

"是的。"

"你什么时候这么遵守规矩了？"

"来了这里以后。"

"我不明白。你跟乌尔丽不是男女朋友关系吗？"

"以前是。"

"你们分了？你不爱她了吗？"

"我爱她。"

"那你说几句话怎么了？"

“这不是我有权力说的。这是我们的规矩，谁也不能破坏。”

“我真是越听越不明白了。阿鲁阿波，你现在看上去糟糕透了知道吗？你还是赶紧跟我离开这儿吧，看在同学加最好的朋友一场的分上，既然你没有死，我还是有责任将你带出去。我不知道你发了什么疯把我骗到这儿来。”

“不是我把你骗到这儿，而是你本来就注定要到这儿。你还留恋那些做什么？那个地方注定跟你没有缘分了。”

“放屁，我是在那儿出生的！”

“我们来的时候，你可是亲口跟我说，你的房子周围都被堵死了。”

“那有什么关系，他们一时无法接受我这样的人而已。”

“不是一时难以接受，而是一辈子也不会接受，你看不出来吗？”

“我不信。”

“你信不信是其次，最重要的是你和别人已经不一样了。乌尔丽说，你注定要到这儿来。就算我们不去接你，你自己也会走到这里。”

“不可能！”

“这是你的命。”

“什么命！”

“就是命。”

“行了行了，我们不要再讨论命的事情了。你告诉我乌尔丽在哪儿，我去找她。”

“你找不到她。乌尔丽现在没有时间接待你。她跟我说了，明天傍晚的时候会来给你接风洗尘。”

“她可真有架子。我从前怎么没有看出来。”

“你生气也只是气坏你自己。我劝你这会儿进屋好好睡一觉，醒来的时候乌尔丽就会来见你。说不定她会提前来见你。”

“你觉得我能睡得着吗？！”

“你睡得着。”

“睡得着个屁，按照我那里的时间，这会儿天亮了！”

“这里还是傍晚。”

“都是黄色的天地，你们分得清吗？”

“分得清。你也分得清。你看，你不是打哈欠了吗？你困了。”

介史里布赶紧捂着嘴。他确实打了哈欠而且感到困倦。

阿鲁阿波走了，他笑着。

介史里布望着那黄色大房子，又看看天空——所谓的长生之地。

六

第五日。傍晚。(介史里布仍然按照祖屋那儿的时间算。)

“你好呀！”

介史里布正在洗脸，听到外间传来一个女人的声音。说话的正是乌尔丽。

“你终于舍得来看你的大哥了，真不容易，我以为你昨天就会来，最起码今天一早就来。”介史里布做出不高兴的神态。

“我实在太忙了。”乌尔丽说。

“你忙什么？你们一个个到这儿后都那么奇怪。”

“里布哥哥，你会明白的。”

“我不明白。”

“我给你带饭来了。”乌尔丽举起一个黄色（当然只能是黄色，该死的颜色！！）盒子，摇了摇，声音挺响的。

“我不是小孩子，不吃糖果。”介史里布想起自己一天没有吃东西了，居然没有感到饿。乌尔丽提起吃的东西，他的肚子才稍稍有点儿要进餐的“想法”。

“这可不是糖果，这是正餐。”

介史里布瞪了乌尔丽一眼。

“你不信啊？”

“鬼信。”

“我们这里都吃这个。不要小看它们，找起来很麻烦。我们要走很远的路才能找到它们，还要趁着天黑才能进入那片林子，还要防着那儿的狼狗。总之，要弄一点吃的不容易。”

“到底是什么东西？让我看看。”介史里布起了一点好奇心。

乌尔丽将盒子递给他。还好盒子相对来说颜色没有那么黄，偏土黄色，在浅黄色的天地中看起来也还算突出。

介史里布打开盒子。

“这不是松子么？”

“对，就是松子。”

“被你说得跟仙丹似的。”

“差不多吧，相当于仙丹。”

“这在我生活的地方——你知道的呀！——太平常了，人们都懒得吃，嫌它剥起来麻烦又不顶饱，到你们这儿倒稀罕了。”

“因为不一样。”

“有什么不一样。都是松子，你们干吗不去我们那儿拿。”

“那不是我们该吃的。你不要总是‘我们那儿我们那儿’的，你已经不是那儿的人了，你是长生之畔的眼睛。”

“眼睛？什么意思？”

“就是说，我们需要你来帮我们找到那架梯子。”

“梯子？我不懂你的意思。你说明白一点。”

“我们这个地方叫长生之畔，但是那儿，才是长生之地。我们这些人只有找到通往长生之地的梯子才能真正到达那个地方生活。我们目前还处于中间点——在你那个地方和长生之地的中间。”

“那就是，既不是地狱，也不是天？”

“可以这么理解。”

“我怎么知道那梯子在哪儿。”

“你知道。”

“乌尔丽……”

“里布哥哥，你听我说，”乌尔丽扬手打断介史里布的话，说道，“因为你和别人不一样。”

“因为我被雷劈过吗？”

“是的。你能听到很多声音。”

“你怎么知道？”介史里布感到吃惊。他从未跟人说过他能听到声音。

“我当然知道。因为我也能听到很多声音。我们是一类人。”

“你是说，你也被雷……”

“那倒没有。我生来就能听到很多声音。”

“你这样说我倒是想起来了，你是突然到我们村子里来的，我很奇怪，我们怎么没有一个人问过你的来处呢。我是现在才想到。”

“许多事你不用细想，想不明白的，就像明天要发生什么你也不知道。”

“你总是用这些话搪塞我。”

“不是搪塞，里布哥哥，每个人都有他自己要完成的事。你和我要完成的，就是帮他们找到那架梯子，而我找了很久很久也找不到，现在只能依靠你了。”

“我不能帮你的忙。我又不认识他们，我怎么能跟你们一起发疯呢？我要回家。”

“你回不去了。”

“你告诉我那条台阶在哪儿。我自己能回。”

“没有台阶。我们只有前路没有退路。到这儿的人都是想好了的，都是自愿斩断了退路。”

“是你让阿鲁阿波去接我，他能去，我也能。怎么能说没有路。”

“他从来就没有去接你，是你的幻觉领着你来的。我说过了，你是注定要到这儿来的。”

“乌尔丽，你不要再说这些糊里糊涂的话，是不是幻觉我分得清，我又不是瞎子，怎么会看不出那个人就是阿鲁阿波。昨天我跟他还说了许多话。看在我们亲如兄妹的分上，如果你和阿鲁阿波都还想回到我们那个地方，我倒是愿意找一找那条回去的台阶。”

“里布哥哥，真的没有台阶，你总是太自信了。当然我们需要你的自信，这对于寻找梯子很有用。在这个地方除了找到那架通往长生之地的梯子，我们没有第二条路。”

“你不用跟我说这些让人绝望的话，你的松子拿走吧，我不吃，这不是我该吃的——我吃五谷杂粮长大。我一定会找到那条路。”

“你会帮忙的。”

“我不会！”

介史里布很生气。当然，生气的脸色也是土黄色，只不过更泛黄，更与这儿的天地颜色相融。

乌尔丽没有拿走松子，她也不再劝说，只是微笑着转身走了。

七

第七日。清晨。（介史里布只能凭感觉计算时间，他发现自己对时间的概念有点儿模糊了。）

他没有想到会迎来一个特殊的人——他的父亲。

这会儿，父亲就坐在他面前。浅黄色天地中的物体都有自己的轮廓。比如凳子，他一看就知道那是一把做工考究的凳子——即便看不清多少细节（他用手仔细摸过），是乌尔丽特意找人给他搬来的，为了让他死心塌地帮助他们找到那架通往长生之地的梯子，这些人连日来对他客客气气。

父亲坐在凳子上，一直没有开口说话。他像是在等着介史里布亲口问他点什么。

介史里布也没说话。一直以来，他都以为父亲早就死了，原来他只是装死！就像阿鲁阿波一样，在他面前突然“死”掉，让他一个人背负许多麻烦。他们只是从容地进了一趟坟墓，然后趁着无人时再偷偷从坟墓里爬出来溜到这个地方。

介史里布站起身，他觉得眼下这种气氛太无聊了。从未想过有一天跟父亲再见面会是这种状况。

“你还是认得出我的，对不？”父亲终于打破沉默。

“废话！”介史里布心想。

“当然。有谁会认不出他的父亲呢。”介史里布说。他得露出笑脸，这毕竟是他的亲生父亲。

父亲显得有点儿激动。他挪了一下始终放在凳子上的屁股，让他的屁股终于可以活动活动放松一下了。仿佛他之前很紧张。

介史里布在心里骂了无数遍了。这天杀的地方把父亲变成一个黄颜色的人，真的很不习惯。他自己的样子肯定也好不到哪里去。以往在祖屋中，他每日清晨洗完脸都会转身到洗脸池旁边的镜子跟前照一照，那毕竟还是一张三十岁正当青年的面孔，他幻想着早晚会有漂亮姑娘看上他英俊的面孔。可是自从到了这里，什么梦想都碎了，别说照镜子，要不是眼睛会觉得迷糊，他脸都不想洗。反正都是一张土黄色的脸，洗不洗有什么关系呢。大门左边的小房间里放着一面又高又宽的落地镜，他从未进去照过，他可不愿亲眼见识自己可笑的模样。

“十年了，你一直住在这里吗？”介史里布问道。

“是的。一直。”父亲说。

“乌尔丽跟你说我到这儿来了？”

“是的。乌尔丽让我来跟你见面。”

“她没有安排你跟我说点儿什么吗？”

“有的。”

“我就知道！”介史里布心里一急，气呼呼说道，“想不到他们不仅给我搬来一把凳子，还把亲爹给我搬来了！”

“里布，你不要这么紧张。”

“我能不紧张吗？”

“你紧张有什么用呢？你反正已经到这儿来了。”

“我不明白你一把年纪了还跟他们发疯。这是人待的地方吗？”

“里布，能到这儿来是你的福气。你早晚会明白这个地方比你居住的地方好。”

“天呐，你都不认你的祖屋了！”

“没有什么祖屋。那些都是我们自己营造的囚笼。”

“如果你要把房子称为囚笼，那这里也有房子，岂不都是囚笼？有什么区别？”

“有区别。这里的房子是跟着主人走的，你不信吗？你会见识到的。我今天只是来告诉你，我就住在与你不远的三棵树旁边——你知道那个地方的——你若想通了要帮助我们寻找梯子，那么每天晚上月亮出来之前你就要来找我，这样的话就能赶上我们的队伍。”

“队伍？你们多少人在找？”

“全部。顺便将吃的东西带回来。”

“你们不用手，怎么带？”

“在林子里的时候会用手。将松子装进袋子然后绑在脚上拖回来。出了那片林子我们就不能用手了。”

“真是无法想象会有这么蠢的做法。”

“这是规矩。”

“你现在不能把手拿出来吗？”

“不能。”

“你这样让人看着很别扭。你没有考虑过吗？我不希望自己的父亲是个束手束脚的人。”

“我没有考虑过。”父亲抬着一双无辜的眼睛，很吃惊地望着介史里布。

“天呐！”介史里布怪叫道，气得用手抓了几下自己的头发。

八

第十九日。傍晚。

介史里布曾发誓不吃乌尔丽每日傍晚派人送来的松子，可是肚子不争气，肚子一饿，什么志气都没有了。他无奈只得主动走到门口的石桌上取走松子。

今日傍晚照常给他送来了松子。因为他从不让人进屋，跑腿的只好把东西放在石桌上。这次送来的松子有点儿少了。其实，是越来越少。他以为是乌尔丽故意在刁难他，给他一些难处，逼他答应他们的请求。但仔细想一想，乌尔丽不会是这样的人。她要谁做什么事都直接说明白，不会耍这些花招。乌尔丽心高气傲又向来自诩光明磊落。

“是出什么事了吗？”介史里布心里想了好几遍这个问题。他吃完了今日的份额，便走到门口的石桌边，环顾四周，企图看到一个人，问问到底出了什么事。

周围是空的，什么人也看不见。

介史里布离开自己的房子，往前走去，猛然回头看了一眼，发现房子也在跟着他移动，吓了一跳。脑海中回忆起父亲说的，这儿的房子跟祖屋那边不同，这边的房子是跟着主人走，主人在哪里房子就在哪里。介史里布倒着走，这样可以亲眼看见房子在一点一点跟着自己移动。介史里布先前还觉得吓人，这会儿倒觉得有趣，甚至是感动，如果在祖屋那边也是这样就好了，他在外的那些日子，思来想去的不就是自己的祖屋吗？如果每一个生活在那儿的人身后都跟着自己的房子，那么不管他们到了哪里，就都是真正意义上的“哪儿都是家园”了！

介史里布走到了三棵树旁边。不知道为何要来这里。

父亲说他住在三棵树旁边。只见三棵树长得整整齐齐，没见到有什么房子。

“也许他正在拖着自己的房子散步呢！”介史里布心想。竟然笑了一下，回头看看自己的房子。他不也正拖着自己的房子散步嘛。

怎么上次没有看见父亲和乌尔丽身后拖着他们的房子呢？

介史里布摇了摇头。

他决定去找乌尔丽。但不知道乌尔丽住在哪里。

他决定去找阿鲁阿波。也不知道阿鲁阿波住在哪里。

介史里布茫然地望着三棵树，又摇了摇头。这片天地给自己的印象真是太糟糕了。不过，他竟然能在这单一的颜色中辨识物体了。

就在他剪着手观察三棵树的时候，背后传来父亲的声音。

“你来啦？”

介史里布转身看见父亲满头大汗，而且，他怎么不是土黄色了？有些泛白。像老照片似的站在那儿，背也有些驼。

“你这是？”介史里布迟疑着，在考虑怎么说出心里的疑问。

“你发现我和前几日不一样是不是？”

介史里布点头。

“很正常呀，我要死了，要死的人会一点一点变白，在黄色天地中变得像一张白纸，最后你看到那白色的我突然发亮，像是燃烧起来的白色火焰，那就说明我要在这片天地中消失了。彻底消失。我们曾经亲眼所见，我们的许多同伴经过四十八天就彻底消失在我们眼前了。到了第四十八天，他们就是在白色火焰中完蛋的。”

“什么意思？你们这些人不能把事情一次跟我说完吗？”

“不要紧张，反正我已经死过一次——你亲眼见过的。只不过这一次我可就没那么走运。在这儿死去的人就是真的死去。”

“我不懂你的意思。这不是长生之畔吗？阿鲁阿波说，这儿的人不会死。”

“他只是不想让你那么快了解我们的处境。如果告诉你这儿的残酷，你还会安心住下来吗？”

“不管他怎么说我也不会住下来。我会找到回去的路。”

“你太自信了。人不能过于自信，过于自信的人总会做出一些蠢事。”

“你是怎么变成这样的？”

“因为我被捉住了。”

“什么？”

“就是那片林子里的狼狗，它们咬了我。”

“那你还愣着干什么，快告诉我哪里是回去的路，我带你去最好的医院打疫苗。”

“那儿的东西对我们没有用。”

“你被咬的是脑子吗？”

“你不用发火。我是你父亲。”

“那你想怎么办？就这么等死吗？我可是听说了，狂犬病人发起病来真不如死了算了。”

“你放心吧，没有你说的那些痛苦。这儿无论遭遇什么伤害死去，都是在白色火焰中消失，感觉不到任何痛苦，脑子也停止思考。”

“你还有救吗？”介史里布问。毕竟是自己的父亲，看着他死过一次，不想看第二次。如果可以让父亲长生不老，有哪个做儿子的会不答应呢？

“有。”父亲说。

“是什么办法？”介史里布急问。

“帮我找到那架梯子。只要到了长生之地，我在这儿受的伤就不作数了。那是一片白色天地。在那片白色天地中，风是彩色的。到了那儿你会发现，那些风能让人永远保持年轻，也能带走和治愈我们所受的伤。你帮我找到那架梯子就行，在四十八天之内。”

“我真怀疑这是你们的苦肉计。为什么要逼迫我做自己不愿意做的事情呢？”

“不是逼迫，而是责任。”

“责任？”

“对。天雷给你的力量，不是用来荒废的。”

“我那儿的老天爷可不会说这些废话，他老人家并没有说，我的力量要用来帮助你们这些企图长生不老的人。如果老天爷是为了让我来帮助你们，那我耳朵里的声音该消失了才对，既然到了这片地方，你们就用不着给我传送声音了。可那些声音还在，不分昼夜，甚至比以往更悲切，仿佛在埋怨我怎么会来了你们这个地方。”

“你不用管那些声音。”

“父亲！”

“总之你不用管他们。”

“你见过他们吗？”

“没有。”

“听你回答的语气，你见过他们。”

“我说了没有。”

“父亲，你曾经跟我说，人不能装聋作哑。”

“那是曾经。自从我突然死了一回——我当时多么绝望，我原以为自己起码能活到一百岁，结果不到六十我就死了——是，的确，你说得没错，我在那儿并没有真的死，我还到了这个地方。可现在不是真的要死了吗？我就不想管那么多闲事了。你放心，我不是说永远不管，我是要等自己强大起来——比如长生不老。眼下连自己都是一个易朽的玩意儿，如何顾得了他人？我跟你说过，人只有自己变得强大起来，才能做自己想做的事，帮自己想帮的人。”

“父亲，如果我们一路上都在装聋作哑，那么即使到了你能帮助人的时候你也不会帮的，因为你已经习以为常了，只会继续装聋作哑。什么东西都是一种习惯，帮人是一种习惯，不帮也是一种习惯。”

“你是在教训你的父亲吗？”

“我没有这样想。”

“总之，你帮我找到那架梯子，我敢对着长生之地发誓，只要我到了那个地方，我就会帮助很多需要帮助的人。”

“你不会。”

“会的。到时候我就有了大把的时间和精力去帮助那些需要得到帮助的人。”

“你不会。你只会用大把的时间和精力去享受你自己的日子。”

“你又不是我，怎么知道我不会。”

“我不是你，但我是你的儿子。”

“那你是要看着自己的父亲彻底死掉了？”

介史里布没有说话。这句话他不知道怎么接。

“既然不想看着我死，那就去做一个儿子该做的事。”

介史里布心里失望极了，但是又不好表现出来。即便他怀疑父亲是故意让那些狼狗咬住，用这种搏命的方式来逼迫他答应，也没有办法，他只好答应。难道真的愿意看到父亲彻底死掉吗？

“你去不去找，给句痛快话。”父亲又说。

介史里布还是没有吭声。

“那，”父亲犹豫了一下（其实是故作停顿），“如果我跟你说，你想要回到原来的祖居之地，只能通过长生之地才能返回呢？”

“你是说？”

“对，我就是这个意思。回去的路在这儿是找不到的。但是长生之地不一样，那是个神奇的地方，它不仅可以去你那个地方，还能随意到长生之畔来走动，更可以……”

“什么？”

“乌尔丽不让说出去。”

“我是你的儿子。”

“好吧。这个理由很好。”

“你说说，还能到哪儿？”

“地下。”

“地狱？”

“地狱是你们那儿的说法。我们这儿不这样说。我们称之为‘无望之地’。”

“意思都差不多嘛。”

“总之，还能到那些地方随意走动。而且更神奇的是，长生之地的人都是透明的。我是说到了别的地方，他们就是透明的，他们看得见你，你看不见他们。就好比我们父子在这里说话，如果不走运的话，身边正有个长生之地的人在偷听呢。”

“那不是跟神仙一样了。”介史里布略微表现出一丝激动，停了一下又问，“他们会不会帮助人？我是说，光明正大帮助人，不是透明的。”

“会。”

“你见过吗？”

“我听说过。在无望之地里面有个长生之地来的人，他本来可以在上面过舒坦的逍遥日子，却跑到无望之地整日帮助那儿的人。”

“人？”

“当然是人。”

“不是已经……”

“已经死了？”

“对啊。”

“那是在你们那儿死了，那儿的人风风光光地操持了他们的葬礼而已。到了无望之地就还是活着的，那是死后第一个要去的地方，相当于转折点，只不过到了那儿都是活受罪。”

“他要把他们救出去吗？”

“不。”

“那他在那儿干什么？”

“主持公道。他要看看哪些人可以重返你那个地方。哪些人可以到长生之畔，哪些人要永远留在无望之地。”

“他掌握了一切。”

“可以这样说。”

“他们肯听他的吗？”

“他们愿意听，不过……”

“不过什么？”

“他已经很老了。离开了长生之地，他就不算长生之人。他也会老，也会死。我已经很久没有听到关于他的消息了，谁知道他还有没有活着。”

“他做的事情很有意义。”

“意义？哈哈哈，儿子，许多有意义的事情并不值得做。”

“父亲，我真的觉得你变得太多了。难道死过一次的人所有的感情也都死了吗？”

“应该是。”

介史里布摇头。

“你对我感到失望吗？”

“对。”

“可是像我这样的人很多。”

“你的房子呢？”介史里布这才注意到，父亲身后没有拖着房子。

“那边。”父亲伸手往左边指了指。

“怎么在左边了？”介史里布扭头去看，看见那房子和父亲一样，也是泛白的。

“我死的时候，房子也会跟着死。它的颜色和我是一样的。你打算救我吗？”父亲说。

介史里布揉了揉眼睛，他用这个动作来缓冲一下情绪。心情真是坏透了。

“你这是第几日了。”

“第七日。”

“还有四十天。”介史里布在心里算了一下。

“你打算救我吗？”父亲又追问。

“嗯。”介史里布说。

父亲高兴起来，他一高兴，两只手在麻袋里晃动了一下。

介史里布还以为父亲会因为高兴而把双手拿出来，比如用手拍拍他的肩膀，表示激动和赞许。然而他并没有拿出来，仍然是个束手束脚的父亲。

“你打算加入今天的队伍吗？”父亲说。

“什么？”

“去找吃的。以及寻找梯子。”

“好。”介史里布说。他的心情很低落，茫然。耳朵里嗡嗡声更响。主要是这些声音牵动着他的情绪。昨天晚上他还梦见自己从右边的耳朵里拖出一只灰色蛾子——用轻巧的力气捏住蛾子的屁股慢慢往外挪——拖出来看见那毛茸茸的家伙翅膀已经烂了，无法飞走，他只好把它弄死了。

难道是说，他真的要像父亲说的那样，不管耳朵里的声音吗？他们好像在哭。那个梦像是在打动他。

九

第三十九日。早晨。(不确定。)

介史里布记不清自己是如何进入这个通道，并一直走，走到这个地方来的。这里全是苦水，所有人都赤脚踩在水中。而且，他们的手都装在……衣服？……不，就是麻袋……都装在麻袋里，和长生之畔看到的那些人装扮一模一样。

只不过这个地方不再是黄色的了，而是黑色。处处都是黑洞洞的，好像从来没有白天，只有黑夜。到处亮着微弱的灯。

到了一个拱形门洞，他走了进去，里面像个地下仓库。苦水溅到脸上，他竟然伸出舌头舔了一下。

一个白发老人坐在墙角，靠着石壁，一动不动。

介史里布走过去，想要伸手探一探老人的鼻息。

“站住！”老人突然说话。介史里布只好站着不动。

老人抬起头来。相貌堂堂的老者，只是非常虚弱。他指了指旁边的石凳子：“去那儿坐吧。”

介史里布这才看见，老者也坐着一个石凳子。倒是挺讲究的，不像先前看到的那些人，要么站在苦水中，要么坐在苦水中，都是赤着双脚，他们的手永远放在麻袋里。麻袋在头的位置剪出一个口子，刚好挂在他们肩膀上。毫无审美地、毁灭地、无望地穿着。

介史里布眼睛扫视一遍，发现地上躺着许多人，都装在麻袋里，都躺在苦水中一动不动，仿佛死了一样。介史里布下意识站了起来。

“不要怕。你坐着。”老者说。

介史里布又坐下来。

“你就是那个被雷劈过的？”

“对。我就是。”

“你叫介史里布？”

“你怎么知道呀？”

“我已经等你很长时间了。你在路上耽误得有点儿久。”

“你是？”

“我是谁不要紧。总之，我会把自己没有做完的事情交给你。”

“我想你误会我的来意了。我不是来接替你的事情的。老大爷，我是不小心走到这儿来的，我其实在找回家的路。这件事说起来有点儿复杂。我本来住在祖屋，可是莫名其妙走到一个叫长生之畔的地方，然后又走到这儿来了。”

“你是那个被雷劈过的吗？”

“是。这没错。”

“那就对了。你就是那个注定要来接替我任务的人，我选定的。”

“你？”

“就是我。”

“我是被雷劈的，不是被人劈的。”

“就是我。”

“你到底是谁？”

“你的父亲已经跟你说过了。”

“啊！你就是那个来自长生之地的人！”

老者哈哈笑着，没说话。他看上去精神好了一些。

“我父亲确实说起过你。我当时还说，你做的事情很有意义。”

“所以你才会来到这儿的。因为你觉得有意义。”

“是的。我觉得有意义。我先前看了一下，那些人为什么要失魂落魄地站在苦水中呢？”

“因为他们失魂落魄。”

“你在这儿多久了？”

“很久了。”

“我知道了。你到这儿来，就是想让他们离开这里对不对？”

“对。有的人不该在这里受苦。”

“有的人该吗？”

“该。”

“但是他们都没有离开吗？”

“有人离开。一些人因为别的原因不想离开。他们在想别的事情。”

“什么事？”

“生死。他们困在生死这件所谓的大事里面了。”

“我知道，就像我的父亲”——啊，提起他，他又非常着急了，“大爷，我要往哪儿走才能回到长生之畔啊？你一定知道出口。我的父亲和朋友都在那儿，他们肯定正急着找我呢。”

“哈哈哈哈哈……”老者张口长笑。他笑得有点儿失望和苦涩，好像这句话让他很受伤。

“你这是……”介史里布搞不懂老者到底在笑话他什么。

“什么长生之畔！”老者叹气似的说。

“我的父亲遇到很大的麻烦。”

“介史里布，你说你还要回到长生之畔？”

“是的。”

“你去不了啦。”

“为什么？我刚刚从那儿来。”

“你一直该来的就是这个地方。要不是我事先在路上设个引子，你还走不到这里来。我敢肯定你没有走错地方。”

“我不太明白你说的意思。你说的引子是那只小白兔吗？我是觉得它特别奇怪，在那片黄色天地中居然还保持着原来的颜色。我是因为好奇才跟着它走了一小段。”

“就是它。它就是引子。”

“我想我还是找出口吧，就不在这里耽误时间了。”

“那你告诉我，你耳朵里的声音还响不响？”

介史里布这才意识到自己耳朵里空白一片。之前那种细细碎碎的声音不响了。

“不响了，是不是？”

介史里布点头。

“这就对了。因为你已经到了声音的源头。”

“你是说……”

“不错，就是这里。是我传给你听到的。你觉得那些声音可怜吗？”

“嗯。”

“那就行。”

“你知道怎么走出去吗？不瞒你说，我父亲剩下的日子不多了。”

“你觉得他真的在长生之畔吗？”

“为什么这样问？我是眼睁睁看见的。”

“不可能啊！”老者表现得很吃惊，在思索什么，又镇定下来，“我带你熟悉一下这儿的环境。”

“我只是想要回到长生之畔。我答应过父亲要帮助他们。”

“我带你去看两道门。”老者说。他故意岔开话题。

介史里布只好跟着他走。兴许途中能发现去长生之畔的门路呢。跟着走了一程，他看见两道大门：一道门外青草碧绿，远处还有青翠高山，山顶飘着白云，和他祖屋那个地方的天空简直一模一样；另一道门外则是淅淅沥沥的雨水。

“看到了吗？两道门。”

“看见了。”介史里布说。他也不知道为何看见这两道门的时候心情变得很复杂，像是有某种责任已经压到他的肩膀上。

“你要做的事情就是将那些你觉得他们值得再活一遍的人带到右边——门外有青草地儿——亲自将他们推入那道大门。至于左边，这儿所有人都住在那道门里，到了夜里他们就会聚在那儿过夜，那儿的苦雨不会停。你觉得不用再推出去的人，就让他们一直住在那片苦涩的雨水之下好了。你的父亲已经在里面生活了很多年。”

“不不，我的父亲不在里面。我敢肯定。”

“你记住我的话，剩下那些人如果不肯去右边的大门，你就带他们去长生之畔。只不过你可能一生都要帮助他们找梯子。”

“一生？”

“就是一生。这么说吧，你就是他们的眼睛。我再多说一点，有的人虽然住在你祖屋的那些地方，可是他们的心一直在长生之畔。即使他们到了这个地方，他们的心也还是在长生之畔——哦，他们的人也去了那里！你说你在那儿看见他们了？”

“是的。我看见了。我的父亲，乌尔丽，阿鲁阿波，还有许多人。”

“看来他们还是偷偷逃走了。我就知道你父亲不会永远甘心待在这个地方。他在那儿过得怎么样？”

“本来挺好的。只是他被狼狗咬了。他说他的生命只有四十八天。”

“我从你的身上感觉不到你父亲有受伤的痕迹啊？我觉得他在骗你。”

“不会。我亲眼看见他变白了。”

“乌尔丽让他变白的。她做得到。”

“说起乌尔丽，我觉得她怎么和从前不一样了？既然他们之前在你这儿，你该多少有些了解。我对乌尔丽了解其实并不多。”

“当然不一样了。她现在是长生之畔的主人。你们都得听她的安排。”老者咳嗽几下，“既然你确定在那儿见到他们，那他们就真的不在这里了。那道门你还进去吗？”

“我确定见过。我们刚刚还一起出来找梯子和吃的。”

“那道门你还想进去吗？中间那道。”

“不太想。”

“好吧。”

“刚才那个拱门里面的人为何躺在地上？他们为什么把自己装在麻袋里？”

“他们在做梦。”

“做梦要装在麻袋里吗？”

“要的。这样做出来的梦也兜在麻袋里，就好像那些梦实现了，在小范围之中——他们自己那儿，实现了。”

“真是搞不懂。其实他们还躺在地上呢。”

“他们不觉得躺在地上。”

“他们像我们那儿的一种药，泡在酒水里面那种，啊，比如说蛇，盘成一圈肚子泛白，好像活的，其实死的。”

“你这个想象倒是新鲜。那些人在上面过得怎么样？我是说你父亲和他带走的那些人。”

“和这儿的人已经有一点不同了，虽然还穿着麻袋。”

“我明白了，你开始在逐步了解他们了。也行，你想去帮助他们也行。其实我早就已经看出来了，你在同情他们，并不是你父亲逼迫，你是主动想要帮助他们，你的眼睛摆脱不了那儿的土黄色，它率先要做他们的眼睛了。”

“土黄色？这么说，我的眼睛已经变得和他们一样了？”

“对。一样了。”

介史里布有点儿失落。他从前的眼睛才好看！

“我已经很老了，有些人总是从我眼皮子底下逃走。为此我已经伤心自责无数回——我不是指你的父亲和朋友，你父亲和乌尔丽带走的人虽然未必值得再活一回，但也的确不用在这儿受苦。我是说别的一些根本不值得再活一次的人，我糊里糊涂把他们推入那道门，让他们有机会再一次兴风作浪，搞得那儿的人简直活不下去。但这或许也不是我的错，我做错的事情可能是没错的，你能理解我说的吗？你那个地方特别复杂，就像你的父亲跟我说过的一样，那儿的人都像他一样束手束脚——被某种不好的东西给塑造成了那样（也是他们自己造成的），一种习惯——暂且就认为是习惯吧！你们祖上没有出过一个不守规矩的人是不是？那就对了，那就说明你的父亲没有跟我乱说。也难怪他说什么都不愿再回到原来的地方，他说那样的日子不值得再来。他是个悲伤的人。他和你在那儿生活的日子非常沉闷，总是剪着手到河边一待就是一个下午，他说他没有东西可以教给你，是个失败的人，失败的父亲。他从无望之地带走的都是和他一样悲伤的人。说起悲伤，我也很悲伤啊，我离开故乡太久了，说起来我就想流泪。”

“你不要悲伤。我父亲他们现在一点也看不出悲伤。他们在寻找那架梯子，每天都那么坚决和勇敢。”介史里布嘴上这么说，心里却是疼痛的。他感觉自己第一次理解和重新认识了父亲。

“不。他们只是想要希望。”

“难道没有梯子？他们知道没有梯子吗？”

老者没有回答。他在笑。倒是笑得挺慈祥的。介史里布等着老者继续跟他解释，然而，没有任何声音再从胡须下面的嘴里传出来。

介史里布发觉老者在变得透明，后来就彻底看不见他了。

十

“我好不容易才将你从那儿拖出来，你这个混球！”

介史里布灰头土脸，被父亲用一只脚一会儿踢一下，一会儿又踢一下。

“你看上去不像是被狼狗咬过的人。力气那么大。”介史里布也有点恼了，“我已经不是小孩子了，你还把我当球踢。”

“你就是个球！”父亲气得暴跳。

“那个地方怎么办？”介史里布有点儿担忧地问道。现在除了继续跟父亲说话，也没有第二人选。看样子父亲是一个人跑到这儿来找他——恰好在掉落的坑道旁边，他刚露出一个脑袋，就被抓着头发扯出来了。想起来还有点儿恶心，父亲是用脚趾头抓他的头发的。

“你还挂念那个破地方！”父亲气急败坏。

“白胡子老大爷他走了——就是你说的那种，变得透明。他之前还说要把那儿的事情交给我处理。不过后来又没说一定要我留下。他好像很伤心，至少是有点儿伤感。他说起你的时候，我觉得像是在说他关系不浅的朋友。”

“他自己都走了？”

“是呀。”

“他答应让你回到长生之畔，那就是让你帮助更值得帮助的人。”

“可那些人还躺在地上。我是说无望之地里面的人。”

“你拉不起来的。”

“不拉一把怎么知道拉不起来。”

“我是从那儿来的。我比你了解他们的习性。”

“乌尔丽他们呢？”

“在前面。”

“你们找到梯子了吗？”

“我们在找你！”

“我们要去哪儿，现在？”

“四处。”

十一

四处都没有梯子。

“梯子什么颜色，有没有白一点？喂，你怎么不白了？”

“我是你亲爹，说话不要喂来喂去。”

“好吧，我是说你怎么变……”

“……不白就是不白啰！”

“难怪白胡子老大爷说感觉不到你受伤。是乌尔丽搞的鬼。”

“反正都是为了你好。为了大家。乌尔丽没有做错什么。”

“好吧。那梯子是什么颜色？”

“和这儿的天地颜色一模一样。”

“没有深一点或浅一点？”

“没有。”

“那怎么找！”

“也许我们能撞到它。如果它连着地面，就一定会撞到。”

“你们一寸一寸搜索的吗？”

“是的。一寸一寸。”

“我知道了！”介史里布想到了关键点，“那梯子并没有连接到地面！”

“说的什么废话！如果它在天上我们还找什么！它必须的肯定是在地上！”

“是你这样认为的。梯子不这样认为。”

“你又不是梯子！那你说梯子在哪里？”

“也许在高一点的地方。不是天上，只是高一点，恰好在你们无论如何都撞不到头的高处。”

“你这样说来我好像理解了一点，难怪我在这儿找了十年也没有结果，但是我们怎么才能把自己变得高一点呢？”

“我们先找到乌尔丽。”

他们继续向前走。身后的房子移动起来很快，因为他们走得不慢。介史里布已经不像之前那么小心翼翼了，担心走快了房子会散架什么的。

“你怎么还不把影子脱下来？”父亲迅速地迈着步子，嘴里不见喘气。

“说什么？”介史里布觉得耳边风声呼呼，听不清父亲在说什么。

“我是说，你的影子，脱下来扔到房子里去！你拖在身后不累吗？”

介史里布这才听清楚了。他回头看了一眼，看见父亲的影子挂在房门口的一根柱子上。难怪父亲走起来比他快，原来是把影子卸下了。

介史里布跟着队伍出来寻找梯子，才知道在这片土地上，影子是可以随时拿掉的。

“我拿掉它。”介史里布说。

他停下脚步，弯腰到脚跟处，抓着影子的两条细腿使劲往外一扯。

“好了！扔出去！”父亲说。

介史里布直起腰杆，将手里和他一样的土黄色影子向着身后的房子一扔。

“好了，我们走。哪有你这么麻烦的，所以说用手并不是一件好事，用脚简单多了，左右一踩一踢就出去了。”父亲说。

介史里布感到很新奇。回头又看了看那个刚刚从脚跟上扯下来的自己的影子，在房门口的柱子上挂着。父亲的影子也在旁边的房门口挂着。它们并排着，合起来像一只蝴蝶的两片土黄色翅膀。在这片黄色天地中，一切都能随心所欲的土地上发生的一切令他心灵颤动。

“父亲，我想到一些往事。”介史里布带着满腹的感动。脱掉影子内心忽然变得柔和了。

“什么？”

“我想到我们祖屋门口那些蝴蝶了。它们就像我们的衣服。你看看，它们像不像两片翅膀？”

父亲扭头看了一眼房门口的影子说：“看不出来。并且那也不是衣服。”

“你不觉得吗？”

“不觉得。”

“蝴蝶的翅膀虽然薄，然而再薄的翅膀都能飞翔。”

“你说的什么，奇奇怪怪的？”

“父亲，长生之地就那么重要吗？”

“当然。”

“你有了大把的时间和精力和能力，真的会去帮助那些……比如无望之地里的那些人吗？”

“会的。”

“我觉得不会。”

“会的。”

“我们还是去找乌尔丽吧。”

“好。”

十二

第三百七十天（大概是第三百七十天）。午后。

介史里布终于找到了梯子。果然如他所想，梯子在高于人们头顶的地方。

“我就说嘛！”他激动地说道，“它肯定在高于我们头顶之处！”

介史里布眼泪都快出来了。这三百多天来，他带着长长的队伍，所有人身后都拖着房子和影子，他们信任他，这给了他负担，从第一天出来找梯子他就没有再剪过头发，他满头的长发，此刻蓬乱地飘在黄色天地中。

父亲更是激动不已，伸着脖子想要迎接什么或者想要说什么。众人也像他那样伸着脖子。乌尔丽倒是镇定，不过，她脸上和眼中难掩喜悦，有了希望的光彩。

“我就说你一定行。”乌尔丽说，“你是我们的眼睛。”

介史里布站在梯子跟前，手搭在梯子上，梯子与天地颜色一模一样，难以看出来——如果不是看见他的手搭在那儿。

介史里布是踩着高跷撞到梯子的。他撞到梯子之后就一直倚靠在旁边，并把自己的影子脱下来搭在梯子上，这样就更容易让人看到那梯子的痕迹了。

“多少年了！”人们说。

“太多太多年了！”人们说。

“现在谁先上去呢？”介史里布问道。不等众人说话，他又用像是揭开谜底似的语气说道：“我必须告诉你们，这并不是什么梯子，不是你们之前说的那种木梯子，而是台阶。高兴吗？也就是说，你们走起来会更舒服。”

众人欢呼雀跃，像鸟一样叫开了。

“好啦，现在来决定谁先上去。”介史里布又提醒。

众人交头接耳，很快有了结果。他们把这个结果报告给了乌尔丽。乌尔丽派了她的“传话筒”阿鲁阿波上前跟介史里布说话。

阿鲁阿波说：“我们一致决定让您的父亲先上去，然后是乌尔丽，然后是我，然后是大家，他是您的父亲，所以乌尔丽同意大家的决定。”

阿鲁阿波变得这么客气了！介史里布差点以为自己的耳朵出了毛病。

“不管谁先上去，反正你们都能一起去。”介史里布说。

“儿子，听你的语气是不打算跟我们一起走吗？”

“我不走。”

“你留在这里做什么？”

“我还不知道。”

“你是个傻子吗？有更好的地方为什么不去。人往高处走，现在高处就在眼前，只要上了这个梯子我们就跟从前不一样了，我们这儿所有的人，都会有天翻地覆的改变。”

“我不走。”

“算了，我懒得跟你多说，你和你的母亲一样傻。”

介史里布伸手将父亲像抱孩子似的抱起来放到台阶上——因为他们不用手，所以必须有人帮忙，如果不将他抱上去的话就只能低身让他踩着自己的肩膀上去。父亲站在台阶上，突然之间就高出了众人一截，在黄色云雾中仿佛站在天边。介史里布感到恍惚。不过，乌尔丽不允许他有走神的机会。

“到我了。”乌尔丽说，她伸着手解释了一下，“虽然我可以用手，但是我够不着。”

介史里布也伸手将她举到台阶上。接下来就是阿鲁阿波。阿鲁阿波显得很谦卑的样子。“谢谢您！”他说。他居然向他鞠了一躬。

他们三个一下子分别站在了三节台阶上，一下子都高出了众人。

介史里布走神了，他扫了一眼众人，人数众多，心想：这些人都会被我亲自举到高处，如果不是亲手举上去，就会踩着我的肩膀或背脊走上去。

“到我们了！”他们说。显然已经等不及了。

父亲在上面跟他说：“再见了介史里布。如果你想到上面去，我相信轻而易举。”

父亲说完话，朝前迈着步子走了——他试探着，先用一只脚去找台阶，找到了再往上踩。台阶的颜色肉眼区分不了。

乌尔丽和阿鲁阿波跟在后面。他们太高兴了，都忘记跟介史里布道别。他们三个的房子也都跟在后面——是缩小的房子，像孩子们的玩具。它们不需要介史里布帮忙，它们变得像影子一样轻盈，主人走一步，它们就跟一步，在半空飘浮着，风筝似的去了。

“到我们啦！”众人不耐烦地催促。他们变脸也太快了。

“我觉得手酸，让我缓一缓好吗？”介史里布用商量的语气说。

“不行！我们已经让你的父亲走在前面，表示过我们的尊重和谢意了。现在你该履行自己的义务将我们送到台阶上。”

“义务？我什么时候有这个义务了？”

“乌尔丽赐予你的。她不是一直跟你强调吗？你是我们的眼睛。”

“你们变脸实在有点儿快，怎么突然用这样的语气跟我说话呢？吓得我这个‘眼睛’差点儿从你们脸上掉下来。”

“你说这些只是在耽误我们的时间。你这样不觉得愧疚吗？”

他们一人一句，很快就吵吵嚷嚷起来，介史里布的耳朵都要爆了。

“行啦！”介史里布叫道，“你们这么多人，我一个一个举起来也很费劲，要不然你们想别的办法，比如去房子里搬几把凳子或者几张桌子，叠起来就能走到台阶上了。”

“你为什么要这样对我们说话？难道你只把自己亲近的人举到高处而让我们自己想办法？没有这样的道理。”

“我一个人的力气也不够啊。”介史里布像在求情，“你们也看到了，我踩着高跷，这个东西非常考验人的脚力和平衡，先前举了三个上去，我感到脚底下的高跷有一大半都陷入泥坑了。我伸手才能用指尖碰着梯子。我相信如果再有几个人让我举上去，我会直接碰不到梯子，无处安放你们不说，最后可能会把自己陷入泥坑。”

“那也不行。你必须把我们放到台阶上。你的脚出什么问题那是你的事。”

“的确是我的事，可这也影响我替你们办事。你们没有想过吗？这是有关联的。”

“你不要找借口。”

“我没有找借口。我只是一个人，不是一匹马或者骡子，我会觉得辛苦和疲惫，也需要有人理解。你们自己瞧一瞧，我脚上的高跷是不是已经陷入泥坑了？”

“我们需要听他继续废话吗？”他们互相说。

介史里布摇了摇头，突然想起白胡子老头说的：帮助那些值得帮忙的人。

介史里布想要离开。他抬起一只脚，准备将陷入泥坑的高跷拔出来。谁知才有这么个动作的前兆，那些人就发觉他要逃走。

“不准他走！”

他们把他围起来，用身体撞他，就像撞墙那样把他给撞倒了。虽然这是一群不用手的人，可是他们很会用脚。他们用脚踩人，踢人，用脚趾头专门戳人的眼睛，用脚板去捂住别人的嘴不准对方吐出一个字。高跷已被踢飞了。介史里布虽然有手，可是手无寸铁，他只是一个被雷劈不死的人，只是一个耳朵里能听进许多话的人，却不是一个能以一当百的人，他打不过他们，甚至说不过他们。

介史里布已经被撞趴在地上。他浑身刺痛，动弹不得。其中一人突然踩到他的背上了。这个人显然是他们这里新冒出来的领头人。他大喊一声“听我说！”众人便安静下来。

“我们要互相帮助才能上去。不能像洪水一样乱冲乱撞。”这个人说。介史里布企图转动脸，去看看说话的是谁，可惜转不动脸。他觉得自己可能已经残废了。

白胡子老人说，这些人都是父亲从无望之地带来的伤心的人。他们都有过对曾经的生活的失败感、忏悔感和耻辱感。可是眼下，看到面前摆着一架梯子，他们再也不是什么伤心人了，他们毫不怜惜地让别人去伤心。也许白胡子老人是故意让他来这里见识一番，才没有强留他在无望之地的。

介史里布感觉到背上的负担越来越重。一个一个的人，跨过他的头颅，踩在他的肩上，再经过同伴的帮忙上了台阶。

终于，过了很久，最后一个人也被同伴用脚勾上去了——他们坚持不用手，真坚定啊！他们像猴子捞月那样你勾着我，我勾着你，把同伴都勾了上去。介史里布彻底感到轻松了。但是他知道，自己的背脊和肩膀已经被踩塌了，背上除了留着他们乱七八糟的脚印还留着他们踩出来的伤痛。

介史里布鼓着劲儿翻了个身。他看见他们了。一长串队伍，从近处一个接一个站在高处。他们脸上还挂着辛苦攀爬上去的喜悦之色。

“再见了介史里布！”他们说——是那个领头人在说。

他们还是没有抖掉身上的麻袋。他们拿掉自己的影子也不拿掉麻袋。介史里布觉得很别扭，他避开脸。

“看看，他还不领情呢！”他们说。

介史里布准备躺一会儿再起来。通过眼角的余光知道他们已经开始走了，向着最高处。

十三

第五百天。深夜。

介史里布已经无数次到过无望之地，将那儿的人通通了解了一遍。他按照白胡子老人说的，把一些人送到有青草和白云的那道门，又将一些人送到另一道门。可是后来他发现，他也和那个老人一样，总是将不该送到青草地的人给错送了出去——因为他只是一个人，一个人下的决定本来就不值得信任，没有人商议，没有人反驳，这就容易出私心和错误——自那以后，他就不去无望之地了。他在思考自己所拥有的能力到底用来做什么合适。

后来他想通透了。他觉得老天其实给每一个人都赐予了能力，只是他的比较显眼。这种力量不是用来捣鼓什么事，而是用来让他好好活下去，明明白白、分得清好坏地活下去。他开始感到羞愧，用自己的力量送了一些人到不该去的高处，又用自己的力量将一些人送进了不该进的门。难怪白胡子老人最后想念的地方居然也只是自己的故乡。

说起来他就悲伤，他跟白胡子老人一样悲伤。

十四

第八百五十四天。午时。

介史里布已经习惯性地拖着自己的房子四处走动，漫无目的，既不想回故乡，也不想去无望之地，更不打算寻找那个已经不知道在何处的高于头顶的梯子。事实上，他得承认父亲说的——“也许有一天，你会比任何人都喜欢这个地方。”他确实喜欢这个地方。虽然那么单一和枯燥，可这里所有的自在是别处没有的，他的房子会自己跟着他走，他的影子可以随时脱下来，到了哪里就在哪里居住，这儿不存在什么故乡，这儿所居住过的地方都没有痕迹，处处都是新的，处处也都像是旧的。

他当然也会孤独。天地浅黄，唯有他自己是土黄色。

其实他已经找出了如何回到故乡的门路，只是他让自己忘记，于是便再也想不起那条回去的路。

他偷偷回去过一次——仅有的一次。就在五十天前，他胡乱游逛，撞到了那条台阶，他一眼就认出正是从前阿鲁阿波带他来的那条台阶。他顺着走了过去，直接走到了自己祖屋的上空——那儿的人正在拆他的房子！他们干得起劲，灰尘满天，他站在高处正好将灰尘吃了满嘴。

他留在那边的房子没有了。那边许多房子都拆掉了。凡是旧的全部拆掉。

他没有让他们不要拆，因为没有用，他们会说他离开太久了，房子再不拆就要倒下来。就算没有这些理由，他们想拆还是会拆。并且他吃惊地发现，那个拆他房子的领头人正是自己在长生之畔亲手举到上面去的阿鲁阿波。他怀疑阿鲁阿波当时已经发现他在场了，要不然不会一直朝上面看，一边催促那些人“快一点，天要黑了”，一边使劲将尘土抖起来，让他看不清自己的房子最后是怎么没有的。

不过这边的房子还在。他始终像自己的尾巴。

介史里布四处游逛。因为太寂寞了，他给自己写了一首歌，每天换着调子哼唱，因为他过去经常到水边，因为水边有茂盛的芦苇，他的歌词里也就避不开芦苇，他一边唱一边想念那些芦苇。

十五

想不到父亲会从镜子里面走出来。当他照镜子的时候父亲突然出现，突然走了出来。

“你差点撞到我的鼻子！”介史里布抱怨道。

“你现在行走自由了，怎么不走正道，要从镜子里面挤出来呢？你到长生之地获得了厉害的本领，想从哪儿钻出来就从哪儿钻出来，你是来这儿给我炫耀的吧？”

“你以为我真的来了吗？”父亲哭丧着脸。

“说什么胡话，你这不是来了吗？不要告诉我坐在这儿的是你的影子。”

“就是影子。我是你父亲的影子。”

“你在上面是不是受了什么刺激？”

“你跟我握一下手试试，你能握住算我说谎。”

介史里布迟疑着，去握了一下父亲的手。没握住。又伸手去抓父亲的肩膀，手直接穿过了肩膀。

“你真的是我父亲的影子！”介史里布吓了一跳，“发生什么了？”

“那儿的人根本容不下我们！”

“怎么，嫌你们不是一伙的？”

“不许我们保留之前的习惯，每天张牙舞爪，动起手来凶狠霸道。他们企图毁掉我们的根基。”

“什么根基？”

“你不要给我提问，我只是一个影子，许多话我不如你父亲说得好和准确。”

“可是你们到了那儿当然要改变一下啊。毕竟那是个新地方。”

“什么地方也不能随意改变我们，这是我们的底线和尊严。这话是你父亲说的。我们又不能用手。我们的脚在那儿派不上用场。”

“你们也有手！”

“我们的手在麻袋里！”

“不会拿出来吗？”

“不能。”

“为什么？”

“因为它在麻袋里！我怎么跟你说不清呢！”

“那你下来做什么？”

“你以为我想下来吗？我是被扔下来的！上面已经乱哄哄的了。我们的人为了保住自己的习惯和尊严，哪怕用脚，他们也要坚守到最后。为了减轻负担，他们把房子和影子都丢下来了。还是这儿好，这儿的房子有追随主人的自由，这儿的影子天亮之前可以自行回到主人身上。”

“难怪这段时间我到处看到有房子从上面掉下来，我还以为那些房子……”

“……你以为它们飘着玩呢！”

“为什么你们到了新地方还舍不得改掉从前的习惯——比如说，将双手从麻袋里拿出来？何必束手束脚。我记得父亲曾亲口说过，从前的日子不值得重来，干吗一转身还是老样子？”

“你不要跟我说这些话，我只是一个影子。再说了，你以为这么好改变的吗？就像你留了一头长发，逼着你剪了头发，你的耳朵不会冷吗？”

“你这是什么道理？”

“这是常理。证明你不如我一个影子了解人心。反正不管怎么说吧，现在你这个地方到处是上面丢下来的影子。你还是好好想一想，要怎么跟这些影子相处吧。还有，也许他们还会想着回到原来那个地方，你可能不知道——拿我打比方，你的父亲办不到的事情，可能对我来说就是一件小事。比如你照镜子的时候，我会依照你继承的你父亲相像的面容和气息，轻易与你碰面。他们自然也能通过那边某些人的召唤，随意就到了那边。毕竟那儿的天地颜色比这儿好看多了。他们在上面受了气，你可以想象一下他们可能会干出什么事……我就不说的那么明白了。”

“这件事发生多久了？”

“很久了！我可能是最后被扔下来的一个。”

“难怪他要拆我的房子。”

“你说谁？”

“阿鲁阿波。”

“哦。是他啊。”

“我该怎么办？”

“我不知道。我只是一个影子。”

“我父亲还会来吗？”

“不会。而且我敢肯定他们都不会来。连自己的影子都不要了，过去的一切又算得了什么？你也不必多愁善感，再说那上面确实比这儿好，比以前祖居的地方也好，无论如何他们是不会离开那儿的。”

“我该怎么办？”

“你现在知道自己的用处了吗？”

“我知道了。好好活着。”

“不。也可以干点儿别的。”

“我自己都像一个影子，我能干什么。”

“你也别担心。既然我是你父亲的影子，当然会帮你的忙。”

“我们要做什么呢？”

“当然是要去阻止他们。”

“就凭我们两个？”

“对。”

“不不，这算什么事儿？我加上你一个影子，我们两个加起来也不顶用。他们都是被我亲手举到上面去的——为此我很惭愧和愤怒——他们踩着我的肩膀和背脊上去，哪怕只是被丢下来的影子，也早就比我厉害了。”

“那你是不管了？”

“我不知道。”

“我们出去走走。”父亲的影子说。

介史里布失魂落魄，也像个影子似的跟在父亲的影子后面。

到了无望之地的坑道旁边，他们看见了阿鲁阿波。他居然跷着二郎腿在坑道旁边坐着。

“你在干什么？”介史里布问阿鲁阿波。

“等无望之地的人突然醒了上来。我堵在这个地方可以收点儿好处。”

“你现在怎么变得像个恶棍了。”

“恶棍是什么？”

“你是阿鲁阿波的影子吗？”

“是的。我是阿鲁阿波的影子。”

“我看见你在那边拆了我的房子。”

“这我不清楚。”

“我亲眼看见你在那边干的好事！”

"我目前在这儿。对于你说的那边的事情我不记得了。"

介史里布有点儿生气，转头问父亲的影子：

"他说他不记得，这是什么屁话！"

父亲的影子笑道："你可能不知道，作为影子，我们大脑皮层下面少了一些东西，就是你以前在书上看到过的，主导感情的那一部分……我们没有那种东西。"

"可我觉得你有。"

"那是因为我是你父亲的影子。"

"记忆总该有。我真后悔把他们送到上面去。"

"放心吧，你有办法解决的。"

"我能有什么办法。"

"你还能听到那些声音吗？"父亲的影子问道。他像是知道了什么秘密，又像是突然替介史里布想到了什么办法。

介史里布皱了皱眉头，耳朵里充斥着细碎的声音。他很确定这些声音不是来自远处，而是出自长生之畔。也许就是那些影子的声音？

"你至少是第一个提醒你父亲他们将手从麻袋里拿出来的人。或许只有你能让他们改变，让他们知道束手束脚的习惯并不是什么值得死守的尊严。"父亲的影子又说。

"你只是一个影子，连你都明白的道理他们却并不重视。"

"我知道有什么用，我只是一个影子。你的话才有说服力。"

"我的话也不一定有用。"

"有用的。别人能说服他们，你当然也能。只要你想通了到上面去跟他们讲一讲道理，他们会听的。只不过要将别人的说法从他们脑海里赶出去有点儿麻烦，要花不少时间。"

"要是白胡子老人当初死守那道大门，把一些不该去的人送到我们祖居的地方，就不会搞得那么多人受到影响。他们在那儿扮演的角色太厉害了。他们控制一切，阻挠一切，他们就是带着毁坏一切的使命重返。你知道我父亲是个非常胆小的人，你作为他的影子也是亲眼看到过，他从来都很遵守规则，我还很小的时候他就告诉我，在强者面前，低头才能活命。”

“是啊。但也不能怪那位老人，有些事情不是他能掌控的。我们到了长生之畔，换个地方之后，乌尔丽以及你的父亲，他们决定继续将手缩在麻袋里，这样就不会再有什么麻烦了。他们认为罪魁祸首就是手，手能建立一切也能摧毁一切。”

“建立和摧毁一切的难道不是人心吗？”

“我也不知道。你跟我说大道理没有用，我只是一个影子。”

“是啊，说起这个，你为什么不把手拿出来？既然你决心要脱开我的父亲。”

“因为你父亲没有将手从麻袋里拿出来，我作为他的影子，有些行为还是不能自控。”

父亲的影子走到前面去了。他边说边加快速度。

介史里布觉得心里空荡荡的，同时又充满了某种勇气。当父亲的影子突然失控似的不能自主地走到前面，他的心里猛然间亮了起来。如果说影子的行为有些不能自控，那么刚才他看到的一个举动一定不是影子自己的行为。

他看到父亲的影子下意识地抽了一下手。只是暂时没有拿出来而已。

抵达

黄小蛋给自己取了个笔名叫黄小蛋。有人跟他说，黄小蛋，既然要学人做文章就该严肃对待自己的名字，怎么能随便叫自己黄小蛋呢?

黄小蛋不服气:“怎么就不能叫黄小蛋?我本来就叫黄小蛋。爹妈给取的名字再难听也没有嫌弃的道理。再说这名字一点也不难听，放眼望去也不见几个重名的。什么叫独特?独特就是自己一个人拥有而别人没有。”

那人很生气，又恨铁不成钢:“黄小蛋，你越说越不像话了。我是为你着想才多了一句嘴，还有，你怎么好好的要学人做文章呢?你这种人！”

我这种人怎么了?黄小蛋心里比那人更不快活。什么叫“你这种人”！

反正黄小蛋就给自己取笔名黄小蛋。

可是黄小蛋最难搞定的不是那些介意他名字的外人，他最难搞定的是他亲爹。

他亲爹这会儿坐在门口晒太阳呢。他连话都不想跟黄小蛋说。

他亲爹叫黄小美。这已经不止一次被人嘲笑过，说听上去像一只宠物狗的名字。

黄小美才不管别人怎么看待，他自己挺喜欢中间这个“小”字，于是给黄小蛋取名黄小蛋，中间也是一个“小”字。不认识的人常以为这是他小字辈的亲兄弟。

黄小美这会儿心里毛躁的是关于黄小蛋要离开他去干别的事：写文章。

他妈的！他说他要写文章！黄小美心里正在想：“他不要吃饭了吗？”

黄小蛋走过去，拍着黄小美的肩膀，这架势像在跟自己的哥们儿打招呼。他拍着他肩膀说：“我亲爹呀，这是我最后一次请求你了，让我跟你去拾荒继承你的‘技术’是不可能了。你说你不就拾个荒吗？有什么技术可谈，非得让我成天跟着你屁颠屁颠东游西荡，荒没拾着，还累得慌。我就不是这个料。你没有看出来吗？我生来就不是做这活的料。你就当我是一块不成器的废料给扔了吧，兴许我自己还能把自己给弄成器了呢。你以后都不要管我做什么。”

“你懂个屁！”黄小美说，“你是我生的，我怎么就不能管你，你是不是这块料我说了算！”

“我是我妈生的。”黄小蛋说。

“你是老天爷生的都没有用！”黄小美恼怒地说。

黄小蛋就不往下接了。再接黄小美的拳头就要挥过来了。他总不能打回去吧。这怎么说也是生他的亲爹。

黄小美气得不知道说什么。脸红得跟猴屁股样。

他一定是喝酒了。黄小蛋心想。他凑近黄小美闻了闻，确实喝酒了。早知道他就不来拍他的肩膀了。

现在趁着黄小美在午休，没有强迫他跟着出去拾荒，他得加紧去写文章。写文章是需要锻炼的。黄小蛋心想，所有的大师都是从不断制造废品中寻找经验，刺激灵感，最终写出传世之作的。他今天的苦心明天一定会得到回报。

黄小蛋这么想着就急匆匆地走开了。

黄小美瞅了一眼黄小蛋，在背后骂了他一句“二百五”。

黄小蛋才不管黄小美怎么骂。他听见也装听不见。

他走进屋里开始摆弄那些白纸，他在白纸上首先写一个题目，他考虑题目的时间通常是一个星期，比如要写一棵树，那标题绝不能叫“一棵树”，要叫抽象一点的。他对自己的艺术审美向来自信，深深觉得出生在拾荒世家纯粹是一场……一场落难吧，或者一场历练，是为了丰富他如今的写作，他会借用这些经历写出好文字的。他想得很仔细：我的父亲和祖父以及祖父的父亲都是拾荒的，我虽说出生在这样的家庭，也并非命中注定我是个拾荒的，我一辈子都不会学习他们的技术。按照父亲的说法，拾荒就是一门手艺活儿，什么东西“含金量”高，是要经验支撑，然后迅速抓到手中，不可犹豫，犹豫犹豫就丢失了机遇，拾荒者满处都是，大家拼的除了运气还有眼力，除了眼力还有速度，除了速度还有判断，判断哪个区域有货，哪个区域注定要扑空，这些就是才能和机智。当然，有时你必须祈祷老天一直将好运放在你这边，你才会永远是获胜者。父亲要他学的是这些。可他怎么甘心呢？他有更好的理想，对写作的热情已经回不了头。一个家庭如果一直拾荒一直拾荒，那么总有一个人会烦的，就好像你一直住在一间漏顶的房中却从未攀上房梁伸头出去看看。世界是多样的，人生的路也是多样的。黄小蛋早就想明白了，既然老天将他塑造成人而不是虫子，他就有必要攀上房梁伸头去看看。他不想干拾荒这一行了，烦。他决定要把这一行的饭碗摔掉，所以当黄小美问他是不是打算砸了家里的饭碗时，他才会十分激动万分高兴地说：“我就是这么想的，砸了才好呢！”

他就是这么想的，因此下了决心寻找别的出路。

他下的决心就是写文章。

他深深相信自己是有才华的，虽然他没有上完小学。他上到小学五年级的时候突然不想上了，就回家来了。

黄小蛋坐在电脑前，他随便开了一个头，往下就随意发挥了。他相信所有的大师都是遵从自己的灵感，写完才来打补丁，这儿差一块料子贴上去，那儿差一个角子贴上去，有的地方看着别扭和粗俗，那就减掉。他就是这么干的，完全凭着自己对文字的感觉来操作它们。“想象是写作之马！”他用这句深切的感悟激励自己。

背着黄小美偷偷买的这台电脑可算是派上用场了。他藏在床底下那个灰扑扑的箱子里。黄小美要是心细一点早就发现了。

黄小蛋写字难看，如果所有的杂志都选用手稿，那他只能去拾荒。可时代不一样了，属于他黄小蛋的时代来了，杂志选用电子邮箱收稿，写好的文章“刺溜”就能发送到杂志给出的投稿邮箱里。当然了，一封也不见回复。他收到的全是自动回复，要么是：“您发给我的稿件已收到，会很快回复，感谢您的支持。”又或是：“您好，大作收悉。祝您创作愉快。”

即便这样的回复他也很高兴。只可惜并不像邮件所说的那样“会很快回复”，等很久也不见回复。有时候他没耐心了会怀疑，到底邮箱那边有没有活人。

他在网上结识同样爱好写作的人，有一个人还住得离他不远，这个人给自己取的笔名叫拉罗。为什么这倒过来更顺口也更洋气的名字非要反着喊，黄小蛋也搞不清楚，反正他张口就喊他罗拉，这样喊了很久了，拉罗已经习惯了。

罗拉的名字听着以为是个女外国人。黄小蛋倒是愿意别人以为他的朋友是个女的，并且是个洋的，他在黄小美跟前就有了更多底气。

黄小美真真的以为罗拉是个女人。现在不是有很多中国人也取外国名字嘛。黄小美有一次说，这个罗拉一定是个中国姑娘。黄小蛋知道黄小美在讨要答案，他就是不说。

黄小蛋在电脑上写完一千字，写得正顺畅的时候听到了黄小美大喊大叫。黄小美是这么吼叫的：“我的老天爷啊！”

黄小蛋丢开电脑急忙跑出来。

“怎么……”

黄小蛋话没说完，看见罗拉来了。他是见过罗拉的照片的，但是黄小美没有见过。罗拉就站在黄小美面前，微笑着，一张大胡子脸，一个大高个子，头发长长的卷卷的，手上戴有一串玛瑙珠子。这种装扮肯定以为是个壮汉吧，不，这打扮很妖气，因为他的双腿上套着的居然是一条浅棕色小脚裤。据说这是现下时兴的。

黄小美喊完一声“我的老天爷”，看到黄小蛋走出来，于是扭头指着黄小蛋问：“他说他是罗拉？”

黄小蛋说：“是呀，他是罗拉。”

“拉你个头，赶紧给我滚。”黄小美气得飞快地跑了过来，照着黄小蛋的脚踢了一下。

黄小蛋早有准备，避开了。

“我就知道你要发火，可我也没说罗拉是女的。”

黄小美气得什么都不想说了，扭头看了看罗拉，又看看黄小蛋，一甩手走进屋里，将铁板门“哐当”一声关上了。

“我算是被拒之门外了吗？”罗拉苦笑说。

“我也没有想到。”黄小蛋说。他早就告诉过罗拉，不要轻易来找他玩，免得父亲发现真相会发一场大脾气。

现在好了，他们谁也别想进屋。没有十天半个月，黄小美的气是不会消的。

“你的电脑，拿着滚！滚得远远的！”黄小美从门缝里将黄小蛋的电脑推出来。

他是被赶出家门了。

黄小蛋没有去处，罗拉想了想说，他有住处。

黄小蛋就跟着罗拉去了他的住处。这是一个小得可怜的房间，除了床。床也是一张野外露宿用的折叠小床。

啊，还有一张很旧的高桌子。黄小蛋差点忽略它。实在太旧，简直入不了眼。

“不要嫌弃，这是‘文学之家’，房间虽然简陋但文学高于一切。”罗拉说。

黄小蛋点头。

黄小蛋暂时就只能将自己安顿在这儿了。

“你晚上将就睡那儿吧。”罗拉说。

罗拉是个热情的兄弟，他对文学的热情就像黄小蛋对文学的热情。之前他说他要放手一搏，赌一把，现在他看到答案了：所谓放手一搏，就是全身心投入写作；所谓赌一把，也是看看这样放弃一切是否能换来更好的未来。

罗拉早一个月就放弃了工作，住进了这个小房间。这是个闷热的房子，夏季热到脑门儿发烫，时常以为发烧了。是上一个租客好心提醒罗拉，那人说，不要太为难自己，租个宽敞一点的房子夏天要凉快一些。可他不要凉快，他要写作，要从这个小房间写出一条凉快的路来。

罗拉将这些决心和经历告诉黄小蛋，黄小蛋听得眼睛发亮，信心也满满的。

黄小蛋对罗拉说：“你做得对，有的时候不逼迫自己一下，你都不知道自己有多优秀。”

二人越聊越投机，当机立断，拜为兄弟，以后谁先写出来谁就帮助另一个。这样一来，黄小蛋就不用租房子了，他可以住在罗拉的房子里，罗拉比他大两岁，当哥。当哥的也给他宽心，让他不用在意房租的事情，他已经支付了一年的房钱，住的地方没有后顾之忧了。只是吃的恐怕要节省，因为做大哥的身上全部加起来只有五千块钱。

黄小蛋想了想，从口袋里掏出自己父亲从前给的零花钱，加起来一共一千八百五十二块四角，他们算了算，米要不了多少钱，只吃白菜喝汤,偶尔打打牙祭的话,可以支撑七八个月。他俩也不太精于计算,反正一估摸,大概是可以过很久了。

黄小蛋下了决心暂时不回黄小美那儿,反正回去也讨不着支持的话,不如自己先干出一点样子,然后衣锦回家。

他这么想着,就把小床收拾收拾,去外面搬了几块砖头码出一个台子,电脑就放在台子上,往后这就是他的办公桌,不,写作桌。

"希望这些砖给我好运。"黄小蛋跟罗拉说。

黄小蛋在罗拉这儿一住就是两个月。夏天彻底来了。高温,然后是蚊虫,小房间简直是个地狱。可是黄小蛋和罗拉相互打气,说他们的好运秋天就会来的。

秋天还没来病就来了,二人写作写到脖子痛,肩膀疼,最终体力不支中暑了,在医院花去二人至少一个月的伙食钱。兜里原本要支撑八个月的钱,算一算,恐怕只够再生活三个月。二人有些难过,从医院回来的路上边走边叹气。

当然这是上个月的事情了。黄小蛋现在已经不担心伙食钱了,他写的文字总算见了效,有人在邮箱回复他:稿件留用。

这四个字太震撼他的心,一整天了,他的心情还激动着。罗拉也激动着。因为他们是结拜兄弟,谁要出了名就拉扯另一个。

此刻,二人正在路上走着呢。他们要去喝一碗酒。很久没有喝酒了,黄小蛋都快忘记酒的味道了。这一天要在昏昏的醉意中度过。

这一天就这么昏昏地度过了。

到了第二天,他们又开始写作。有了底气和信心地写作,看到了希望地写作。写作是需要得到回应的,他们深深知道并感激大运即将眷顾他们,越发有了信心。

一个月后,黄小蛋看到了在那本杂志上印着自己的名字:黄小蛋。没过几天他就收到了样刊。这是他的第一篇见刊的文字,他把杂志放到罗拉唯一的高桌子上,竖着放,"扑通"向这本杂志跪了下去。

罗拉吓了一跳。

“兄弟，你这是怎么了？”

黄小蛋哗啦就哭了出来。他说：“你不要以为我是跪这个杂志，我只是想跪我自己的文字，它总算成器了，它成器了也就是我成器了，我跪的是我自己。罗拉，你不懂我的心情。我也说不好我此刻的心情，你让我跪一会儿，一会儿我就起来。”

黄小蛋跪了一分钟不到就起来了，擦掉眼泪，坐在小床上突然哈哈大笑。这时候已经是秋天了。秋天果然是收获的季节，也是可以放声大笑的季节。

黄小蛋回了一趟家。

黄小美正在门口整理他的破铜烂铁。

“别搞这些了，我亲爹！”黄小蛋说。他大步走近黄小美。

黄小美吓了一跳，他没注意黄小蛋回来了。

黄小美抬眼瞪着，问他手里拿的是哪儿捡的破书，难道出一趟门回来就只捡这么个不值钱的玩意儿吗？

黄小蛋不在意，脸上笑着。

“这可是好东西呀。你好好看看。”黄小蛋说着就将杂志递过去。

黄小美瞧了瞧，眼睛就睁大了，圆了，要鼓出来！

“我的个天老爷呀！”黄小美说。他吃惊又激动。

黄小蛋等着被夸赞。要是有个椅子坐着的话他打算跷个二郎腿。

黄小美说：“还有人跟你一个名字呀！取这个名字的人也姓黄，他也叫小蛋！！”

黄小蛋一听，大失所望，怎么会有这么煞风景的爹！他张大嘴吼住黄小美：“怎么你以为是别个？”

“不是别个还是你个！”

“是我个啊！”

他们急得话也说不好。

“放屁！你以为我会相信你的疯话？”

“那你要怎样才相信？”

“反正是个假，怎么都不信。”

“你等着瞧吧黄小美，等一阵儿收到稿费，你会把眼珠子都羡慕出来。”

黄小美鼻子里“哼”一声，都懒得多瞧一眼黄小蛋。

稿费如期而至。通知单上印着：326.07元。

黄小蛋高兴之际，不忘将黄小美喊到太阳底下，火辣辣的光照着纸上的数目。

“难道真是你？”黄小美说。他有点儿懵，不敢信。

“当然是我啊！”黄小蛋都快高兴疯了。

“那……”

黄小蛋就带着黄小美去了邮局，当着黄小美的面儿取出这笔钱。

黄小美这回算是相信透了。他拿着这些钱一会儿看看黄小蛋一会儿又看看钱。想不到黄小蛋还真是个人才。

黄小蛋是个人才的事儿很快就传开了。几天之内，周围的拾荒匠都说他们也是可以写作的，因为他们小的时候成绩好啊，那作文写得像范文，老师经常拿去念给同学听，只是错过了写作年月，如今岁数大了，只能干点儿粗活。

黄小美是高兴的，他喜欢听别个都来夸黄小蛋。他偶尔插句嘴说：“我儿为何能写文章？那是因为名字取得好，世上有几个能把‘蛋’作为大名用上的？没有。说明他们没有勇气，说明这个‘蛋’是个好蛋。他就像我们养的鸡，鸡是从蛋里面出来，让鸡下蛋肯定要个引窝蛋，我儿这名字相当于是个引窝蛋，我想了好几天才想到的。”

黄小美只管说，反正也不会有人回应他。所有声音都围在黄小蛋那儿。

后来，黄小蛋就不出去干活了，因为他的稿子越发越顺畅，稿费也来得多，不过，数目都不大。

黄小美不出去拾荒了。他跟黄小蛋说，害怕同行见笑，说一个写文章的人的爹怎么还需要出去拾破烂，难道写文章还不如拾破烂？他是害怕别个说这样的闲话损害了黄小蛋的名声。

黄小蛋也同意。他一百二十八万分的同意。

父子二人就靠着稿费生存了。比起拾荒，收入还是少了一点，毕竟黄小美是个拾荒好手，而黄小蛋的写作才上路。

不管怎么说，依靠写文章活着还是够体面的。只是很多时候黄小蛋觉得心里委屈，因为好多报纸内刊都没有给他稿费，偶尔他也上个年选，说起年选他就更气恨，不仅不见稿费，连个样书都不肯寄来，他这是八百年才混上一次年选呐，等啊等啊等不见个影，厚着脸皮上网去那家年选公众号留下自己的地址，希望对方寄给他一本样书，最后仍然是等啊等啊等不见影。只有这个时候他觉得写文章也不见得够体面，许多时候还挺伤自尊。

黄小蛋自从发了第一篇稿子之后就回到家里居住。罗拉那儿不再去了。

罗拉的事情他全忘了。

罗拉来到他家门口站着，他才想起没有跟罗拉说不回去住的事。

“黄小蛋，你混出个样子就把我忘了啊？”罗拉说。他倒是没有黑着脸说。挺温和的笑脸。

黄小蛋这么解释那么解释，总算说明白他的处境，如今他要奉养亲爹，再跑出去居住实在不妥，也不是“文人能干得出来的事”。

黄小蛋自称“文人”的时候突然觉得羞惭，虚荣心使他将这话说出来,内心却是虚的。以现下这点儿成绩,恐怕称个“书童”都够不上。

虚荣心使他仍然说了那样的话。

罗拉也盯着他看了一会儿，像是第一次认识他似的。

就这样，罗拉一个人回去了。他走时留下一大堆稿子，让黄小蛋推荐给他的编辑。黄小蛋看着这些稿子觉得好悲伤，想拒绝罗拉又开不了口。

往后，黄小蛋只好每天替罗拉投稿。他自己的稿子倒是无法再投，总不能一个邮箱投去两份署名不一样的稿件吧。

也不知是他运气好还是罗拉自己运气好，罗拉的稿子全部投中。而他，只能被挤去报纸上发一发。他的资源都留给了罗拉。好在日子还算过得去，因为黄小美晚上偷偷出去拾荒，不让人发觉。他们勉强度日。

时间一晃就是三年。罗拉已经长成了一棵小树，有了他自己的根基，眼看着往上蹿去，要长成一棵大树了。他不再依靠黄小蛋投稿，也不再来找黄小蛋交流。他觉得黄小蛋的思想太落后，脑子不灵活，根本不是一个合格的写作者。他又说他很忙，要赶这家的稿子那家的稿子，还准备写长篇。

黄小蛋跟黄小美说，罗拉的势头太猛了，他当初只是缺少让编辑看到他稿子的机会，如今机会都把握住了，罗拉一定会有好前景的。

黄小美鼻子里“哼”了一声，说罗拉无情无义。

黄小蛋也觉得罗拉对他有些和从前不一样，于是主动去找罗拉。罗拉早就不住在原先的小房子。他在网上给罗拉留言也不见回。渐渐地，罗拉就从他的生活中消失了。任何消息都打听不到。

黄小蛋还是依靠自己不灵光的脑袋写出了许多终于让编辑看重的稿子。他又重新寻回了最初的好运。他的稿费也渐渐如庄稼一样比从前收成好了。

然后，流言蜚语也就来了。

有人去给他的编辑发私信，他们说：

“黄小蛋这种人怎么写得出好文章呢？他学历那么低！我们这种科班出身的写起来都吃力，他黄小蛋凭什么呢？别人学历那么低可以，别人一看就聪明，是那块料子，黄小蛋不可以，他不是那块料。听说他爹拾荒的，他也拾荒的。他不就是依靠自己拾荒的身份写了许多卖惨的文章吗？他写的东西值得怀疑，确定是他自己写的吗？”

这些话都是编辑后来告诉他的，也有一些是编辑告诉他的朋友，他的朋友告诉朋友，朋友圈一扩大，黄小蛋就知道了。黄小蛋知道是谁去说他的坏话。这人不仅加了他的博客、微博，还加了他各种聊天设备的好友，还夸他文章写得不错，值得他学习，还左一句兄台又一句兄长，言语多么诚恳。谁知他转身就去诋毁他，暗放冷箭。人真是虚伪至极。黄小蛋想着想着觉得心寒。搞了半天那些来添加他好友的人有一大半是两面三刀的家伙。

人面兽心！这是黄小蛋最近咒得最多的一句。黄小美也跟着骂，黄小蛋骂谁他骂谁。上阵父子兵嘛。

黄小蛋也跟着黄小美晚上偷偷出去拾荒，父子二人有时挨了雨淋，有时受了风吹，好在也有晴朗的晚上，月光明煌煌。黄小蛋就喜欢月光明朗的晚上。他跟在黄小美身后，看黄小美时而翻这个角落，时而又去翻垃圾桶。只有黄小美翻垃圾桶的时候他心里很难过。谁说他写的东西是卖惨呢？他不明白，难道世人之一生都是一帆风顺吗？世间有富人自然有穷人，有人住大房子就有人住小房子，有人穿金戴银自然有人翻垃圾桶度日，就像山有悬崖，水有低流，世道如此安排。别人能写咖啡厅牛排馆高雅之地，或妖魔或鬼怪，不许我写个小小的拾荒之所？黄小蛋越想越悲伤。这是他陪着黄小美拾荒每日都在伤心的事。只要月亮照着，他心里就会翻腾。

写文章的人会越写越悲伤，这话是他体会到的。为何要劝世人多看文章，他想了想，大概是让他们也寻回悲伤的能力。

有一天，黄小美跟黄小蛋说，你不要再跟着我捡破烂了，你根本不是出来捡破烂，而是来散心的吧？你以为我看不出来么。该去要回那些稿费呀，算一算，有很多钱你是没有收到啊，你写文章熬的夜，吃的饭，喝的水，点的灯，这些都是花了钱的，更何况有时候你还生个病吃点药，就拿你住的房子来说，它也一天比一天旧了不是？这些都是你付出了代价的，不要怪我算得这么细致。反正，怎么能白白发了稿子不要钱，怎么能这样呢？就好比我辛苦翻了好几天垃圾桶捡了一堆纸板拿去收费站，老板拿走了不给钱，只给我来一句“再见”，是一样的。儿子，哪一碗饭都不好吃，但吃自己挣来的饭是应该的。你不要总是顾及什么面子，觉得不好意思，你一直不好意思，别人就好意思了。你这是在帮着他们养成坏习惯。

黄小蛋像是刚从被窝里被提出来，冷醒了。他第一次觉得亲爹黄小美不该拾荒，而该去开演讲。他这口才远比许多专门授课的人还好呢。黄小蛋也不在乎别人从前像是打趣似的跟他说：听说自由撰稿人很爱钱啊!

现在他顾不上这句话了。他仔细翻想一遍，觉得世人都是爱钱的，只是有人扭扭捏捏装出一副不爱钱的样子，实际上工作不敢怠慢一分，暗地里烧高香求好运。这又让他想起那些嘴上说发表文章算个屁，古人是没有文章发表的，古人都是小册子流传的，黄小蛋想了想，小册子流传也是一种发表啊，它只是以小册子流通之形式到达读者面前，读者万分喜爱才誊抄延续，得以代代共享，并且在当时给予作者的报酬也不在少数，并非如眼下人们所理解的，以为那作文之人分文不得。怎么会？它只是不以“稿费”的名称到达作者手中。要相信古人对文学的热爱与追求，恐怕要比现在的人更看重和真挚。

黄小蛋想来想去，想得有点儿生气了。如今这时代的发表也是一种流通，为何当今发表就是下贱的，古时集册子流通就是高级的呢？编好集子流通也只是一种形式，但凡有人爱读它就是好，能传世，更是好。

当然，黄小蛋还有更想不通的事情，比如说，有人纠结于发表文章时的目录的排序，排在第一位的总有他说不完的骄傲，他转发到自己的空间放着是可以的，因为那是他的私人地盘，发了东西存个档完全应该，可但凡有他所在的网络聊天群他都去发一个链接，如大规模杀伤力极强的牛皮癣广告，并附言“我发了个头条！”然后，等着让人夸耀，这就是一种虚荣造成的软骨病了，很讨嫌。在黄小蛋看来，排序前后的目的地都是读者，就像一辆车子的座位之前后左右，它都在一辆车上，无非有人早早下车，有人一直到达终点，排在头条的也许读者看也不看，直接翻过去了。这种事情如果说得太明白就悲凉了。

黄小蛋想到这些便开始反省，他刚写东西时两眼昏蒙蒙，也求人投个票，也求人点个赞，也求人写几句评论，后来他就不这么干了，觉得十二分的没意思，无论他怎么努力，该注意不着他的人还是注意不着。有人生来在圈子中人缘广阔，得天独厚，是个金贵的蛋，而他黄小蛋生来就在最下层，是个普通的蛋。既然是个普通的蛋，就该用最普通的形式存在，热爱他喜欢的写作。他猛然醒悟过来，与部分人相比较，他无非出身地位上有悬殊差距，而对于文学的真心和追求，他像古人一样保持诚实，与他们是平等的。接受普通的生活在某种层面来说是高贵、通透和成熟的，是无须争取外人的高看和关注的，是接近于自然之道的。黄小蛋想明白了。他想明白了他之所以会有点彷徨和伤感，就是因为他其实已经摸着了某些本质。他激励自己应该像个英雄主义者，将一切虚荣的强劲儿用在行文时的大胆构造，而非鸡毛蒜皮文字之外的事情。人贪名，名反而不来，名不来而想尽办法，是真没意思。黄小蛋越想越觉得没意思，想跳脱。这么一想他就不想去讨要稿费了。可黄小美不高兴他这么做。他确实很久没有收到稿费了，要活下去得拿到活下去的资本，何况那确实是属于他的钱。要稿费并不是丢人的行为，讨要该得的酬劳，不用害怕背负“爱钱”的名义。取财得当，不抢不盗，光明磊落。

于是，黄小蛋准备了三天，在本子上罗列出所有欠他稿费的刊物名字，这一罗列才发现，有人已经拖欠他三年多稿酬，恐怕对方早已忘记发过他这么一号人的稿子了。

更悲惨的是，有的刊物已经倒闭了。他黄小蛋虽然也发稿子，可是发的刊物地方性居多，别人也从不把他看成是真正的作家，都喊他“拾荒者黄小蛋”，心情好了才会说他是“写作的拾荒者”。

黄小蛋下了决心，凡超过三个月没有给钱的，他都勇气满满地“刺溜”发去一条信息，问什么时候发稿费。

这样一来，黄小蛋就拉下仇恨了。这是早有预料的。

有人给他发来：马上！！！

有人给他发来：你急什么？？

有人笑着说：你这样恐怕会遭到封杀！

有人客气一些：请您再耐心等一等。

有人就不高兴了，问他是不是很缺钱，很穷，很活不下去，他那点儿稿费也就一百块不出头，至于追着要吗？

至于那些倒闭的刊物，黄小蛋也去问，收到的话就更难听了：发了你的文字我们刊物都活不下去了，你好意思要钱？

就这样，黄小蛋追回的稿费极少。几乎没人当一回事。

他们不知道黄小蛋其实也没当回事。

黄小美说，算了，我们去要过就行了，你发的这些报刊门面也小，那真正大门面的咱们暂时又上不去，不给就不给吧，给不给再说吧。

黄小蛋很泄气，他以为自己可以像书上所写的那些作家一样体面地活着，像他们流传的照片那样，嘴里叼个烟斗往墙上倚着就是才华横溢的样子，不用介绍看一眼就想象得出他那个地方文化土壤之丰沛，他受到的敬重使他面上充满自信的光芒。可是黄小蛋不行，他叼个烟斗靠墙上怎么看也很落魄，为了省钱，头发一直是老爹黄小美亲手操作，剪得让人不好细看，后来他干脆让黄小美给他全部剃光。如今他去哪儿都是一颗光溜溜的脑袋，这光亮的脑袋寸草不生就像他的口袋一样贫穷，手里再拖个拾荒的板车，那就是个拾荒者不错了。他以为写了字就能脱胎换骨，找回自尊和体面，可是写了字他还得抹下面子讨要微薄的稿酬，还要受人白眼。他越想越觉得面子算个屁。于是他白天也跟着黄小美出去拾荒。父子二人白天拾荒，晚上一个继续写作，一个将拾回来的各种废料清理归类，然后拖去变卖。

不管怎么说，经历了写作之后，黄小蛋觉得自己比从前沉稳了。不管那些人当不当他是个作家，在他自己这儿，他是已经脱胎换骨了。之前他一定要写作，非写作这条路不可，现在他觉得写作仍然重要，但写作之余拾荒也是可以的。写作让他在生活这条路上成熟起来，理解了他的父亲，他的心如春草，在文字中成长起来了。

不过，他讨要稿酬的事情倒是引起了写作圈子里的重视。就连罗拉也换了个号加他好友，说他之前的号不用了，一直忙于写作才没有来打扰黄小蛋。

黄小蛋不知道罗拉在想些什么，为什么要与他断交。他知道他是故意与他断交的。只能说，像罗拉这样的人是经不起出名的，心性儿太窄，一出名他就要断掉从前所有过往，好像过往是他残废掉的一截盲肠。

如今他来加黄小蛋，黄小蛋总算搞明白他的来意，原来是来请求他帮忙问一问那家刊物为何一直欠他稿酬。

哦，原来是让他黄小蛋当中介，替他讨要稿酬。

黄小蛋说：哦。

之后，黄小蛋就再也没有回复过罗拉任何一句话。罗拉一问再问，三问四问，得不到一句回复也就不问了。他后来把黄小蛋删了。

讨要稿酬的事情闹开之后，黄小蛋反而发了很多稿子，时来时往，他已经小有名气。转眼又是几年过去，他也不再被称为“拾荒者黄小蛋”或者“写作的拾荒者”，而是人人喊他“黄老师”，他不知道自己这个“黄老师”是如何当上的。

他每天早晚跟着黄小美，在城市各个角落兜兜转转，捡拾那些别人不要的废物，所见所闻他都写成文字，他不需要刻意去哪儿体验生活，写什么主题性文字，生活没有主题，生活是庞大的枝叶，是风中的沙尘，甚至，是个人的悟性。他本身就在这个场中，在最稳定和庞大的这一个场中，他不需要去哪儿体验。

他仍然爱着写作，仍然对写作充满热情，只是更沉稳更实在，他的心沉到文字内里，所以能沉入生活内里，是写作让他看懂生活并爱上生活。今天他已经不会觉得祖辈拾荒需要迫切的改变，需要一定有人在他的门楣上挂一块匾额：光宗耀祖黄小蛋。他不需要这个了。他可以接受任何一种称呼，这是沉入写作之后文字的魔力带给他的宽阔的认知。

黄小蛋心里越来越明朗，认为人应该像汉字一样活着，像汉字一样硬朗，又像汉字一样经得起考究。不管这个汉字是叫黄小蛋还是叫张小蛋，是简单还是复杂，它都应该活得轮廓分明，能拥有抵达现实的勇气，而非一面漂亮的幌子。

他不再让黄小美自己背一大袋破铜烂铁旧纸箱子穿街走巷，他接过来背着它们穿街走巷。他每到一处，要是被认出他的人问："黄小蛋，你怎么也来拾荒？你不是写作的那个黄小蛋吗？我不是听你爹说，你在干那体面的差事吗？"黄小蛋就笑笑，笑不过去他就来句狠的，那些人就不问了。现在他们都习惯有黄小蛋这么一个同行，还挺照顾他，时不时告诉他哪儿有料，哪儿不用白跑。

为了节省出更多与黄小美拾荒的时间，他已经不去追那些根本追不回来的稿费，他想开了，就像庄稼入了土地，有时丰收，有时歉收，他只需要播种并表示对庄稼的期许，至于最终能否有收成，就顺其自然吧。

他后来在网上个人空间的首页里写了一句个性签名。以往他的个性签名一直写的是"没个性"，学历一栏写的是"家里蹲大学毕业"。现在他重新写了一句个性签名是："成器的黄小蛋"，学历一栏仍然是"家里蹲大学毕业"。

就是从那以后，任谁也在网上联系不到这个家里蹲大学毕业的黄小蛋了。对这个自称成器的黄小蛋，人们偶尔才在某个地级市刊物上看见他的名字，后来连地级市刊物上也看不到了，消失了一样。

只有黄小蛋自己知道，他换了笔名，稿子四处刊发，稿费从不被拖欠。他越来越感觉到，写得越多就越想藏到文字背后去。黄小美不能真正理解他的这种做法，黄小美很反对他这么没完没了地变换自己的名字。可是黄小美很忙，所以他干涉黄小蛋名字的时候并不多。

黄小蛋彻底体会到了那位他喜欢的作家的话：你不是你笔下的人物，但你笔下的人物是你。

他就是这样的。他已经不需要怎么从外在改变自己，他已经通过自己的文字体验了不同的人生。他的人生很丰富。在外人看来，他跟着父亲走在同一个地方捡拾那些旧物仿佛是落魄而颓废的，实际不是这样，他内心无比充盈。他终于稳稳地站在他的生活之上，平心静气地陪在父亲身旁。有时黑夜里冷风吹在脖颈上很凉，他还会开玩笑地跟父亲说：“如果你黄小美运气不坏的话，也许前面就会遇到一条好围巾。”

土命人

A1：初冬

傍晚时分，瘦猴子低头走进砖窑，撞上几个正在窑洞里打麻将的四川女人。张芬芬也在其中。

“瘦猴子，叫人给你介绍个女人吧，婆娘不在这里，你的枕头冷不冷？”张芬芬直溜溜盯着瘦猴子，“你看砖厂里的那只大猩猩，他就天天去司徒镇。你也去吧？”

“不要乱说，张芬芬。”

“我们教你打麻将吧？”张芬芬改了话题。

“我不会。”瘦猴子低头掸掉衣服上的砖灰，脑袋晃了一晃。

“不会才要学。交点学费就会啦。”女人们咧嘴大笑。

“来吧，坐到你张姐姐我的身边来，我教你。”张芬芬忍不住又开起了玩笑。她旁边的女人们却将这句话想到别处去了，她们几乎异口同声道：“坐她腿上！”

瘦猴子提不起任何兴趣与她们说笑。他钻出窑洞，往住所方向走，心里感到一阵苦闷，刚才那帮女人的笑话其实早已说进他的骨子。他想起他的老婆，那个消瘦的乡下女人，身材矮小，皮肤黝黑，说话低声低气。她永远不会像张芬芬那样扭曲着一张大嘴夸张地说话。如果不是瘦女人生第二个孩子那年犯了月子病，他如今就不会出现在司徒镇。

他想到那段倒霉日子，想到他卖掉的那些值钱的东西，包括一头健壮的耕牛。女人的病好了，但是他从此负债累累。那之后，他被外省招工的人像耕牛一样从村里牵走。

瘦猴子站在路边叹了一口气。此时他脑海里又出现瘦女人送他到村口的身影，她带着两个孩子，一个背着，一个牵着，也许当时她还流着眼泪，所以走路跌跌撞撞。瘦猴子在车窗里看见她使劲地朝他挥手告别。这些日子以来，他不断地梦到那双向他挥别的手。

瘦猴子一路胡思乱想回到房间。他房间只够摆一张床，以及用砖块搭起来的四角架子，上面盖几块木板，算是吃饭的桌子。

他躺在床上，双手按住胸腔，胸腔里感觉空落落的。这阵子，他总觉着体内有什么东西在晃动，好像生锈的门窗，偶然间，被风吹得咯吱作响。连续好几个晚上，他要小心翼翼去伺候身体内部的零件。比如睡觉，他平躺着的时候，会感到隐隐的难受，好像体内的零件就要散架了。但是干活的时候他又恢复了体力，有使不完的力气，比他卖掉的耕牛还生猛。

他迷迷糊糊睡着了。

“瘦猴子，今晚你替我加班。我有事。”大猩猩一边敲门，一边迫不及待在门外说了请求。

“我刚睡一会儿，你就吵醒我。又要去司徒镇？”瘦猴子揉着一双睡眼，没精打采。

“冬天来了，我得去烧盆火烤。”大猩猩坏坏地挤着眼睛，他的那两撮眉毛像是用毛笔画上去的，但肯定是个三流画家的水准，因为那眉毛画到一半断了，后来添上去的总也连不上前面画的。他此时不光挤着眼睛，那两条断眉还跟着跳了几跳。瘦猴子感到身上有细虫子乱爬，十分别扭。他知道大猩猩又要去找那些廉价的妓女。

“你小心烤焦了。”瘦猴子似笑非笑，甩出这样一句话。然后他走进旁边的房子。那房间里睡着大猩猩的亲弟弟。他这位弟弟肥头小耳，宽脸粗眉，这时候被吵醒了爬起来，五官错乱的样子。

“强娃子，我想你应该起来和我一起装窑。”

“自己的班都上不完，还代班？你不累我累。”强娃子摊开双手摆了摆，做出求救似的表情，然后躺回床上。“这是冬天啊大哥！”他把脸别过去，对着墙，“要去你去。我不去。”

瘦猴子转身回到自己房前。他的锅灶安在屋檐下，用一些木棍横着拉出一面偏棚，胶纸遮在棚顶。他有点伤感，不知道什么原因使他突然感到情绪低落。可现在他必须弄点东西吃，为了有力气加班。

一个多月来，他从不买肉，看见别人炫耀似的提一大块猪肉从他身前晃过去，他也不慌不忙，像个素食主义者不动声色地抱着各种各样可以果腹的菜叶自信地往回走。虽然有好几次他想买块猪肉，肥透了的那种，最好是在阳光下照一照就会流出油来的样子。他暗自计划着，也学那先前买肉的人，炫耀似的提着肉晃回去。但是他的胃拒绝油腻，只接受素食，它好像变成了一只出家的木鱼，餐餐只接受素食的供奉。

瘦猴子烧开一锅水，往里下着面条。这时候天气变了，好像要落雨，他紧了紧身上的衣服。

“哦，就吃这个吗？买点肉吃，不要太省啦。”四十多岁的张大胡子来到瘦猴子身前。他们是老乡，平时有说不完的话。

张大胡子并没有胡子，但是人人都希望他光生的下巴能长几根胡须，这样比较符合他这个年纪。

“人家瘦猴子喜欢减肥。”住在瘦猴子对门的黄静静接了话。她此时端着一盆衣裳去井边洗，从瘦猴子和张大胡子的身前走过去了。她没有停下来继续与他们多说。

“这女子长得咋样？你看，那脸蛋，那腰，那屁股和腿……是吧？”张大胡子像只癞蛤蟆，眼睛追着黄静静的背影，他的脸有些扭曲，使得瘦猴子从侧面看过去，他是歪眉斜眼的样貌。

张大胡子很快意识到自己失态了，他赶紧堆上笑容对瘦猴子解释：“我说笑的。”

瘦猴子端着面条进屋。张大胡子也跟了进去。

“你表嫂的身体越发不好了，这些年，我真是越来越烦躁。奇怪啊，我当初怎么看上她的？”张大胡子自己找了块砖坐在地上。

“表嫂每天装车卸车，太累，再说年纪大了，身体不好也是正常的。你该感到满意才行。这么好的女人。是不？”瘦猴子回头看一眼张大胡子。

张大胡子感到无趣。他原本是来诉苦的。男人之间的诉苦。他希望瘦猴子也附和他，说那个女人也就那样，眼睛微斜，嘴唇干薄，皮肤苍黑。他希望听到一点与他相同的意见。他实在太讨厌这个女人了。虽然现在他们是夫妻。

“我们分居了，你晓得不？”张大胡子又说。

“咋这样呢？分居都分到外地来啦？那你还带她出来干啥？”瘦猴子疑惑不解。

“带她出来是想多挣钱。没钱的办法。”张大胡子窘迫地搓着两手说，“家里有一头牛，哪怕是瘦牛，你会不拿它耕地吗？”

这个理由让瘦猴子差点呛住。他以为张大胡子的怪毛病只是不喜欢穿内裤。也许这算不得什么稀奇，顶多是个人喜好问题。但这个问题和他现在所说的理由一样惹人发笑。

“你真的不喜穿内裤吗？”瘦猴子忍不住这样问。他并没有接着张大胡子的话说什么。他岔开了话题。

“你狗日的问这个问题做啥？”张大胡子恐惧地望着瘦猴子。他害怕这厮是同性恋。

张大胡子当然知道同性恋这个词，就算没有读过什么书，电视上也接触到这方面的知识。他自认是个比较时髦的人。他爱看一些韩剧，穿越剧，古装剧，以及比较轻松愉快的选美节目，当某个美女扭成S形站在那里时，他的掌声就特别响。此刻他被问到不喜穿内裤的事情，身上起了鸡皮疙瘩。他倒不是因为不穿内裤而感到羞耻，他是怕别的意外。

“你想到哪里去了？我只是这样问问。上次看你在场地上翻湿坯，有人开玩笑一把扯下你的中裤，发现里边挂的空档。好奇怪。你狗日的怎么喜欢挂空档呢？我觉得这个问题比你和嫂子的问题严重。”瘦猴子禁不住大笑，装面条的碗差点抖到地上。

“你们不懂，夏天挂空档很是凉快。空气好啊！当然，最主要还是穿它太勒人。”张大胡子傻瞪着眼。他原本是想告诉瘦猴子，那个黄静静的脸蛋、腰、腿和屁股多么吸引人，但现在这话题却落到自己的糗事上了。

“我走了。”张大胡子起身拍一拍手上的砖灰，扬尘而去。

瘦猴子的面条因为听了张大胡子一席话，耽误吃的时间，纠成一团。他放下碗，出门一望，落雨了。这是初冬的第一场雨。瘦猴子转回房内，又在红色的毛衣上套了那件灰色上班服。

窑洞里空空的，在那里打麻将的女人早已撤去。此时只有瘦猴子和少数的三四个人在加班，其他人都回到矮房里休息了。

窑洞背后是荒山，荒山上的坟有的已迁走，有的仿佛被遗弃。挖土机在那里取土。瘦猴子站在窑洞里看码好的砖，神情有点呆滞。他走到窑洞门口，落着雨的天空黑透了，凄冷，只听见雨水的声响。他感到一阵孤寂的寒意。

“瘦猴子，开始装窑了。看啥呢？”工友粗着嗓子喊他。

B1：过客笔记

我到司徒镇的砖厂是一个偶然。那时，我所在的地方已经不能让我有信心待下去：那个白瘦的女房东与我干架了，还有我所在工厂的组长，我们差不多用诅咒的方法瓦解一个月来的合作，只差没有动手撕扯。

司徒镇有我的朋友和亲人，他们常年在砖厂工作。不单单固定在一个砖厂，全国各地，四海为家。没有文凭的缘故，他们一辈子只能在砖厂上班。有的人十年，二十年，甚至三十年，都在砖厂做同一种活。只有当身体出现什么病痛，无法承担这份工作时，他们才会放弃。有时候，我怀疑他们本身就是会走路的砖。当他们拉着几百上千斤的砖从窑洞里出出进进，我就会有错觉：那是个泥雕，那是上帝制造出来的最坚硬最有力的泥雕。这个泥雕一般不会散碎，除非他遇到人生中的强暴雨。

我住在一个偏僻的房子里，靠着厕所。我特意选了这么个位置。为了上厕所少走几步。

砖厂里大部分人已结婚，少许的几个光棍正在找对象。男光棍女光棍都有。我刚来，这里的女人就告诉我，瘦猴子结婚了，张大胡子也结婚了，王二麻子还单身，大猩猩还单身。她们像货物推销员，告诉我哪些货已经销售掉，哪些还摆在货架上。

对于张大胡子，给我印象深刻，自从女人们将他不穿内裤的秘密拿来说笑，他就不在乎什么形象了，经常把他的外裤拉得高高的，将两瓣屁股勒出一道深沟，看他的背影，就像看一场无声的幽默剧。

张芬芬是个大嘴巴女人，我这样形容，不是讨厌她，相反，我喜欢她。虽然她的问题时常让我无法回答，但是我很爱她的憨气儿，当我不能回答她的怪问题时，随便编一个谎她也相信。我和张芬芬是邻居。每天早上，砖厂里的鸡还没叫，狗也没响，张芬芬已经笑呵呵地站在我的门口喊我了："冉姑娘，起来撒尿啦！"（她说话一向这么粗鲁。）

我在砖厂做计数的工作，这个工作时常让我头大。我的数学只够用来计算一千只鸭子的脚。

这是个晴天，是我来司徒镇的第几个晴天不记得了，可是我记得昨夜刚下过雨。瘦猴子住在我前面那一排房子的边角上，他的房子是斜着搭建的，从我这个角度望过去，只要他开着门，我就能看见他的半个房间。昨夜他替大猩猩代班，换那件灰衣服时，我看见了他的背影。我还看见他下班回来，把上班前吃剩下的冷冰冰的面条又吃干净了。

虽说是冬天，有太阳总会令人高兴。人们全都跑到门口来晒太阳了。瘦猴子也将凳子搬出门。

"冉姑娘，你看那瘦猴子是不是有点笨？"

张芬芬不知道什么时候已站到我的背后，她拍着我的肩膀和我说话。她的嘴巴贴近我的耳朵，等同于在跟我讲悄悄话。一股口臭味朝着我的鼻子喷来。

"你觉得，要是有人喜欢瘦猴子，会不会更笨？"张芬芬又往前送了送脑袋，把她的话准确无误地装进我的耳朵。她晃着脑袋，嘴皮扁起来，向上翘着。

"哪个人喜欢他？"我反过身望着张芬芬的眼睛。

"没有。没有的事情。我只这样闲说——"张芬芬脸红了。后面还应该说些什么，却没有说下去。

瘦猴子从门口站起身，向着水井的方向走去。井边有一张水泥台子，那里正围着一群工友在打牌。瘦猴子是从我和张芬芬的身前走过去的，他一路面带微笑，可我不能确定那笑容跟我们有什么关系。他的笑绝不是和谁打招呼，而是脸上自然生成的表情，也就是说，这家伙自从落地那天，这笑容就是粘在脸上的另一种肤色。经过一段时间观察，我是这样认为的。

"瘦猴子，当看客去吗？"张芬芬花痴一样捉住瘦猴子的背影问。

看瘦猴子头也不回的样子，我猜他并不想搭理张芬芬。但他还是敷衍地轻声应了一句："嗯。去看看。"

"时常去看，不烦吗？"张芬芬语气中透出失落感。

我凭自己的直觉，猜到张芬芬心里对瘦猴子含有一股情意。她最近与我说话，总是讲到瘦猴子的事情。好像整个砖瓦厂里就只有瘦猴子一人，其余人在她眼里形同摆设。

"瘦猴子有老婆呢。"我无情地说出这句话。

张芬芬听到这句话顿了一顿，好像胃疼一般，靠在砖壁上，有气无力的样子。

"她有老婆也不关我的事。"过了许久，张芬芬从墙壁上挪开自己的脑袋，转身走进房间。这个肥胖的女人，她的背影宽阔，雄壮，乍一看像男人，可她此时走路的样子柔软得像棉花。我有点心虚刚才说了实话。

"烤太阳呢？"张大胡子的女人来了，我老远就能听出她的声音。她缺了一颗门牙，说话不关风。

"嗯。你坐。"我指一指张芬芬刚才坐过的砖。

张大胡子的女人不客气地坐下来。她又开始翻家谱似的讲着她家里那些舅爷，表哥，嫂子，以及她三十岁以前生下来又死掉的那些孩子。

她现在快五十岁了。她比张大胡子大了不止三岁，这一点让她非常遗憾，她说：“女大三，抱金砖。我大他不止三岁，所以只能抱火砖了。”

“你们山上的苞谷好像比我们矮山的好，可惜白菜长得不行，缺水缺肥，不好吃。”张大胡子的女人炫耀似的又说了一些矮山白菜的优点。

“现在我们是亲戚啦。论辈分，你该喊我表婶。”

“你姓啥？”我还没搞清楚我们是哪门子亲戚。

“邓。”她说。

“我在砖厂待了五年。够久不？”她竖起五根瘦巴巴的手指。她又说：“五年前，我还不熟悉这里的话，我和一个本地老婆婆说了差不多一上午，都是各说各的，后来才晓得她是问我买不买她的狗，她要卖掉家里那条老狗。”

“你那姑娘普通话说得很好，以后你不用伤神了。”

“我那姑娘你也看见了，脑筋不行，一只眼睛又是那个样子。”她突然低下头，十分委屈和心痛的模样。

她的女儿是半个傻子。为什么说“半个”，因为她有时并不傻。比如她喜欢砖厂里那个叫什么明的男人，她会很有心机地找理由与人家说话。那男人现在是她的男朋友。

“啊，不说了，我得去做饭啦。”张大胡子的女人正准备走，却撞上张大胡子下班回来。他整个人从头到脚都被灰尘裹住，脸上因为流汗而多出几条印子。

“饭熟了吗？”张大胡子冷着脸色。

“正准备去煮。”她低着头，笑得十分胆怯，好像迎面遇着的不是人，而是一只吃人的老虎。

“我你妈的！这么半天你都在干啥？老子都饿得不想说话了。”张大胡子当着我的面就开骂。

瘦猴子看完牌回来了。他听见张大胡子在屋里咆哮。

“又嚎啥？你狗日的，吃多了吧！”瘦猴子偏着身子站在张大胡子的门边劝架。

砖厂里劝架的人都一个模样，他们从来不走进屋，好像害怕吵架的人万一动起刀子伤着自己不划算。

“吃个球！这懒婆娘。老子下班回来还冷火秋烟。”张大胡子像个怪物，他发出的声音是一种可怕的抖颤。

“你看，这这，这懒婆娘——”张大胡子突然就停住了说话。他的眼睛往我的左边望着，同时，脸上还突然多出一丝温和的笑意。

我扭头一看，是黄静静。她一声不响站在那里，站那里多久了谁也不清楚。

“进来坐，进来坐。”张大胡子讨好地望着黄静静。他像变了一个人，表情温和，慌忙地四处找凳子。反正，只要黄静静一出现，张大胡子就不是张大胡子了。

“不坐了。你们吵得我看不进书。”黄静静的脸上写着不耐烦。她是砖厂里我所知道的唯一爱看书的人。当然，也许还有别人看书。

张大胡子嘿嘿笑道：“你去看吧，我们吵完了。”

瘦猴子也说：“去吧。他吵完了。”

黄静静走后，张大胡子真的就不再说话了，他的女人在屋里炒菜，饭菜的香味扑鼻而来。张大胡子突然想起什么似的，在墙角翻来翻去，翻到一本页面很脏的《知音》，还有一张缺角的旧报纸，他满意地笑着，坐在砖凳上认真看起来。瘦猴子扭头望着我笑了一笑，指一指张大胡子的滑稽样。

张芬芬像一条死狗长拖拖地趴在床上，她的枕头已经湿了一半，鞋子没有脱掉，双脚在被子上蹭来蹭去，白天在什么地方踩着的狗粪，现在已经印在她的桃花图案的被子上了。她喝醉了。我推开她的房门，一股浓烈的酒味窜进我的鼻孔。白天与我聊天时，我无意间说到瘦猴子有老婆的事情，张芬芬就失落地回了房间。我哪晓得她是回房间喝酒呢。

她的床边放着一个已经喝干了的啤酒瓶，啤酒瓶横倒在地上。另一个一斤装的白酒瓶子，在张芬芬床头的桌子上站着，它的肚子里现在只有半斤液体的样子。一只酒杯湿答答地睡在张芬芬的枕头边。

“张芬芬，你咋想起来喝酒？还喝这样醉！”我将她埋在被子里的脑袋翻过来，她的脸上全是乱草一样的头发，要不是乱草中长着一对眼睛，我只当那是一只大号的鸟窝呢。我理了理粘在她脸上的头发。

“你不要管我啦，走你的吧！”她推搡着我。

“那我走了哦？”我故意说。

“不要走。”张芬芬猛地拉住我的手，“冉姑娘，你陪我说说话。天还不晚，你也不急着睡。好不？”她自己理了理头发，抹了一把脸，抬眼望着我。

她的泪水又出来了。我装没看见。

“你信不信命？”张芬芬平定了一下情绪说。

我被这个问题问到了，心里感到一阵翻滚。还没来得及回答，她又说：“我信。”很快，她抽出她的左手，指着手腕上的一条疤痕讲起她的故事。

“我是十五岁出来打工的。我妈在我十四岁那年得急病死了。我爸也生病，常年躺在一张木床上骂人。他的精力除了骂人就是生病。他的病治不好了，我有时盼他早点死掉，活着他受罪我也受罪。有时候，我又不这样想，希望他多活几年。为了筹钱医他的病，我恨不得把自己卖掉。”张芬芬抿嘴苦笑了一下，“当然没有卖掉啦。不然你现在就看不到我了（她长舒一口气）。我第一次出门，去的是浙江，那个地方冷热分明，不同我老家四川的天气，第一年的冬天我冷得要哭，但是第二年习惯了。在那里认识了一个男人，大我十岁，和我一样，都是去那里打工的外地人。我大概是真的喜欢他。我愿意为他做任何事情，包括没结婚就给他生娃儿。”

张芬芬双手发抖地撑着床铺翻爬起来，坐着，卷曲着腿，双手抱住膝盖。她垂下去的脑袋在流泪，那双流泪的眼睛藏在乱发下面，泪水滴在膝盖上。

“不要哭了。我都不晓得——”我不晓得怎样劝她。

“不，你听我说完。你不要说话。”她反手摸着酒杯，拿了桌子上的酒瓶又往里加了半杯酒。

我没有阻止她喝酒。我想这个时候最好的解药就是酒。酒会伤人，但也能疗伤。

“我和那个男人住在一起了。过了一年，我生了一个女儿，起初他还是喜欢的，带着女儿逛街，买玩具和零食，后来不知怎么的，他连话也懒得说了，也不带女儿出去玩，甚至恶狠狠地吼她。”她扬起脖子，将酒一口喝干，“我们时常吵架，后来演变成打架，起先只在家里打，后来在大街上也打，我们完全不顾路人的眼光。有一次他动了刀子，差点把我的手指砍废。”

我被她吓住了。

“我记得是个晴天，因为头一晚厂里加班，我就没有很早起床。我的枕头边空落落的。他不在。女儿也不在。我想他应该是带着女儿出去闲耍了，也就不在意地睡到中午才起来。中午我打开门，你猜我遇着谁了？”张芬芬激动而愤怒地说，“我遇见一个中年妇女！她说她是他的老婆！她恶狠狠地盯着我看。真他妈的太丢脸了。我气得很。转身跑进厨房，抽了块抹布扔去打那个女人。她也冲进屋来，我们就在房间里打成一团。那婆娘指甲尖，抓破了我的脸，我也在她的胸口狠狠踢了一脚。”张芬芬当时泄愤的样子还在嘴角，她满足地微微翘起上嘴唇，一副轻蔑的笑容挂在脸上。

“后来呢？”我听出兴趣来了。

“后来？”张芬芬又开始抽泣，“我都不晓得他去了哪里。我和那个女人三天两头打架，我房间里的东西，没有一样完好：杯子，碗，铁锅，还有床单——床单被撕得一条一条地散在地上。晚上我睡在地板上，低声哭，低声咒骂。我怕邻居听见。这种事情传出去不光彩。”

“他没再回来，是不？”

“从那天早上出走后就没再回来。那个女人大概也晓得打不出什么结果，最后也不来了。其实我也很怀疑她是不是他的老婆。凭直觉，我想她应该是他在外面的野婆娘。我当时管不了那样多，不管野的家的，我都不想追究，只想找他问个清楚。

“我最后在一个菜市场遇见他了，他抱着女儿在买菜。我冲上去就抓住他的衣领，拼命晃他的脖子，我太生气了，因为生气啥也说不上来。我求他回家，撵在他身后像个叫花子。他没有同意。

“我去求了他一百次……至少有九十次。求得连我自己都瞧不起自己。他只跟我说，要小孩可以带走，要他回家，不可能。他后来干脆换了房子。也许去了很远的地方。我再也找不见了。”

张芬芬抬起她的左手，盯着那疤痕看了又看。这个肥胖的女人，没有多少姿色，但是她的感情细腻而丰富。

“我现在不在乎了。这道疤，是为了那个男人留下的。我以为用这种方法可以让他回家。现在看到电视里那些谈情说爱的电影，我就想笑。哪还有这样的爱情呢？男人不是嫌你太肥，就是嫌你太瘦，不是嫌你太丑，就是嫌你太漂亮。”她含着眼泪呵呵笑起来。

“你都不在乎他了，还喝酒干啥。”

“我不是为他才喝酒。我是为了——”张芬芬停住了话，眼神哀伤极了。

“你是为了……”

“都在啊？”瘦猴子站在门口，他像个冒失鬼一样突然出现在我们眼前。我的话被他打断。

“我来借个碗。大猩猩来吃饭，我只有一个饭碗和一个菜碗。其他人都睡了，我看你这儿还亮着灯。”瘦猴子窘迫地站在那里说。他肯定看到张芬芬的眼泪了。

“她喝多了。你看，她就一只碗还没洗呢。”我指着瓷盆里那只花瓷碗对瘦猴子说。

“我没醉！就这点人能醉死酒？”张芬芬从床上腾地站起来，又很快地蹲下去找她的鞋子穿。

瘦猴子听她说反了话，忍不住笑出声。他连忙对张芬芬摆手道：“你不要下来了，你躺着。我洗干净拿去用。明天一早还来。”

张芬芬居然听话地躺下了。

瘦猴子洗干净碗，甩着碗上的水珠，走了。我帮张芬芬收拾好酒杯和空瓶子后，准备回去睡觉。

“走啦。我要睡觉去。”我倒退着走。

张芬芬这回没再留我，她翻身侧面躺着，背对着我说：“帮我把门关上。我懒得起来。”声音轻飘飘的。

A2：大猩猩

他像个流浪汉一样立在一家妓院的门口，手里拿着五十块钱和一件外套——他自己的外套。他捧着这件外套，用狐疑的双眼盯着妓院的牌子看——77 按摩店。虽然上面写着 77 按摩店，可他清楚，这里没有一个人真正会按摩。他来过这里几次，他确定这里没有真正的按摩师。但是这家店现在换了老板，这是他事先不晓得的。

“换了老板就不是小姐店了吗？并且还没有换招牌！”大猩猩这样想着，因此他一进门就像从前那样，对店里的女人挤眉弄眼，问年纪，问价钱，然后挑肥拣瘦。

现在，大猩猩像一只呆头鸡一样站在这里已快一个钟头了。他不进店，也不离开。他在这里遇着熟人了，这使他半天回不来神。在他挑肥拣瘦的时候，那个熟人突然从店里的小包间出来，衣衫不整。他们彼此都吃了一惊。之后，他想不到她会对他说：“逛这么久妓院，怕是没有免费的吧？今天我请你。”

大猩猩对这个“我请你”感到好笑，这是妓院里他听到的最有意思的话，好像他逛的不是妓院，而是饭店。

现在真他妈倒霉透了，他站在门口，夜色里，他的脸有些扭曲。背脊冷得僵直，他没有往身上披外套。那个熟人的体温此时早就被冷风吹散。

“还不走啊？站这里请神吗？”一个穿红衣服的女人站到门口跟大猩猩说话。她的话带着怒气，但是她压低了声音。

这就是把大猩猩赶出门来的三十多岁的王小红——大猩猩的熟人。在把大猩猩赶出来之前，她受够了大猩猩的追问。现在她不叫王小红，她现在有一个属于妓女的好听的名字：春梅。她之后还排着夏、秋、冬。她们挨个地贴上古时候那些妓女用过的名字，使得死去多年的妓女好似一个一个又复活了。

“小红，你咋就愿意做这个事情呢？咋就不肯回砖厂去？那里有啥不好，这样多丢——”大猩猩把“丢”字后面的话咽下去了。到现在，他还顾着王小红的面子，不想特别使她难堪。

“这是我的事情。你回砖厂不要乱说就是了。五十块钱不收你的。走你的吧。”春梅告诫着大猩猩，她的话里不带丝毫温度。转身时又补充道：“以后在这里不要叫我小红，叫我春梅——春梅，你记住了没有？”

“你这只破鸡！”他嫌恶地望着她的背影，在他无法规劝王小红后，他伤心地在心中暗骂。接着，他转身走了。在回砖厂的路上他陷入了胡思乱想。

他去77按摩店之前，原本想找个漂亮的年轻女人，就算花多一些钱也愿意。当然他清楚在妓院里越漂亮的女人越不干净。但是进了妓院还讲什么干净，讲干净的人不会去那种地方。他今晚豁出去了，就想不干不净地逍遥一回。可惜，他遇着王小红了。

王小红在砖厂上过班，和他是邻居。这个三十多岁的女人，据说嫁了四五个男人，被抛弃了四五回，至今单身。就在上个月之前，她还是砖厂里清扫场地的女工。后来辞工，不知去向——直到他刚才在妓院里遇见。

“上来吧，你这只馋狗。”大猩猩又想起王小红蹲在床边，伸手解着自己的纽扣对他说的话。

冷风吹进大猩猩的脖颈里去了，他打了一个寒战，头脑却在这刻清醒起来。他联想到许多关于王小红的事情。他与王小红早在砖厂就有肌肤之亲，这个寂寞的女人，她生性就该是做妓女的料子，她性格轻浮，说话粗俗。在没有来 77 按摩店之前，她四处托人找点，受她请求的人只以为她是开玩笑。

王小红在砖厂提早干起了妓女的行当。由于砖厂都是熟人，王小红十分好说话。大猩猩给她买一袋土豆,她就愿意了,给她买一件衣服，她也愿意了，有时只给她买几块冬天烤火用的炭，她也答应。偶尔她像个慈善家，大猩猩没有钱什么也买不起，她就会同情地对他说："我请你！"

"去你妈的'我请你'！"大猩猩现在极其厌恶这句话，"不知在砖厂里，她请了多少人！"但这也没什么好生气的，他不照样接受了吗？反正，大猩猩早就料定她会找许多个男人。她还在砖厂的时候，他与她说笑，问她有多少个男人，她便认真地扳着手指数。没有数清，但那保守估计的数目很吓人，如果那数目是一群鸭子，放院坝去嘎嘎叫唤，司徒镇以外的人都要听见。

大猩猩前前后后想了一遍，觉得规劝王小红放弃做妓女是一件行不通的事情，甚至是多管闲事，煞风景。

在王小红初来砖厂时，她做妓女的天分就展示出来了。她最初瞄上的不是大猩猩，而是一个干瘪的老头子。她大概认为那老头子是因为缺少女人才会变得那样干瘪，所以她勾引他。以王小红的姿色，也只能勾引他。她的脸漆黑，好像落进炭灰里染出来的；脸蛋不漂亮，眼睛深陷，鼻梁短而高，嘴巴薄而微斜。可是不漂亮的她却生得一颗好打扮的心。她用浅黄色的眉笔往自己的眉毛上涂颜色，再用增白的干粉往脸上抹，抹之前补水，这一切弄好之后就剩下反复地照镜子。即使她当时干的工作是扫场地，成天面对的是灰扑扑的环境，她还是要在上班之前打扮得风情万种。砖厂里的人在背后骂她骚婆娘她也不怕。当然骂她的都是些女人，男人们不吱声。

王小红最初勾引的那个老头子，他那天大概心情不错，她心情也不错，双方爽快地把价钱定得很低：两元。并且老头子没有现钱，要先赊账。赊账就赊账，她王小红原本就是好说话的人。就是这样，她和那干瘪的老头子做了第一笔两元钱生意。不亏不赚。

关于那两块钱的事情，是王小红无法及时要到钱以后才在大猩猩跟前唠叨出来的。

“就他妈的两块钱，要了两个月还说没有！我又没说白请他！”王小红当时很激动的样子。

大猩猩听了笑得不行，还说了句“两块钱不够买草纸！”

大猩猩一边走一边回忆。他一方面觉得王小红的智商大概不怎么够用，但是一转念，又觉得她实际上也不真傻，从她的说话可以看出来，她不是弱智。她做这个事情，图的不是钱，至于图什么，他暂时想不明白。

“等一下！”

是王小红，她撵着大猩猩出来了，在后面细声细气地喊话。

在出店门之前，王小红坐立不安，她是为了大猩猩才来妓院的，可是，她却没有跟大猩猩解释什么。至少应该说点什么。王小红心想：“我应该跟他说，你那么喜欢妓女，那我也去当妓女好啦，我去做真真正正的妓女，这样你就可以光明正大来找我了。”其实这些话她自己也不信。她做妓女，有一半是因为砖厂的活又脏又累工资不高。做妓女只有一小半是因为大猩猩。她确实对大猩猩有些意思，所以在他面前，她要把自己当成破罐子摔碎，看大猩猩是什么反应。她当然得到他的反应了，就在刚才。通过大猩猩那一番劝说，她确信大猩猩对她也有意思。

她在椅子上想来想去，最后鼓起勇气跑出了 77 按摩店。她要找大猩猩把话说清楚。

王小红终于走到大猩猩面前，喘着气。大猩猩看不清她的面孔。

“找我啥事？”他疲惫地问。

“我就是想问问……你是不是喜欢我？”王小红是大胆的人，她之前的男人，五个有三个是她主动。可惜最后这五个人先后都甩了她。

大猩猩被这突然的问话卡住了思路。他陷入一片慌乱。

“喜欢她吗？”他在心里反反复复问自己。

他跺着脚，原地转圈，搓着手，装着冷透骨头的样子。他心里不停地嘀咕：“像我这样的人，早没啥好名声，砖厂的人都在暗地里又给我加了一个绰号：老嫖客。用‘老嫖客’形容，可见——清白的女人哪个愿意嫁我？”

大猩猩愁眉苦脸地暗自计算了一番。他的年龄，收入，身份和名声，不管列出怎样的算式都等于王小红：他只配得上王小红。

他想想王小红也不是天生的妓女，她只不过是刚刚去那里做了一个月的短工，况且以王小红的姿色，属于做妓女也有可能饿死的人，在妓院里的王小红，生意可能比她在砖厂还冷清。又反过去计算，他在妓院逛的时间是王小红的几倍，大大超过了她做妓女的时间，要比干净，王小红比他干净。王小红在妓院外面干的事情都被他的大脑自动过滤掉了。

在心里盘想完，大猩猩低下头假装拍裤腿上的灰，实际上是在弯腰鼓勇气，一仰身的时候，他就冲口而出：“好吧。你跟我回去。”

王小红心里的石头落地了。迅速地，她伸手挽住大猩猩的胳膊。

“你都晓得她是做那个的，还要？无事找事嘛。”瘦猴子坐在桌子前吃饭，和大猩猩低声聊着。他的语气有点懒，大概是累的。

大猩猩把王小红和他的事情完完全全说给瘦猴子听了。在大猩猩看来，瘦猴子是砖厂里唯一可以说心事的朋友。自从领了王小红回来，心里就有些不舒服。他也不是后悔，只是一种矛盾的想法在不停地骚扰他，使他有时感觉恼怒，有时感觉耻辱。每当他和王小红亲热的时候，总是幻想出王小红在妓院里和别的男人亲热的场景。他甚至觉得自己不是王小红的男人，而是她的客人。

“我现在就感觉，自己不是在外面嫖，换成在家里嫖了。我想我是疯了。”大猩猩羞愧地说。他找出一只杯子，把瘦猴子买来的酒倒上一杯，自顾自地喝起来。

“少喝点，伤身。你这种想法可不太好。不管怎样，你把人领回来，就没有退回去的道理。”瘦猴子一边说，一边将碗筷收进盆里。他吃的是昨夜的剩饭，昨夜使过的碗还泡在盆子里。自从上次借了张芬芬的碗还回去以后，他就多买了几个碗。他不想天天去借。

“无事无事，我有酒量。”大猩猩举杯又喝了一口。

“看来你是‘懒汉懒汉，天天吃剩饭’呀。”大猩猩跳开话题，不想再谈王小红的事。

“只要她以后好好跟你过日子，就不要多想，东想西想，没有意思。”瘦猴子并不知道大猩猩想刹住刚才的话题。

“我不是不想好好和她过日子，换你，你会不想她以前的事吗？再说了，我也没觉得她是个安心过日子的人，我可以察觉出来，她的眼睛又瞄准了砖厂里的某些人。一只吃惯了耗子的猫，闻着耗子的气味，哪有忍得住的？”

“那你领她回来做什么？不如留她在那里算了。”瘦猴子不懂劝人，干脆责备起大猩猩来。

“那天没有喝酒，倒像是喝酒了，今天喝酒了倒跟没喝酒一样。天晓得怎么把她领回来了？要是条狗也好打发走，可她……毕竟我是把她领回来了。”大猩猩一副愁眉苦脸。

瘦猴子和大猩猩在屋内说着话，不觉已是深夜。他们丝毫不知外面正站着王小红。她已经在墙外听了好几个时辰。她没有伤心。正如这冬天的深夜，冷，但是平静。

B2：野人

砖厂的包工头很有爱心，隔那么半月一月的，就会请他的工人去馆子里吃一顿。虽说不是山珍海味，点的也是家常菜，可光听“免费吃”这三个字就吸引人。一旦包工头吆喝一声“晚上下馆子”，那么，砖厂里所有人都会提前饿一顿，将肚子腾出足够的空间去把馆子里的美味装回来。他们完全不介意把自己的肠子形容成猪肠子，只有灌腊肠的时候，那些东西才需要不停地往里边塞。

自古以来，白吃白喝都是令人愉快的事。工人们盼包工头请客就像盼过节一样。

这天晚上，包工头又在砖厂的场地上吆喝：“晚上去下馆子！”话音刚落，场地上立刻响起一阵口哨和笑声。

“你运气好呀，来这么一小段时间就可以下馆子。我那时到这儿差不多三个月才等到机会。现在大概有赚头，老板舍得花钱。”场地上捡烂砖的妇人呵呵笑着凑过来与我说话。她手上的砖灰渗进皮肤里，长满老茧的手心像一块厚实的粗麻布。她往脸上擦了一把汗。

我管这种聚餐为“吃免费饭”。有趣的是，砖厂的工人可不这样认为，他们称这种邀请为“吃劳保”。他们认为“吃免费饭”和“吃劳保”是两码事。吃劳保，那是付出了劳动后得来的美食上的回报。

吃免费饭，那是不需要付出劳动而讨得的便宜，说难听点，就是占人便宜。他们不认为自己占了包工头的便宜。“吃劳保”是最合适的，它根本不能算是白吃。

请吃饭一般安排在晚上，凡在砖厂做工的人都必须全家出动。晚上下班时，天刚擦黑，大家收拾干净即刻出发。在下馆子这件事情上，他们绝不拖沓。

来接人的车子是包工头请来的面包车，一辆，来回跑几趟，吃完饭再把人送回来。

这次安排来的面包车不大，人就像馒头一样一个一个塞进去，挤得透不过气。但是大家毫无怨言，因为这车子也是免费的。免费的车子挤一挤不生关系。

“快点，快点，冉姑娘，再慢了就没有好位子啦！”张芬芬拼命地挥手喊我。同时她又抑不住笑，那德行一点也不像是去吃饭，像是去和老情人见面。

“不就是一顿免费的饭吗？”我这样想着，却加快了脚步。

车上的老少女人们简直就像鹅一样怪叫，她们不是互相抢座位，就是互相让座位。司机见怪不怪，他早就看透了这帮女人，我听张芬芬说，他来这里接人不止一次。所以，当这些女人还在后面挤挤攘攘的时候，他的车子已经开出百米之远。

我和张芬芬被挤在车座的中间，因为实在没有空间可以挪动，只好像根油条一样卡在那里。这个蠢女人，早知道不听她的话，不来抢这个“好位子”，我还可以贴近车窗喘几口气。这样闷窄的空间，竟然还有人放屁，不能排除是被挤出来的。我望了几眼张芬芬，她胖嘟嘟的身体被挤得凸起来，我担心这样下去，她会不会爆炸。

好不容易到了目的地，在那里休息一阵子，包工头点齐了人数，才把我们领进一家叫“好又来”的餐厅。

上了二楼的普通包厢，透过玻璃窗户，我发现这里有许多“好”

字开头的餐馆，一排望过去就有三家：好吃你再来，好巴适，好味道。其中“好吃你再来”和“好又来”有相互抄袭招牌语的嫌疑。

好又来餐厅主卖川菜，湘菜，还有江浙菜。砖厂里没有一个人喜欢点江浙菜，他们只爱川菜和湘菜，因为这两个菜系都有辣椒。辣椒可以使人胃口大开，还可以让人从食物中回味故乡。在司徒镇砖厂做工的人大多来自西南偏远山区。

二楼有多个包厢，包工头把男工人分为几桌，女工人和小孩子分为几桌，这样吃起来才酣畅。女人的菜桌上只摆饮料和啤酒，白酒没有人喝。

但是也有喝白酒的。王小红就喜欢喝白酒，所以她坐到男人堆里去了。她会猜拳，当她喝得黑脸变成黑红脸的时候，那喊拳的声音就盖过了男人。

“这世道野鸡也会下馆子啦。”张大胡子的女人撇着嘴说，一边还不忘抢菜。桌子上没有一个女人是斯文的，她就更不斯文了。

“你是家鸡啊？她要是听见，肯定会这样回你。”张芬芬白了她一眼。

“她敢！”张大胡子的女人犟着嘴，脸却红了起来。

“闹个锤子啊，多吃点劳保才是正经事。”张大胡子的女儿往自己碗里夹了一大块回锅肉，她好像脑子短路了一样跟她的母亲爆粗口。

“你就是猪肉吃多了，才变得像猪一样笨。”张大胡子的女人用筷子敲了一下她的女儿。

张芬芬和我坐在一起，刚上来一盘菜，还没有等其他人多夹一筷子，她就把桌子中间的菜转过来了。当她挑着肥腻的肉往嘴里一送，我就幻想那肉不是吞进胃里，而是直接长到她身上了。她挑一块肉，身上“呲儿”就多一块肉。这样一想，我的筷子就一直躺在面前不敢动。

我又朝张大胡子的女人和女儿那边看了一眼，接着，我向她们左右坐着的一圈妇女扫望一遍，我傻眼了。她们每个人的嘴巴都比平时大一倍，好像是个填不满的山洞。她们简直在我面前幻化成野人的模样了，如果给她们穿上叶片，戴上古老的耳环，脖子上挂一大串红山果，她们就真的要回到树林里去才行。但是这里没有树林。

“好又来”门口的几棵树无精打采地站在那里，要不是夜晚的灯光给它几分迷蒙的感觉，这种掉光了叶子的枝丫在白天看来是要让人伤感的——人们会通过这些无叶的树联想到生命的萧瑟。至少我会。

饭桌上的女人们丝毫不能感受我的心境，她们依旧暴露出只有野人在山上寻找食物时才会显露的疯狂，她们对待桌上的食物充满了贪婪和暴躁。只能用“贪婪和暴躁”去形容这些吃相。她们的颜容却是苍老的，比如缺了一颗门牙的张大胡子的女人，她在此时看起来异常衰老，室内的灯光没有模糊她的皱纹，反倒因为吃饭的放松使那些皱纹撒欢似的布满面庞。她们仿佛是在吃饭的过程中老去的。但她们的可爱不会因为衰老而减少，实际上，此刻，我才感觉到她们给我的亲切感。在这里吃饭，面对工友，她们不需要伪装，吃得没有任何顾忌。相比之下，我倒像个伪君子，一面渴望大口大口去吃，一面又要保持自己所认为的好形象。也或者，我不是怕破坏斯文，我是被她们脸上的皱纹惊住。即便现在我非常年轻，在她们眼里，我也不过是个花季少年。可我是个敏感多愁的人。

“你再不吃，连渣也没有了。”张芬芬往我的饭碗里夹了一块排骨。

“就是，不吃就白来啦。你要把上一顿没吃的补回去。”张大胡子的女人也关心地说。

“我上顿吃了的。没省。”

“你真蠢！来吃劳保还不省一顿。你不会连这么简单的账也不会算吧？”我的旁坐惊讶地望着我说。她的嘴唇往下努了努，指着她怀里的孩子，表示她是带奶娃的人。她的儿子才几个月，躲在她怀里吃奶。真够疯狂的，奶孩子的人为了吃一顿劳保竟然也跟着省一顿。看着那孩子的小脑袋因为吃奶而一动一动时，我总感觉他也像是在吃劳保。

“嗨，她就是省那一顿，也吃不够本。还不如不省呢。”张芬芬替我圆场。

“也是，像她这种身板，胃口估计小得和麻雀的差不多。”张大胡子的女人插话道。她也不看看自己，比我还瘦。

最后上来的是一道汤菜：白菜豆腐汤。这是唯一一道没有人抢的菜。没有人敢喝了。她们个个直着腰杆，不能低头的样子。她们终于把自己吃圆了。

“可惜啦，实在喝不下了。”她们互相这样说。

“吃得差不多了吧？”包工头走了进来，打了个嗝。因为喝多了酒，他的脸红得像猴屁股。他坐到饭桌后面的一把椅子上，点燃了一支烟，尽情地吞云吐雾。

“张芬芬，给你介绍个男人算了，这样打着光棍也不是办法嘛。”包工头的脑袋往椅子上一偏，使他的头发和光亮的脑门安稳地落进椅子的靠背里。

“罗老板也学做媒人来啦？人家张芬芬要找个男人，还需要别个介绍吗？你还不如把我们工资开高一点，好让我们挣钱多一些，然后找年轻帅气的小伙子。你介绍的，怕是个二婚三婚的吧？”女工友们拿他开玩笑。

张芬芬闭着嘴，她吃得饱鼓鼓的肚皮像个麻袋一样坐在她的腰上，使她没有闲情搭话。

“再把工资开高点，就没有钱请你们下馆子了。”他轻松地笑笑，又对张芬芬说，“其实这个世上还是有好男人的，你看那大猩猩，他就心胸开阔，啥也不计较。我也是不会计较的人。其实我真的觉得我是个好男人。你们不要笑嘛，大家都看到的，有哪个砖厂的工头隔三岔五请工人下馆子呢？”

满桌子的人没有一个起来吭声。吃饱之后人的智商仿佛就下降了，她们完全忘记了这是吃劳保，不是白吃。

“罗老板还是去结账吧。”我打岔说。

他出去了。

“罗老板对你有意思。”张大胡子的女人望着张芬芬，诡异地笑道，“想不到他喜欢肥胖的女人。”其他的女人也跟着点头。有几个中年妇女正用手在吃撑了的肚皮上慢慢往下顺，她们的手势和老家的人灌香肠的手势一模一样。

“罗老板去结账了，你们吃完就可以下楼。车在门口等着。”瘦猴子走进我们的包厢，红头涨脸的样子。他喝得可不少。张芬芬深深地望了他一眼。瘦猴子肯定撞见了这束目光，他慌张地退出门外。

瘦猴子退出去以后，包厢里的女人像潮水一样炸锅了。张大胡子的女人站到门外去，左右看看，然后轻声说：“没人。麻利点。”

这像是个命令，收到它的人将背孩子的小背篓打开了，利索地垫好婴儿毯——她们并没有将小孩放进去，而是冲到包厢的墙角，将那些存在架子下的“好又来”餐厅的碗筷捡来装进背篓里，其中有筷子、勺子、碟子、碗，还有小茶杯和牙签之类。这些袖珍型的小东西，赶会似的聚在了小背篓里，然后被婴儿毯卷裹起来，隐藏得一点也不露痕迹。从外形上看，根本不能发现婴儿背篓里装满了餐具。

我傻子一样看着她们忙碌，也不阻止，也不帮忙。其实我也知道，阻止是多余的。就像在一个月圆之夜，一百个人正在月光下撒欢似的偷萝卜，你能站在萝卜地边呵斥吗？更何况，这群人一开始就露出了她们吃萝卜的本领，让你震惊于那场喜剧似的情节里，还没有走得出来，接着她们又干了一件令你出乎意料的事，你的脑子完全在享受这场闹剧，声音自然就不能正常从嗓子里发出来了。

这群野人——其实我也是野人了，我们从古老的山林冲出来，蛮横地洗劫了这家店。

张芬芬往衣袖里藏了一把勺子，她下楼的时候挽着我的手，我感觉那勺子一直抵着我的手腕，好像它不是在张芬芬的袖子里，而是在我的袖子里。

A3：病

“身体不好要多休息，钱是挣不完的。”张芬芬一早就来看生病的瘦猴子。瘦猴子躺在床上，半靠着枕头。张芬芬立在门边，手里提着的苹果还没有找地方放下。

“花这些钱做啥？”瘦猴子心里突然有些感动。生病的这几天，他的亲弟弟，也就是那个叫强娃子的家伙，还和往常一样四处闲逛，连做饭这样的事情，也还得瘦猴子亲自动手。

“你坐。放那桌子上吧。”瘦猴子第一次这样温和并且和张芬芬面对面地说话。他指着那张砖块搭起来的桌子，示意张芬芬把苹果放上去。

她擦了一下眼角。

“你是感觉哪里特别疼吗？头，还是胸口，或者别的地方？”张芬芬放好苹果，顺手拖过砖凳坐下。

“哪里也好像不疼，但又觉得浑身都疼。这几天尤其感觉胸口像着了火。”瘦猴子咳嗽一声。

张芬芬的眼泪好像要漫出来。在这个时候，她感到十分脆弱，忍不住泛出了自己的情感。平时，她是压抑的，就算她真的喜欢瘦猴子，也只得远远地望着他，或者，跟他开一些不咸不淡的玩笑。这个有着浪漫情调的女人，虽说没有读多少书，却看了不少琼瑶小说，她觉得真正的爱情就是瘦猴子能从她的眼神里收到爱情的讯息，然后在某一天晚上，有月亮，四周无人（可以有几声虫鸣），恰好在这个时候，瘦猴子幽然地走到她的矮窗前，从窗缝里丢进一句“其实我也喜欢你”。就是这样，她非常期盼这样的情景有一天得到实现。

她并不清楚瘦猴子连爱情是个什么东西也弄不清。他只晓得他的瘦女人是个可以过日子的人。

而张芬芬，她是满怀希望的，她甚至觉得瘦猴子的内心藏着火山一样的情感。她相信这个寡言的男人心中也一定感应到了她的存在。因为一厢情愿地认定对方也像她这般用情至深，她更是不可自拔。

张芬芬努力地控制着眼泪，不使它成片地砸下来，她低着头，额上的刘海正好挡住她滑落的两滴泪珠。她不能在他面前哭。他是病人。

这段时间，瘦猴子消瘦得很快，他的体内仿佛插了一根小管子，所有的营养都从那根管子里跑出去了。他的胸口凹凸明显，原本有脂肪掩盖的地方现在只有骨形；那些骨头像框架一样支在那里，风一吹就要散塌的样子。

晚上，当瘦猴子一个人睡不着觉起来闲坐的时候，他就从墙上取下那面镜子照看。那镜子以前是拴来吊在门框上作照妖镜的。瘦猴子撩开衣服照自己的胸膛，从镜子里，他看到那些有序的骨架荒凉地落在镜像里。骨架上包裹着的厚实的肌肉消失了，就像一片肥沃的土地突然间丢失了土壤，只剩下噩梦般的石头。

但是瘦猴子并不感到灰心，他相信自己的病会好起来，所以当张芬芬说“不用太操心，只是个小病”的时候，他很赞同。瘦猴子不再对张芬芬抱着反感的心理。生病以后，他看清了许多事情。张芬芬每天来看他，开导他，有时还帮他洗碗。“强娃子有时候连个外人也不如。”他这样想时，心里非常难过。

瘦猴子躺在砖块搭起来的木床上，床铺下藏着烟卷，他掀开毯子，侧身从窝洞里摸出一支香烟点燃。那窝洞是他搭床柱子的时候特意留出来的，平时这些窝洞被毯子遮住，外人很难察觉。窝洞里放着纸烟，火柴，或者一些别的小样东西。他现在无法弯腰把袜子放进鞋肚，因此生病以后，袜子也放在窝洞里了。张芬芬眼尖，她还看见一些散钱揉成一团塞在里面。

“身体不好还抽烟，你不要命了？”张芬芬关切地责备他。

瘦猴子猛吸两口纸烟，然后在墙上将燃着的小点擦灭，又侧身将半截纸烟塞进窝洞。他的一支烟要分两次吸，就像他吃饭一样，一顿饭省着吃两顿。

“你这个毛病还是不改，有时候我在怀疑，你是不是一条内裤正反面的穿个完全才舍得洗。”张芬芬毫不考虑就将心里的话倒出来了，但是说完立刻感到不好意思。脸突然红起来，她装着看外面的景物，避开去。

瘦猴子扑哧笑出声：“我还真这样穿过！”然后靠在墙上，大笑使他的内脏受到震动，他猛力地咳嗽几声。

这是张芬芬第一次看到瘦猴子笑得这样无所顾忌，她犯了花痴似的盯着瘦猴子不转眼。当然那眼神是饱含深情的。再这样看下去，她要落泪了。不知怎么的，张芬芬今天的眼泪特别浅，只要她的心稍稍一激动，泪水就要漫出来。

她想起了她的前夫，那个在爱情里跑路的男人，他以前也是这样令她着迷。那时她住在一片生满了芦苇的水塘边，她上班的地方要经过那片水塘，夜间没有月亮时，那个男人就是在那样的夜晚打着手电送她回家的。她立刻又打断了遐想，她感到瘦猴子和那个男人是不能相比的，这样对瘦猴子不礼貌。瘦猴子的身上有一种让她怜惜的东西，好像这种怜惜应该是男人怜惜女人，但张芬芬不在意这些，她认为男人也需要女人怜惜。

“你该转班了吧？这几天上夜班怪冷，怕是要落大雪。”瘦猴子撑着坐起来，他觉得一个大男人躺着和女人聊天不太像话。

"明天就转。也不怕，扫场地不怕冷，走走还暖和。就是有点怕。"

"怕啥？"

张芬芬傻兮兮地笑说："怕鬼。"

"这世上哪有鬼。你听哪个说他见鬼了？"瘦猴子又把半截纸烟摸出来点燃了。他和别人闲聊的时候，总也忍不住想抽烟，好像不抽烟他就不能正常说话。

"听是没听哪个说，心里还是怕。那东西最可怕的就是你怕它，但是见又见不着它。"

"那倒是，要能见着，它就不是鬼了。"瘦猴子点了点头。

"你说人死了变成鬼，它还晓不晓得阳间的事情？就是说，它死前的事情，你比如说我，万一死了，是不是还会牵挂我的场地没扫，或者我的饭焖糊了。我打个比方而已。万一正焖饭呢，却突然死了，是不是到了阴间还担心这个担心那个？"张芬芬越说越有劲，也越说越稀奇了。

瘦猴子这回笑得更大声。他从来不知道张芬芬的脑子里还装着这么搞笑的东西。"你要笑死我……呀！……"他捂着肚子。猛烈的笑使他的面色一下改变了，他的喉管像一条幽深的隧道，隧道里传出火车咣当咣当的震响。他抑制不住的疼痛在这个时候猛兽般撞向他，胸腔内的器官好像已经坠进了腹腔。他倒过去，半仰在床上捧着肚子，眼睛紧闭，汗水大滴大滴从额头滚下来。这像是一场突如其来的冬天的暴雨，在他体内凌乱的石头上席卷而过。

张芬芬吓住了，她刚才不敢落下的眼泪此刻惊恐地冲出眼眶。她奔到瘦猴子床前。

"咋回事！黄静静，快来救命！"她慌乱中只能喊黄静静。她以为黄静静经常看书，会在书中瞅到一些病痛方面的知识。她哪知道黄静静看的是金庸的武侠小说。

黄静静并不在家。张芬芬止住喊话，跑上前顾不得避嫌就把瘦猴子的脑袋搬来枕在自己的手腕里。

“你先缓一下，我去给你找车。你得认真去医院查一查，不能再这样拖着！”张芬芬这样说着，却没有立刻跑出门找车。她看见瘦猴子痛苦的模样，不敢离开。

瘦猴子睁开眼睛，疼痛使他不能自主地枕在张芬芬的手腕里。疼痛缓解后，他才恢复从前拘谨的样子，带着笑，身子向墙边靠去。大概在这个时候瘦猴子才看出了张芬芬眼里的讯息。但这讯息到了瘦猴子的眼里并不等于爱情，它是别的东西，比如邻居的关心，一个好心女人的热情等等。

张芬芬眼眶里闪着泪花，使瘦猴子不由自主地多看了她几眼。

“你刚才痛成那样，所以……”张芬芬看他脸色缓和许多，这才感到不好意思，低下头解释。

“你坐你坐。”瘦猴子微笑着岔开话题。他伸出左手，指着地上的砖凳。

门口狭窄的巷道里站着冉姑娘。天气阴冷，她已经躲在被窝里一个上午，方才张芬芬喊黄静静的声音把她吵醒了。

“咋啦？”冉姑娘揉着眼睛问张芬芬和瘦猴子。

“你不晓得他都病了好几天啦？”张芬芬起身让出砖凳给冉姑娘坐。同时她也在心里嘀咕：“也难怪人家不晓得，哪有人生病还在干活的。”

“他前天还去上了班。我哪晓得。”冉姑娘没有坐凳子，“咋不去看医生？”

瘦猴子眉开眼笑，仿佛根本没有生病，他轻轻咳嗽两声说：“不碍事。不过是点小毛病。”

张芬芬和瘦猴子原本聊得正有气氛，突然来了冉姑娘，使这场谈话突然僵住了。他们谁也不愿多说话。客套几句后，张芬芬拉着冉姑娘离开了瘦猴子的房间。

下午，张芬芬闲着无事，一个人上山去找草药了。她没有叫任何人陪伴。这种专治咳嗽的草药在西南一带的某些山区里常见，但在司徒镇的小山包上，她还没有发现踪迹。没有发现不代表没有，因此上山前，她抱着很大的希望。

山包上处处是杂草，站在山下的张芬芬仰头看着它们，这一仰头，那些杂草仿佛都长在自己的头顶或睫毛上来了。挖掘机在山包的一侧刨开了一条裂口，原先上山的路没有了。裂口的下方汪着一小片水，那是被运走的泥土留下的坑，水已经结冰，在向晚的余晖里闪着冷色的光。张芬芬正是从这片水窝绕过去的，她爬上断层，来到山包顶上。这段斜路她走了约莫五分钟的样子。她回头张望了一下断层，预想着这条新走出来的路迟早要被挖去，感到一阵伤感。近来她总是多愁善感，对人，对事物，都有许多理不清的愁绪。很快她收住思绪，朝另一条草路走去。

山上空寂，如果是很高的山，可能会有野兽出没。但是这片山包的周围都是村户，她的视线只是暂时被四周的树枝挡住；她在林子里可以听见车声，人声，甚至砖瓦厂湿坯车间里传出来的机器声。

张芬芬细心地搜寻草药的影子。在她看来，这些草药不单单是凡间的草药了，它们简直是仙草，是观音菩萨净瓶里跳出来的灵药。她希望找到它们并且发挥效用。

张芬芬肥胖的身体在这个时候走起来十分吃力。她往自己脖子以下的部位认真扫描一番，对这副臃肿的皮囊懊恼不已。她也曾苗条过，在遇上她的前夫之前，她是一朵可以放在枝头迎接春天的花，可是现在，她只是一个面容显老的胖子。当她还是个小姑娘的时候，她讨厌所有的胖子。她猜想瘦猴子之前对她的冷淡，是否与她的身材相关。

张芬芬往自己的腰上来了一拳，赘肉就像受到电击一样颤抖起来。“妈的！再这样下去要成猪！”她吐去一口痰，正好挂在一根枯草上。

“哈，你也在这里？”

张芬芬被这个声音吓了一跳。她四处张望，才从十米远的一蓬乱草中间看到黄静静，她垫着一件衣服半靠在树干上看书。

“你咋像颗蛋一样躲在那里！吓死人了！”张芬芬拍着胸口，喊魂似的安慰她的心，“不怕不怕。”

黄静静大笑。

“说正经的，你来这里做啥？”黄静静收起书。

“找草药。对了，我刚才找你，你倒好，跑这里看书来了。”张芬芬指一指砖瓦厂的方向说。

“我一早就来这里看书。找我有事？”

“没事。现在没事了。”张芬芬拍了一下手上的灰尘，“瘦猴子生病，他刚才犯病厉害，我想喊你去看看，你天天看书，大概能看到点关于治病的方法。他胸腔里疼得慌。”

黄静静忍不住大笑。她擦着笑出来的眼泪说：“我哪会看病呀！我要是告诉你我看的是武侠小说，那里头关于治病的方法古怪得鬼也不信，你就不会喊我了。”

“那你还看个球啊！”

“好奇嘛。我对那些挑断手筋脚筋还能自行恢复，还有那些无论从任何角度和高度摔下去都会掉进一条河里的人感到很有意思（当然有时候他们不会掉进河里，他们会挂在一根老树杈上）。你想想，那主人公在要死的时候，他都能神奇地遇到一位蓬头垢面的高人，那高人给他一颗仙丹，他就起死回生了。是不是很有意思？就在刚才，我还看完了一个白面书生掉进一个山洞里，结果在洞里遇见了漂亮的仙女姐姐，那姐姐武功盖世，不仅教他武功，人家后来还嫁给他了呢！你说这种好事世上会有吗？”黄静静像在进行一场演说。她把张芬芬说痴了，她托着下巴，呆呆地望着她。

“你咋不开腔？”黄静静意识到自己的话说得太多，有点过意不去。

“要是现在有这么一个高人出现就好了。”张芬芬回过神来，“你陪我去找草药吗？”

“啥样的？治啥病？”

“治咳嗽。瘦猴子咳嗽不止，看在邻居一场，帮他找点草药试试效果。”张芬芬避开脸，她怕黄静静看穿她的心思。

“我陪你去好啦。天色不早了，找到正好一起回去。”

张芬芬和黄静静一前一后走着，弯腰，眼睛死盯着地上的草。因为天色的缘故，山包上的树林以及荒草，在没有阳光的照射后逐渐回到它枯竭的模样。当然，有些常绿的乔木还挂着它不多的绿色叶子。再往下走五十米，村庄出现了，是楼房，白色，或者白色中点缀着天蓝色和紫红色。张芬芬的腿有些发抖。这一路下来，她们没有看见草药的影子。这些静美的村庄景色也不能使她心情愉悦。

“凡人是不能消受仙丹的吗？”张芬芬在心里悲问。眼泪滚落出来。她眼前的路模糊了，步子紊乱，高一脚低一脚。这是她两次在人前因为瘦猴子而忍不住眼泪。前次是冉姑娘。这次是黄静静。

“咋了？”黄静静站在她身边，眼睛并不看张芬芬的脸。

“没事。风太凉，吹得我眼睛疼。”

“回去吧。”黄静静看着远处的房子说，“这种地方哪会有草药。有也怕是吃不得的。”

张芬芬假装伸懒腰，趁机用袖子擦掉眼泪。

“走吧。回去再想办法。”黄静静在张芬芬身后说，“你应该劝他住院。”

她们绕开地上裸露出来的棺材板，捡了一些柴棍抱着，这样回去，好有借口回应那些多嘴的人。

“劝了，没用。他一直瞒着所有人，前天还去上班了，加班。”

“这样拼命，钱比命还重要么？”

“对他，可能是。”张芬芬无奈地摇头。

这样说说停停，不觉到了砖厂。路过瘦猴子房间时，门开着，里面躺着的瘦猴子不见踪影，只见瘦猴子的弟弟强娃子呼噜呼噜在吃着一碗面条。

瘦猴子又加班去了。因为大猩猩又请假去了司徒镇。包工头并不知道瘦猴子生病。

A4：张斜眼的婚礼

“张斜眼要结婚啦！你晓不晓得？明天结！”砖厂里的小孩互相传送着这句话，即使大人们早已获得消息，他们也要四处高呼将消息再送一遍。

张斜眼就是张大胡子的女儿。

张斜眼喜爱穿粉红色衣服，有时候也会买一条短裙高高挂在她满是伤疤的腿上。听说那伤疤是小时候割猪草割的。关于这些伤疤，张斜眼已经解释多遍，但是没有人相信。怎么相信呢？难道一个人割猪草不是在地上割而是在腿上割吗？她的头发像鸡窝，尤其是她在一家印染厂上班的那几个月，头发时常沾着金粉，在阳光下走来，那头顶上的光片闪得险些瞎了人的眼睛，但不管怎样，有了这些光闪闪的东西，她的头发就不是普通的鸡窝了，而是一个高档的、经过了装修的鸡窝。她认识了她的男朋友，就是那个拉砖的青年，之后便不再去印染厂上班，她的头发也梳得相当光滑，用一块手绢绑着。手绢绑头发有复古的味道，从背影看去，她就像四五十年代的那些老照片中的青年女子，如果砖厂落一场雪，雪地里再冒出一枝梅花，把张斜眼往那儿一摆，她的背影也是风华绝代的。但这时候还没有落雪，这地方好像也没有梅花。

当着张斜眼的面，人们肯定是不能喊她张斜眼，他们喊她张小眼。她的眼睛小。

张大胡子这一天很高兴，他一早就像一只失眠的老鸟四处瞎飞。他昨晚高兴得睡不着觉，因为他的女儿张斜眼明天终于可以嫁出去了。他这样想并不是说他讨厌他的女儿，相反，他是替他的女儿高兴。一个长期斜眼看人、也被人斜看的女儿终于找到了归宿，当然会使他高兴得失眠。张大胡子对他的女儿是同情的，他时常在心里生出一股可怜她的情感，有时这种情感会换成自责，或者，化成对那个缺了门牙的女人的愤恨，他觉得是她的肚子出了问题，才把张斜眼的眼睛生坏了。总之，自从张斜眼出生后，张大胡子就没有真正感到快乐，他的眼睛也好像是斜的，总是歪歪地瞪着他的女人。他的内心时常感到悲哀，又无处可说。

张大胡子像耗子一样穿梭在砖瓦厂的每一排矮房子的门前，他在那些房子的屋檐下故意放慢脚步，当有人支出脑袋与他招呼，他就高声与人招呼，如果那人不提张斜眼明天结婚的事，他就闷闷不乐地继续往前走，直到有人惊喜万分地对他喊：“大胡子，恭喜你！明天就要当老丈人了，还不去买几身新衣裳打扮打扮？”这时候的张大胡子简直就像喝了蜜汤，一边故作清淡，说什么不过是嫁个女儿，一边又说，确实有点高兴。他那女婿虽然赶不上大明星，也不是什么大老板，说穿了只是个土农民，但是人勤快，在砖厂来说，那长相也比许多人强。

张大胡子已经走了二十几家人，他也实在走够了，于是慢悠悠晃到瘦猴子门前。

瘦猴子还在睡觉，夜间咳嗽使他不能得到很好的休息，直到天快亮时才有了困意。

张大胡子站在门口，眯着双眼往门缝里瞧了一瞧。

“做贼啊？”

张大胡一听声音就知道是黄静静，所以事先就准备好了一张笑脸，等他一扭头，那讨好的样子就自然呈现在黄静静面前了。

“小黄啊，你吓我一跳嘛。我看他是不是睡着了，想找他摆谈摆谈。”张大胡子搓着手，又扭头看了看瘦猴子的门。

“整天小黄小黄小黄！让人听着多别扭！”黄静静很不高兴。因为“小黄”听起来像一只狗的名字。

张大胡子在黄静静面前丝毫不提他要嫁女儿的事，因为他此时突然觉得男人一旦混到自己的女儿都出嫁了，那就证明已经是个老男人了，就算不是老得掉渣，那年岁也不敢轻易拿出来说。他低着脑袋，对黄静静的责备十分上心。如果这世上除了他老母亲以外还有女人敢骂她，而他也愿意让她骂，那这个人就是黄静静。平时他在家，黄静静要是来串门，他就装作很勤快的样子，他发现黄静静很喜欢整洁的房间，于是他把自己的房间也整理得很干净。虽然他已经结婚，但是多年来，他和他的老女人一直过着分居的日子，因此他的房间一旦整理干净，就不允许除了黄静静之外的人随便进去打扰。为了让房间不沾一点油烟，他每天去老女人的房间吃饭。至于穿脏的衣服，他隔三岔五才会拿去给她洗，洗完晒干后自己亲自取回来。

“发呆啊？那你慢慢发，我走了。”黄静静看张大胡子像根木桩立在那里不说话，扭头就回了自己的房间。

张大胡子刚要说点什么，黄静静“砰”地关上了门。

“大胡子，该吃饭了。”是他的老女人在喊他。她缺着门牙的嘴说完话赶紧就合上了，好像怕风吹掉她另一颗门牙。这时候风确实大，吹在脸上像刀割。

张大胡子气呼呼地跟在他女人后面，一句话也不说。

“小眼儿呢？”他也跟着别人喊他女儿的绰号。

“在她男朋友那里吃粉蒸肉。”

“都不给老子端一碗来！”

张大胡子的女人端了一碗饭蹲在门槛上吃。她吃饭响声大，害怕影响张大胡子的食欲。

“你就不能上桌子吃饭吗？不晓得的人还以为老子不让你上桌子吃饭呢。”张大胡子很生气。

“怕影响你吃不好饭。”她委屈道。

“怎么扯上我的事了？”张大胡子睁大眼睛。

“以前你和我一个被窝睡觉，现在不是单独去睡了吗？不就是怕我打呼影响你。我除了吃饭响声大睡觉呼声也大，刚结婚那几年你说你不怕后来还是怕了。我晓得我老了比不起那些年轻好看的，何况人家还识点文化我更比不得了。”她放下碗，说得连个停顿也不要，既然说到这个分上，她也不打算吞掉后面的话，清了清嗓子，又继续说，“你看黄静静的眼睛就像黄鼠狼见了鸡，其实好多时候我都想提刀冲过去砍了那只小妖精，你不要不相信，我真的觉得她就是《西游记》里面演的那只小妖精。但是我又看出来了，那妖精并不喜欢你，人家连看你都懒得看，你纯是热脸贴冷屁股。”说到这里她笑了一笑，好像为张大胡子感到不值得。

“不要扯这些乌七八糟的！”

“我就晓得！你现在连听我说话都不耐烦了。是哟，我现在就和你家原先那只老母狗一样讨人嫌了。我老了不行了。你喜欢哪个尽管去找，只要不带到我眼皮子底下来。”

“你他妈烦不烦！是我不行了，可以了不？”张大胡子把碗一推，一点胃口也没有了。他坐到砖凳上，点起了一支烟。

“我晓得你怪我没把娃儿生好。我也问过砖厂的妇女，她们个个都说种瓜得瓜，种豆得豆，不可能种西瓜结萝卜！她们还笑是你没做好呢！反正这个事情不能怨我一人。再说那女子，除了眼睛生得偏点儿，其他都好好的，脑筋差点儿有啥关系？又不用她当官，也不用她找钱，只要她将来嫁过去会传宗接代不就好了吗？男人讨婆娘不就是为了这一件事情吗？”她说得理直气壮。

“你个蠢婆娘！这种事情也好拿去乱说！脑壳长包了还是脑髓发霉了？”张大胡子面红耳赤地弹掉烟灰，站起身拍拍裤子上的灰土，准备离去。

“看来我是老得像鬼了，你不仅不想和我同床，连看我一眼的兴趣都没有。”她幽怨地收起碗筷，低着头，忍不住的眼泪滴在了碗里。

张大胡子并不回头，他甩甩手走了。这样的情况已经不是第一次了。

受了一肚子闷气的张大胡子一个人踱步到砖厂后面的山坡上。山上冷清清的，冷风刮得树枝子乱响。他望着满地的树叶发呆。

“张大哥呀，跑这里找啥来啦？”是王小红，她在山坡上捡柴。

“找鸡。”张大胡子怨恨地望着王小红。

王小红并不为这句话生气。她殷勤地走上前，并排与张大胡子站在一起。

“吵架了吧？”笑眯眯地问。

“能不能不要问这些？”张大胡子苦着脸。突然他又坏坏地笑了起来：“你那两块钱要到了吗？”

王小红这下脸红了。这是好久以前她跟张大胡子无意中说到的事情。但是王小红就是王小红，她只是脸红一下而已，很快她就笑嘻嘻地拍了拍张大胡子的肩膀，她说：“你那两小袋糯米粉不错，要不要再买一袋送我？”

张大胡子立刻就不说话了。上次因为送了她两袋糯米粉，被大猩猩撞见，什么事情也没发生，却差一点被大猩猩狂揍一顿。好在那之前他和王小红也有两段缘分，算来也不亏。

“你不买，那我就走了？”王小红把衣角往下拽了拽，想露出点什么，但是她忘记了，现在是冬天，她穿的是高领的毛衣和加厚的外套。

“走你的吧！”张大胡子闷呼呼吐出这几个字。

张斜眼结婚的日子是张大胡子翻了皇历特别选好的。果然是黄道吉日，天气晴朗，虽然刮着冷风但并不碍事。

昨天受了气的张大胡子今天看起来无比高兴，起了一个大早，准备在家张罗宴席。

张斜眼为了省钱，不愿去司徒镇请客下馆子。

结婚的这天早晨，张斜眼穿上了男朋友给她买的那件粉红色大衣。大衣中长，腰后打着一只蝴蝶结，面前并排竖着两排扣子，那扣子也是用粉红色的布裹住，横纹，缠有金丝线，看起来闪眼。

张大胡子门前的通道都让大小的桌子堵住了。桌子上摆满了宴席所需的材料。小孩子们天不明地不亮就起来站在这些桌子跟前当把守，为了显示他们没有偷懒，到现在已经向张大胡子汇报了各种各样的状况：

“张大胡子，你的鸡屁股毛没拔干净。”

“张大胡子，我刚才撵走了一只想偷吃鸡翅膀的鸡。”

“张大胡子，张斜……姐姐是不是也要和我们一起吃饭？”

“张大胡子，你的鸭子嘴壳不见啦。”

张大胡子对这些汇报不给任何回应，他忙出忙进，身体就在桌子和厨房之间打转。

“这些娃子太他妈闹人，一上午就没有停过。张大胡子，还是你有先见，只生一个好啊。”大猩猩在厨房使着铲子炒菜，头也不回地和张大胡子闲说。

“小心你嘴上的烟灰。”张大胡子提醒他。

大猩猩弹掉烟灰：“烟灰怕啥？烟灰也是佐料。”

张大胡子和大猩猩终于在这一天和好了，这之前为了王小红生的气也不再追究。大猩猩心里当然是有自己的一番道理，他想，一个女儿都嫁了人的老男人，怎么也会收敛收敛了，总不能一把年纪还背个“老骚客”的臭名吧？这样一琢磨，大猩猩也就想开了。

张斜眼穿着粉红的大衣挽着她男朋友的手，已经在砖厂的每条巷子里走了两圈。这一天她是新娘，这身份使她暗自想想就高兴。她身边的男人比她矮一个头，身体瘦弱，皮肤黝黑，无精打采，好像是被张斜眼架着在走路。张斜眼反而像个新郎，大步走路，大声说话，精神抖擞，抹了口红的嘴唇在讲话时就像两片红色的花瓣上下翻摆。她的笑横在脸上像把弯刀，不注意就要把脑袋割下来的样子。她完全不在乎嘴唇的尺度，当她发出通电话时才使用的“喂——”声时，曲折的调子要在嘴里拐几个弯才到唇边。

——“张姐姐！要记得来我家吃饭哟。”

张姐姐当然就是张芬芬，她已经是第二次听张斜眼的邀请了。张斜眼在她住的这条巷子里走了第二遍。张斜眼走一遍重复一遍，走了三遍的巷子，已经送出去第三遍招呼。张芬芬这条巷子算起来还少了一趟。

“婶子，等下来我家吃饭啊。”张斜眼一路喊着门内的那些妇女。走到黄静静门前，她又说：“姐姐，等下来我家吃饭啊。”这样一路喊下去，该叫姐的叫姐，该叫婶子的叫婶子，至于奶奶辈，砖厂也有好几个，其中一个姓马，她耳朵不好，所以张斜眼走到她们门前就得不停地比画，表演了半天才把意思传达给马奶奶。

张芬芬站在门口看着张斜眼走过去，望着对门的冉姑娘轻声说：“不会是今天结婚，今天就疯了吧？一句话要重复几遍呢，80岁的老婆婆都没有她这样啰唆。”

冉姑娘不说话。她蹲在门口等张斜眼的第三次驾临。她掐准了张斜眼会再来一遍。果然，张斜眼很快就来走第三遍了。但这个时候，她穿了高跟鞋的脚明显有些受不住苦，不配合她，于是张芬芬和冉姑娘看到的，是张斜眼被她的男朋友托着走路的样子。

“张姐姐，要——记得——去——吃饭啊。”张斜眼摇摇晃晃走到张芬芬面前。这回她重复得不如前两次有力，有些虚脱的样子，加上天气寒冷，说话有些脱节。

"你快莫说啦，再这样说下去我倒要记不住了。一笔写不出两个'张'字，你放心，你姓张我也姓张，今天姓张的结婚我不可能不去。你还是回去避一下凉风，头发吹成鸡窝就不好看了。"张芬芬一口气说完，也感觉嘴里灌了不少风。

张斜眼听了张芬芬的话很高兴，没有注意张芬芬提到的"鸡窝头"。

张斜眼也不逞强了，她半靠在男朋友身上，朝她们的新房走去。那是一间贴了红喜字的砖房。几个孩子站在门口等张斜眼回去，他们想吃糖。

"张姐姐，我要吃大白兔！"他们跳着小腿喊。

张斜眼不声不响地转进屋，换了鞋子，才慢腾腾从一只蓝色的布口袋里掏出一把软糖，那是超市打折卖的过年糖。她没再多抓一把，来到门前，张斜眼将手里的软糖像撒鸡食一样撒出去，"捡去吧！"她说。

"张姐姐，你的糖不是大白兔！这上面也没有写'喜'字。"读了书的孩子特意指出他手里的糖是冒牌货。他之前吃到的喜糖可都是大白兔奶糖，虽然大白兔身上也不一定有喜字。

"是糖就对了，吃不坏你们！"张斜眼一点也不温和，这些糖没少花她的钱，这帮崽子还嫌东嫌西，她心里很不痛快。

"不是有一包大白兔吗？给他们几颗。"男朋友悄声说。

"不给。"

"咋？"

"我买来自己吃的。"张斜眼拉住男朋友的手，语气有点撒娇的味道。

"喜糖自己吃？"他奇怪地望着她。

张斜眼丢开他的手，急慌慌坐到床边，将两只袜子换了下来。"再过一会儿就要吃饭了，我得换换衣服，你先带他们出去。"张斜眼一边说，一边就把帘子放了下来。

这时候门外炒菜的声音也夸张地响起来，好像要把锅底铲个洞。这种声音一旦响起，就证明主厨的大猩猩又边炒菜边喝酒，已经醉得不知轻重了。

“张姑爷！还不给老子发烟！今天老子是厨师，你得罪不起。”大猩猩在门外粗声粗气地喊。

“来啦来啦。”张斜眼的男朋友急匆匆捞了一包“大前门”出去了。

阳光褪去以后，傍晚的砖厂笼罩在浓雾里。张大胡子和大猩猩的晚宴已经准备妥当。桌子从巷道一直摆到公路边，桌上的食物在雾气中冒着热烟，一群孩子老远地望着，他们的睫毛上沾着雾水。

“咋样？我的厨艺还不错吧！”大猩猩喝得有点高，眼神有点飘了，所有的事物在他的眼里都有了叠影。

“怎么？还站着做啥？坐下坐下。等会儿菜凉了。”张大胡子热情地招呼着客人。他专门给帮忙的厨师安了一张桌子，这一桌的人少，菜多，算是特别感谢帮忙的人。

“来来来，抽上抽上。”张大胡子挨个地敬烟。

张斜眼笑得眼睛眯成一条小缝，她现在这个样子倒也看不出眼睛斜是不斜。

当所有的人坐上桌子，这场家庭婚宴就正式开始了。

“来来，吃好喝好！”王小红举杯在男客们的桌上敬酒。

大猩猩坐在张大胡子特别安排的厨师桌上，垂着头，已经醉了。王小红不去与他同坐。她看也不看大猩猩一眼。

“呸，骚婆娘！”张大胡子的女人偏一偏嘴，很不屑地骂了一句王小红。她丝毫不在乎今天是她女儿的好日子。

另一张桌上，张芬芬和冉姑娘低头吃饭，瘦猴子也在，他因为生病受了张芬芬的照顾，在吃饭时，就给张芬芬送了几筷子菜，为了不使人闲说，他又给冉姑娘添了些。

“这个好吃，多吃点儿。”张芬芬往瘦猴子碗里送去几片青笋。

“哟喂，那个是好吃，嫩得跟青草似的。”张大胡子的女人喝了一瓶酒，不胜酒力，有些醉了，她歪歪倒倒跑来坐在张芬芬身边，正巧望见张芬芬给瘦猴子夹菜。

张芬芬也喝得不少，虽然醉，却不妨碍她听出话里所含的意思。

“这算啥嫩草？我看有些不长胡子的人，他眼里瞧着的，那才叫嫩草呢。也难怪，天天吃老草，槽牙都磕疼了吧？”张芬芬说。

“嗨哟我说张芬芬，我说的是笋，你怎么扯上嫩草了？”张大胡子的女人精怪地睁大了眼睛。

“得了吧，你以为我不晓得你说的啥意思？我晓得，你老早就看我这个半寡不寡的人不顺眼！不就是笑话我连个男人也看不住吗？你赶紧拉倒吧。你看不顺我，我还看不顺你呢。你们这一家子，哪个是好东西？你说说，哪个是？”

“张芬芬，你他妈乱喷。我家哪个得罪你啦？今天我姑娘结婚，你喝不起……喝不起就滚回你的狗窝……少在这里扯皮！”张大胡子的女人摇晃着提了酒瓶站起来，看样子就要扑上去打张芬芬了。但是她醉酒厉害，头重脚轻，一阵风又把她吹回座位上。

张大胡子的女人趴在桌子上，结结巴巴地继续说话，口水很快流到下巴上挂着。

“你少装死！刚才还说老子吃嫩草呢！”张芬芬也提了酒瓶晃荡着站了起来，想要朝着张大胡子的女人走去。冉姑娘一把将她扯回座位。她回头醉醺醺地看了一眼冉姑娘。

“没事！妹子，你不用怕她。老张我今天就要撕她的嘴巴！”

张芬芬又站了起来，这回扯她回座位的是瘦猴子。张芬芬转头看了一眼瘦猴子，由于喝酒太多，瘦猴子现在的模样是一摊晃动的水，像波纹一样一圈一圈绕在她眼前，她以为望见了月亮，伸手在瘦猴子眼前乱抓了几下。

张芬芬凑近瘦猴子的脸，拍了一下他的肩膀说：“瞧，说你嫩呢！

你嫩吗？胡说八道！她比张大胡子大多少岁，全个砖厂都清楚。还说‘女大三抱金砖，大他不止三岁，只好抱火砖。’好意思，我呸！”

张芬芬挣脱了瘦猴子和冉姑娘的劝阻，拐了几个弯才走到张大胡子的女人面前，继续道：“还说你们家有好东西？哈哈，有个球！有老丈人和姑爷睡一个人的吗？对，收钱。那货有钱就行。但是，关我张芬芬屁事？我是不想抖你家的老底。”张芬芬走回冉姑娘面前。这回她看清了身边坐着的瘦猴子，不由得身子向他靠了一靠，说：“你也差点去了吧？”

“胡说啥？你醉啦。”瘦猴子把张芬芬往冉姑娘这边推了推，使眼色让她把张芬芬送回去休息。

张大胡子气得脸都绿了，他再往张斜眼这边一看，他的姑爷正脸红筋涨地站在那里，什么话也说不出来。张斜眼天生愚钝，她并不知说的是什么事情，还笑呵呵地挽着新郎的手给张芬芬敬茶，希望张芬芬不要再闹。

冉姑娘替张芬芬谢绝了张斜眼的茶。

“她醉了。我扶她回去休息。”冉姑娘说。

“等下！她刚才说啥？”张大胡子的女人腾地起身，把酒杯摔在地上。这是她第一次像样地发火，把张大胡子都吓退了一步。

“你让她把话说清楚！啥叫老丈人和姑爷睡一个人？”张大胡子的女人又补充一遍。

张芬芬被她一吼，胃里翻滚，蹲地上呕吐起来。

“你得给我说清楚。”她跑上去摇着张芬芬的肩膀。

“说球啊！王小红……”张芬芬话还来不及说完又吐了一地。

张大胡子的女人虽然酒醉，但是还能闻到呕吐的臭气，她避开了。避得太急，脚下一滑，仰面摔到路坎下的菜田里去了。张斜眼赶忙喊了几个妇女，将她拖了上来。

张大胡子的女人被拖出菜田还在双脚蹦跳，她大嚷：“还没给老子说清楚！我要问清楚！”

没有人理她，她被推进屋，灌了一碗酸汤。

门口，张大胡子和大猩猩，以及张斜眼的男人，这三个人的目光约好似的撞在一起。当然，张大胡子和张斜眼的男人是在互看的时候发现大猩猩正望着他们两个。

“爸，酒鬼的话你不要信。”张斜眼的男朋友赶忙解释，眼睛却求救一般望着张斜眼。张斜眼不明所以，目光呆滞，也来回地望着他们三个。

张大胡子率先动手了，他扔下酒瓶，捡了根凳子朝张斜眼的男人砸去。

“你让开！今天这婚事不算！”张大胡子向她的女儿怒吼。

“咋不算啦？”

“婚事还能开玩笑？”

“张大胡子，你是在开玩笑吧！你姑娘的肚子都快藏不住了。”工友们从桌子上撤下来，一排地站在路边，同时七嘴八舌说开了。

张斜眼吓昏了头，由于有了身孕，她站得久的缘故，一屁股瘫坐在地上起不来了。

“这是咋回事？”她虚弱地问。

张大胡子看她的女儿那个样子，也不忍心再吓她。

“张大胡子，你老崽子皮痒了是不？——还有你！”是大猩猩的声音。他此刻醉意全消，张芬芬和张大胡子的女人吵闹时已将他惊醒，她们的话只字不漏被他听见。

大猩猩忍无可忍，虽然酒醒了些，走路还是不见利索。他几步窜上前，指着张斜眼的男人吼：“你给老子说清楚！”

大猩猩不知在哪张桌上摸来一只酒瓶，对准了张大胡子的背脊砸了下去。这是临时改变的主意。他本来是要砸张斜眼的男人。但他突然想到，一切事情都是张大胡子惹出来的，有这样的老丈人才会有这样的女婿，所以那瓶子在举起来的一刻突然改了方向。中途有人眼尖手快，挡了一下，张大胡子才不至于被一酒瓶夯晕。

“你奶奶的！你自己的人收了老子钱，我能便宜她？”张大胡子红着脸，捡了根棍子冲上去。他原本以为那一酒瓶是要去夯他的女婿，不多注意，没想那酒瓶拐了个弯落在自己身上。张大胡子越想越生气，找棍子的时候，他特意从柴堆中间抽了根最粗实的。

看着真要打起来，旁观的人也赶紧上来拉架了，单是张斜眼的男人站在原地不动，他不清楚该上去帮忙，还是上去拉架。

王小红喝得烂醉，她摇摇晃晃站到墙根角，靠在墙上问:“咋回事？咋打上啦？”身子一软，倒在地上了。

被拉开的张大胡子和大猩猩听见王小红说话，还了得，他们仿佛找到了罪恶的源头，约好似的一起跑到墙角，朝王小红身上狠狠踢了一脚。

“我的婆娘，何时轮到你来踢？”大猩猩抬起一脚就把张大胡子踢翻在地，并且朝他脸上吐了一泡口水。这时候瘦猴子上来劝架，手里拿着一瓶酒。他是准备来敬酒的，不想酒瓶被大猩猩一把夺去了。大猩猩举高了酒瓶，趁瘦猴子拉架不及，一瓶子夯下去，没砸在张大胡子身上，倒砸在王小红身上了。王小红“哎哟”一声，手上瞬间流出一股鲜血，她的手指被砸破了。大猩猩被王小红手上的血惊醒了，赶紧蹲下去抱起王小红就朝家里跑。

“你这个害人精！臭婆娘！看你还乱来……”大猩猩虽然在咒骂，说话的语气却藏着无限慌张。

张大胡子也折腾够了，从地上灰扑扑地爬起来，垂头丧气地蹲在桌子边，活像一只没捞着骨头的老狗。

桌上的饭菜有的被吃光，有的被掀翻，没掀翻的，已经被泥沙撒了一盘子。人们看够了打架，自主地前来帮忙收拾桌子。

“没关系，酒倒发财，是好事。吵架打架是喝多了的事情，不作数的。

以后好好过日子吧。”人们走到张斜眼面前这样劝她。张斜眼始终不清楚是怎么回事，当然，她也相信酒倒发财。

“走，回去吧。”张斜眼拽了拽新郎的衣角。

新郎望了老丈人一眼，不敢说话，低头跟张斜眼进了屋。

几个妇人聚在一起叽叽咕咕说话，盆子里的碗洗得咣当当响。她们的脸上充满了喜悦，这一场闹剧足够她们讨论半年了。

A5：张大胡子的风流事

冬天的第一场雪来了。张大胡子在这个时候突然讲究起来，特意去买了一只黄色的不精致的果盘，那果盘若不是荷叶边，倒过来便可作头盔戴。

张斜眼出嫁以后，张大胡子就轻松了许多，人也变得年轻起来。虽说上次关于王小红的事情让他很恼火，但事情过去半个月，再想起来也无所谓了。

大猩猩也看淡了许多事。听说他又在司徒镇相中一个叫秋梅的妓女，一家小妓院的头牌。大猩猩一个月的工资有一半去了秋梅的钱包。像这种事情，他张大胡子就不稀罕做，他怕染上什么病。所以当大猩猩去司徒镇的时候，张大胡子就跑去敲大猩猩的门。他觉得就算是找妓女，也要找王小红这样的。虽然她也偷偷摸摸做了不少生意，但比起妓院还是少很多了。况且在砖厂，哪个客人是阔气的？他们不是赊账就是要赖皮，张大胡子觉得自己既不赊账也不要赖皮，人品很好。他敢肯定王小红最喜欢招呼他。

可是王小红涨价了，之前一碗面也能交易的事情，现在涨到五十元。张大胡子一个多月没去找王小红。不是嫌价钱贵，而是他看中了别人。那个人就是黄静静。实际上，自从黄静静来到砖瓦厂，他就像丢了魂一样，天天做梦不是梦见黄静静冲他笑，就是与他轻言细语说话，可是醒来，黄静静对他态度冷淡，有时在路上遇见连招呼都会省去。

这一晚，因为下雪的缘故，张大胡子总也睡不着觉，他几次想去老婆的房间，但是想一想那张黄脸和缺了门牙的嘴，他就泄了气。很久以前，他和老婆亲嘴，总是担心把她的另一颗门牙亲掉。

张大胡子躺在床头，回想着电视剧里的那些男人和女人亲嘴的场景，他们的嘴唇刚刚靠拢，音乐就响起来了。要是春天，蝴蝶就落在了花瓣上；要是夏天，河面就多了一艘小船。总之，剧中人亲吻的背景切换得恰到好处。张大胡子每次想到这些场景都要忍不住摸一摸嘴唇，然后感到一阵伤心。

砖瓦厂的狗叫了起来，张大胡子披了衣裳出门查看。雪地里什么也没有。狗可能听见场地上拉砖的工人在讲话，胡乱吠了几声。

“狗日的狗！”张大胡子骂了一句，抖一抖衣裳往回走。路过黄静静门前，眼睛落在了黄静静的窗户上，脚也停在原地不动了。

黑漆漆的窗户什么也看不清，张大胡子轻手轻脚靠近窗户，像一只偷鸡的黄鼠狼把眼睛贴近了窗户上的一个小眼。这个破开的小眼是他早在白天就注意到的。屋内没有开灯，一片漆黑。黄静静的鼾声隐隐约约传进了他的耳朵。张大胡子听着这鼾声，心内一阵慌乱，也不知为什么感到慌乱，他干脆蹲在窗下认真听起鼾声来。

张大胡子蹲在窗下半个钟头了，脚有些发酸。其间，黄静静说了两次梦话，咳嗽一声，放了一个响屁。如果是白天，女人放屁是要被张大胡子笑死的。但如果是长得好看的女人放屁，那倒无所谓，他可以允许她再放一个。

刚刚叫唤的那只狗来看张大胡子了，它不费什么力气就跳过那道小沟，直冲冲来到窗下，往张大胡子腿上蹭了又蹭。张大胡子很担心狗蹭腿的声音吵醒黄静静，他张大嘴巴，恨不得咬狗一口。

冷飕飕的风吹在张大胡子的脸上，他终于想站起来回房。但是，方才离去的那只狗又颠颠颠地跑了回来，看那副狗样，大概是自己的狗窝被别的狗霸占，在四处找暖和点的地方过夜。

“滚你妈开点！”张大胡子轻声却带着怒气咒骂。

狗摇晃着尾巴去蹭黄静静的门。张大胡子刚想喝止，门却开了一条缝，那缝不大不小，刚好塞进一只狗的身子。

黄静静忘记插门了。

狗还没来得及跨进屋，张大胡子伸手拍了一下狗屁股，揪着它的尾巴将它拖出来。

黄静静惊醒过来，但是，她的意识还是朦胧的，并不知道门已经开了一条缝。模模糊糊中，黄静静看见一只扁长的矮影子一闪就不见了，接着走进来一个高大的黑影，看不清面目，她以为见鬼了，吓得发不出声音。

影子径直走到黄静静床前，恰好，那床前摆着一根木凳，影子如魂魄般轻巧地落在了木凳上。同一时间，一只手伸了过来，穿过床前挂着的一面薄纱帘子，那只手冰冷地落在黄静静的手上。黄静静打了一个寒战，那仿佛来自地狱的冷手刚一碰到她的手腕，她的声音就响了起来。

“哪个？！”她厉声问。

影子不说话，只听他窸窸窣窣地往身上掏着什么东西。

“哪个？”黄静静又问了一声。

“嘘！”影子示意黄静静不要大声说话。

“你他妈哪个？”黄静静发火了。她的手往床里边摸着东西。她平时织毛衣的针就放在一只纸盒子里，那盒子一向放在床头。

“——小声点。我。”

“张大胡子？”黄静静腾地坐起来，一支毛线针握在她颤抖的手里，针尖的一头对准了张大胡子。

“是是是我……是我。”张大胡子颤声回答。

“是是是你妈个头！你给我爬出去！”

黄静静气得想哭。她没想到平时读到的书中的故事居然现场发生了。就在上个月，她还看了一篇关于一个采花大盗摸进一个叫白小小的房间里的故事。当时白小小给了那个采花大盗一脚狠的，踢在色鬼的下身，那采花大盗惨叫着跳窗而去。那故事差不多让她笑了半个月。现在这故事发生在自己身上，她笑不出来了。

张大胡子并没有起身离开，他继续抖虱子般在身上掏东西。

“出去！”黄静静几乎要跳起来踹他，但是碍于房子后面是另一家人，怕丢了脸面，她压低了嗓门。她与后面的这家人只隔着一道两米不到的砖墙。

张大胡子忽然伸出一只手，把一样什么东西丢到黄静静的床上来。黄静静伸手一摸，是一张纸币，不清楚多少面值。但是不管多少面值，张大胡子是把黄静静当成妓女对待了。黄静静气得想发疯，她举起毛线针就往张大胡子的身上戳了几下。

“你给我爬出去！”

张大胡子不说话，也不走，他以为是钱少的缘故，只听“哗啦”一响，他又从口袋里摸出一张纸币丢到床上来。他见黄静静依旧没有反应，以为还是钱少的缘故，接下来，张大胡子就一直在“哗啦哗啦”抽着他的票子。当然不是一直哗啦个不停。抽到第五张的时候，停了。

他自己肯定是知道票子的面值，但是黄静静不知道。

“你出不出去？”黄静静懒得去管那几张票子，一把将它们扫到床下。

黄静静做梦也没想到，在砖瓦厂充当采花大盗的会是一个不穿内裤的糟老头子。是她最不想接触的人。

张大胡子的手又伸来了，这次不是拿钱，他是来捉黄静静的手。他认为有那几张票子开路，黄静静一定是在表演半推半就的戏，王小红当初不就是这样的吗？他的胆子越发大起来，有钱开路，他的手就变得邪恶而淫荡，当他再次触到黄静静的手时，那勇气就是山大王的勇气了。

“你咋想的？”张大胡子黏稠地说出这句话。

“我只问你出不出去？”黄静静压着怒火又重复一遍。她抽回自己的手。

“你看你，咋这样呢。”张大胡子男性的撒娇声音从喉咙里曲折地飘出来，他的身子扭摆了两下。

“爬出去！”黄静静这回声音挺大，她豁出去了，什么名声不名声也不在乎。她想，张大胡子的钱都丢到床上来了，肉体不被玷污，精神和自尊心也已被玷污，既然这样，还有什么好顾忌的。

“嘘——”张大胡子再次惊慌地发出信号。

“嘘你二爷！滚出去！”黄静静发了威风，她此刻就像女侠般站在床头，左手叉腰，右手一挥，指着门。

“你看你，咋还发火了呢？”张大胡子死乞白赖，他准备继续耗下去。

“你再不出去，我就拉灯了！”黄静静并不想拉亮电灯，她不想看见张大胡子的龌龊样。

张大胡子没有动。

丢开毛线针，黄静静挑开帘子，往床头的灯线靠过去。

张大胡子这才感到黄静静不是和他开玩笑，就在黄静静靠拢灯线的一瞬，他插了翅膀一般飞出去。飞得太急，凳子都踢翻了。

黄静静在明亮的灯光下垂头丧气，又是气愤，又是耻辱。她低头一看，张大胡子窸窸窣窣掏出来的票子正躺在地上，五张都是十元面值的。

“呸！难怪掏得那样大方！”黄静静暗骂。

门半开着，那只跑远的狗又重新跑进黄静静的房里。门外风雪太紧，它冻得呜呜直叫。

张大胡子在飞出门时拐了个弯，没有直接飞回自己的窝，他立在公路上动也不动。他感到害怕，但又心疼那五十块钱。

“这算咋回事？”他懊恼极了。

正当他追恨的时候，黄静静来了。她屋里的灯光照在她的后背上。张大胡子看到她气呼呼的脸，不由自主退后两步。

“你的钱，拿走！”黄静静将钱摔在雪地上，没有直接递到张大胡子手中。

“算算了……钱不要了……求你不要说出去……”张大胡子面红耳赤。

“说出去？你想得美！”黄静静扭身就走。

张大胡子待在原地，望着地上的五十块钱。他感到一阵难过，他感到很难过，他觉得今晚再也睡不着了。他弯腰把粘在雪地上的钱一张一张捡起来，朝王小红的房间走去。

B3:站着睡觉的人

砖厂的女人黑不溜秋，和男人一样，有粗糙的外表，也有吃苦的品性。因为这样，我站在她们面前就是一根豆芽菜，这使得她们十分同情我，并且好心好意地支招：

“冉姑娘，你得多吃点猪脚，猪腿什么的，没听过吗？吃哪儿补哪儿。我看你这腿脚太细。”

在她们看来，我这身板是不合格的。农村人，尤其是干砖厂的女人，就要长得壮硕，魁梧，往男人身前一站也要将他们比下去，那将是最大的自豪。

我不愿意胖起来。我曾经胖过。我胖的时候从不敢照镜子，怕看到自己肥圆的屁股，赘肉堆积的腰，胳肢窝里鼓出来的肉。

这群自豪的女人没有我这些顾虑。她们喜欢胖，并且说瘦子是走路的竹竿，没福气，怎么看怎么可笑。

这些身体粗壮的女人，选择的工种和男人差不多，脏，累，但是钱多。当然也有和我一样瘦弱的女人。瘦子是不能和高大的胖子相比的。所以瘦女人选择的工种稍微轻松。她们分配在场地上工作。包工头统一称这种工种为“场地上的”。这个简单得有点白痴的名字会经常在下雨或者晴天由一只喇叭里响起，分两种响法。

第一种：雨天，那广播的声音是急促的，喇叭后面那个“播音员”鬼上身一般惊叫着，他的声音有些娘娘腔：

“场地上的！场地上的！要下雨了！快出来！盖砖！”

第二种：晴天，声音缓慢，好像嘴里含着一片阳光：

“场地上的女工们！大家吃过饭了吧？吃过了就出来晒砖。把各自分管的砖坯统统翻晒一遍，趁着大太阳，抓紧时间晒一晒。晒完该打牌打牌，该睡觉睡觉。谢谢活（合）作。”

但是现在是冬天了，下雪，雪刚刚融化一点，远处尚有积冰。喇叭里这样的声音听不到了。也就是说，冬天是女人可以偷闲的季节。用砖厂男人的口气说：“这帮婆娘到了冬天都是一群吃闲饭的货。”

也有不吃闲饭的，冬天女人的活少，但绝非无事可做。比如在夏天库存的砖，男人们会在这个季节打开库门运走它们，这样一来，装架子车时碰坏的砖块就需要清理；场地上架子车通行的小道被烂砖堵住，也需要清理；湿坯车间制半成品的、抬板的工作更需要女工去操作；库存的砖腾出来之后，又会运一些湿坯放到烘干房，再运往库房里备用，这一来回的折腾，又会损坏一些。所有的这些杂事都离不开人手。

冬天闲下来的一群人，都是结了婚的妇人，她们不担心吃老本。像张芬芬这样会过日子的人，她就得一年四季忙到头，让她整个冬天歇下来，她会不习惯。包工头倒是很愿意做她的“饭票”，让她去砖厂的工头食堂里免费用餐。可是张芬芬拒绝了。

瘦猴子在这个冬天病得不轻，好几回我路过他的窗前都听见他在呻吟，但是一到上班时间，他又从门洞里低身出来，搭一条拉砖的肩带，穿一双高帮胶鞋，慢腾腾朝场地上走去。他已经调去拉干坯了。窑洞里的温度烤得他受不住。他的胸口受不住。

“你不晓得，瘦猴子上个月昏倒在场地上。当时正拉着架子车，那车子的杆子把他挑起来摔在地上。包工头让他回家养病，他不听。”有一天，张芬芬哀愁地跟我说。我不知道怎样去安慰她。

两个月来，我犯了失眠，起先是因为扫场地的老杨家的狗翻我的窗户，吵得我睡不着觉。我的窗户矮趴趴的，狗稍稍直一直身子就能够着。老杨的狗年岁不小了，走路好像要栽倒，它所剩下的唯一本领就是翻翻窗户。这大概是一只暮年的狗最后的乐趣，他要是个人，一定会得到许多同情。可它不是人。

它的乐趣是建立在我的痛苦之上的，并且有这种痛苦的还不止我一人。只要它够得着的窗户，它都去翻。有一天我看见张斜眼的男人在一个下午冲进老杨的房间大骂："你的这只老狗可以杀来吃掉了！一到晚上它就在老子的窗上'咔擦咔擦'磨爪子！烦不烦！"

老杨舍不得杀他的狗，一有人来骂狗，他就替狗赔笑脸，说好话，并且许下承诺，说以后一定加大看管力度。

老杨是个天生的好人，一辈子没有娶到老婆，但他有一个从垃圾堆旁边捡来的孩子，那孩子如今九岁，手指残疾。

老杨说到做到，窗户不再有"可卡可卡"的响动，可是狗消停以后，又来了耗子。我照样被吵得睡不稳觉。耗子们不怕灯光，也不怕人声。虽然砖厂里有一只年轻猫咪，但这丝毫无指望，耗子们根本不怕它。愚蠢的猫主人每天把猫喂得胀鼓鼓的。没有天敌的耗子无视我的存在。它们时常嚣张地从砖孔里伸出脑袋和我对望。

长期和耗子对望是一件很无聊的事情，为了打发失眠，我想到了一个办法，那就是去场地上闲逛，反正场地上昼夜有人工作，我不害怕。

连续几个夜晚我都在场地上游逛到深夜两三点钟，有时不小心走到暗处，把拉砖的工友吓一跳。他们将我臭骂一顿。

场地周围都是坟墓，并且在场地的中间也有几座坟墓藏在荒草里。为了不吓着人，我跑去找张芬芬。一个月来她都在上夜班。

张芬芬爱上了瘦猴子，这个我是知道的。虽然她守口如瓶。

可是瘦猴子不知道。他成天在张芬芬面前说他的瘦女人的好，还有他的瘦女人给他生的两个孩子的好，以及他的瘦女人喂的那两头猪的好。

“你说喂个猪有什么稀奇？生孩子谁不会？老娘能生一堆！”张芬芬在我面前赌气说。

张芬芬上夜班也是为了瘦猴子。她跟我说：“要是再摔倒，起码还有人扶他一把。”

她和瘦猴子在一个组工作。她负责装车。瘦猴子负责把装好的砖拉进窑洞里。一车大约一千斤左右。架子车前面有两根扶手，肩带的一头拴在前端，行走时，弯腰，身子前倾，用纤夫的姿势，或者耕牛的姿势。所有拉砖工人的肩头都有绳子勒出来的深深疤痕。

我有时并不走进张芬芬和瘦猴子拉砖的库房，只在远处看他们。

场地上架子车通行的小道应该修理了，但是没有人修理。路面有些小坑，这些小坑在白天不碍事，可以绕开走，在晚上却十分害人，砖车陷进小坑里，要花几倍的力气才能拽出来。有一次我看见瘦猴子的车子陷进去，他是倒退着才拖出来的，脸憋得通红。

这几晚在场地上看到许多人的另一面。比如说风流的大猩猩，他晚上走路和白天走路是两个样。白天，他走路昂首挺胸，两只膀子高抬，左晃右晃，真的有几分猩猩的形态。夜晚，他走路垂头丧气，十分疲惫，当他抽烟的时候，抽到一半，他的两根夹烟的手指失灵了一般，纸烟突然落到地上或者烧着了他的手。

张大胡子到了夜间拉砖的时候才看得出他的背有多驼。当然，在白天，他挺拔如松，走在砖厂女人们的面前一副英气十足的样子。

张芬芬前一天害了一场感冒，没有替瘦猴子装车。所以这天晚上当我再去散步，想顺道看她装车却没遇见。我站在场地上吹冷风，瘦猴子拖了一车砖缓慢地从我身前走过去。没有帮手，他的速度比别人慢了一半。他没有与我打招呼。晚上干活的人不大说话，就算平时话多的张大胡子，也只对我笑了一笑。

“冉姑娘，半夜三更不睡觉跑这里喝风吗？”老杨突然走到我身后，我一扭头，看见他手里拖着一把长扫把。扫把后面尾随着他的老狗。

“睡不着。失眠。”

“失眠？开玩笑吧？我想睡觉没得睡。”

“你的狗就这样牵着？”我转开话题。

“嗨，反正它和你一样，也是睡不着觉的家伙！牵着好，免得它又去翻人家的窗子。”说完，老杨牵着他的狗快快地走了。

我站在暗处，这个角落在白天也是隐蔽的，它的周围是乱蓬蓬的杂树，杂树丛里有一座荒坟。

瘦猴子拖着车子又从我前面走过去，这一回他与我打招呼了。

“咋还不睡觉？晚上风多冷，不怕生病么？”天生一副笑脸的瘦猴子在跟我说这句话时半点笑容也没有。

“看，他第一次没有笑就说话啦！”我像个白痴一样大声地把这个发现说给站在远处的老杨，老杨没有听见，他一个劲地在打扫烂砖。

瘦猴子摇一摇头，拖着他的架子车又去了库房。

我因为睡不着出来瞎逛，结果越逛越睡不着。张芬芬也说，再这样下去，我就要成神仙了——死得硬邦邦的神仙。

大约是三点钟的样子，场地边缘的路灯熄了，场地中间离库房最近的几盏还亮着。

拉砖的人在这个时候越走越慢了。瘦猴子起先拉满满一车，现在只拉半车，并且走路还不如先前快。他半低着头，眼睛半睁半闭，好像一边睡觉一边走路。他的脚没有先前有力，却能稳稳正正走在小道中央。我又望了望他的眼睛，我确定，那双眼根本没有在看路，他是凭着感觉在走路。

路灯下面，那个地方需要拐个弯，瘦猴子的脚停下来，身子往弯道上一扭，身后的架子车也跟着一扭就拐过去了。很快又到了下一个弯口，这时候瘦猴子好像醒了过来，他没有急着转弯，而是左右看了一看，卸下肩带，靠着架子车休息起来。这是我第一次看见他中途歇气。

我想上前跟瘦猴子打个招呼，比如问问他要不要喝水，我可以当个跑腿什么的，反正也是睡不着。老杨的狗比我快，它先一步跑到瘦猴子身边，用抓窗户的爪子在瘦猴子裤脚上来回磨蹭。瘦猴子动也不动，这时候无风，我除了听见一股狗磨裤脚的声音，我还听见了一股鼾声。当我走近，发现瘦猴子靠站在砖车旁睡着了。

我突然想到老杨不会轻易放开他的狗，回头往他扫地的地方看了一眼，他正杵着扫把站在远处，双手握住扫把的杆子，脑袋放在手背上，和瘦猴子一样的姿势。我不敢确定老杨也睡着了，于是悄悄朝他靠近，近了一看，真是睡着了，他的嘴角还滴着梦口水。

老杨站在这头睡觉，瘦猴子站在那头睡觉，我这个失眠的人站在中间，不，还有一只和我一样失眠的狗也站在中间。它蹭不动瘦猴子，跑来和我站在一起。我们睁着大眼对望，它想什么只有它清楚，我想什么也无法说给它听。雪地里一片寒冷，但是瘦猴子和老杨却站在那里呼呼大睡。

“站着也能睡觉？我太佩服你了！”

张大胡子拉着架子车来了，他歪头一看瘦猴子站着睡觉，笑得腰也直不起来了。

瘦猴子被笑醒了，老杨也被笑醒了。我身边的狗见它的主人醒来，又乖乖地跑回去。

“还不回去睡觉？”张大胡子看见我还在场地上瞎逛，睁着他缺乏睡眠的红眼问我。语气有几分赶我回去睡觉的意思。

我绕道去了湿坯车间。那里的灯还亮着两盏。

湿坯车间的后门有个窗口，一直关着，窗户没有遮挡。白天我给张芬芬送开水，就是从那个窗口递进去。

车间里抬板的妇人在打瞌睡，两双眼睛迷迷糊糊。她们没有看见我。车间的输送带上躺着一条长长的砖，它刚刚由湿润的泥巴变成，身上还闪着水汽的光滑，像一条泥做的河水，又像一列缓行的火车，由机器的前端开到抬板妇人的面前。她们的面前是一台切砖的机器，泥砖到了这里变成与切割机相等的长度，机器轻微跳一下，砖块就站到她们身前的板子上来了。

抬板的人分两组，我看到的这两个人在一起抬板已经五年了。此时她们戴着帽子，为了把耳朵捂住，在帽子上又裹了一层头巾；腰间系一条围腰，黑色，乍一看像来自北方农村的妇女，可她们是南方人。被切下来的多余的烂砖在板子的边角站着，站不足一分钟就被后来的烂砖挤到地上一只斗子里去了。休息时，抬板的人就坐在那些烂砖上，将围腰和帽子解下，往砖块上一铺就在上面睡觉了。

这天晚上大概为了赶产量，她们不得休息。我从后窗望进去，看见她们哈欠连天，眼睛偶尔看向斗子里的烂砖。显然她们困极了，两双粘着泥巴的手在默契地工作。现在她们完全是靠着机械的动作来完成抬板的工序。我记得上个月，另一组的妇人就是在打瞌睡的状态下发生了事故，她的一根手指被切砖的铁丝割开了一半，她哭了一个上午，捧着她半残的手指。

两个妇人往门外的天空望了一眼，离天亮越来越近了，她们的脸上闪过一丝欣喜。这时候可能睡意已经过去，她们互相说起闲话来。夜风吹着我身后的树叶沙沙响，我丝毫听不清她们的声音。我的困意上来了。

我退往拉砖的库房看了一眼，老杨好像又睡着了，他像一根人形的竹竿戳在砖道的右侧，他的狗立在他身前，晃着它失眠的尾巴。瘦猴子拉着半车砖在路灯下行走，不，他的身子很低，不像在走，像爬。

回去睡觉的途中，经过库房，我听见瘦猴子的咳嗽声很大，他的胸腔里仿佛装着一面上了年岁的破锣，每当他一使力，或者风从嘴里灌进去，那面破锣就哐哐哐地响起来，并且这响声不像是从胸腔里发出来，好像从高空鸽灰色的云彩上撕扯而来。我停了一下脚步，侧着耳朵听瘦猴子咳嗽。“你是不是想喝点开水？我可以帮你倒。”像这样的话我只在心里想一想，没有转身去问他。

鸡叫了，天快亮了。我料准张芬芬会在这个时候起来给瘦猴子煮点早餐，并且为他准备一杯热茶。我的预料很准，路过张芬芬房前，透过虚掩的窗户，我看见她的屋里点着一支蜡烛，她在烛光下忙碌着。我的脚被什么东西撞了一下，回头一看，是老杨的狗。

老杨肯定又睡着了。

A6：最后的黄昏

瘦猴子彻底躺在床上了，连续五天没有好好吃过一口饭，他感到自己的体内疼痛而冰冷，像被一场暴雨袭击了。快过年了，他已做好准备回老家。

病倒的这几天，他的瘦女人每晚都走进他的梦里，还有他的两个孩子，可当他伸手要抱她们时，瘦女人和孩子不是突然消失，就是隔着一道透明的屏障。瘦猴子心慌不已。

房外还在沙沙下雪，像森林里落叶的响动。瘦猴子准备披衣起床看雪。衣服挂在离他五步远的墙壁上，他不能够着。

“病来如山倒哇！”瘦猴子悲哀地感叹。

“倒不了的。”张芬芬来看他，在门口听到了瘦猴子的话。

“张姐。”

“啥？”张芬芬瞪大了眼睛，她不敢相信瘦猴子这样喊她。她不喜欢这个称呼。

瘦猴子干瘪的笑容粘在他黑瘦的脸上。为了把这个笑容表现得尽量好看些，前几天他还能起床时就对着镜子表演了一番，他发现笑的时候脸上的肌肉幅度拉开一点，那笑容看起来就好看一点，虽说不如病前自然，但至少看得出是在笑；如果笑时幅度收一些，那笑容就是涂在脸上的灰炭。虽然这个比喻不恰当，但他感觉就是。

他看了看张芬芬，为了使她放心他的病，他把镜子中打磨好的最好看的笑容搬来挂在脸上。

“你喊我啥？”张芬芬并不感动他的笑。

“张…… 张姐。”瘦猴子被问得红了脸，他胆怯地又喊了一声，语气慌乱，好像做了什么亏心事。

他确实想到一些过去的事情了。他想起刚来时，张芬芬拿他开玩笑，她说：“来吧，坐到你张姐姐我的身边来，我教你。”她说话的神色，时不时会在他的脑海浮现。

“张姐？”张芬芬将一碗鸡汤摆在桌子上，十分生气，但很快她就调整好情绪。“你该吃饭了。”她平静地说。

“我不想吃。啥也不想吃。”瘦猴子摇着头。

“不想吃也要吃一点，不吃怎会好？人是铁饭是钢。”张芬芬像哄小孩一样劝他。

瘦猴子动也不动，他的意识模糊了，张芬芬在他的眼里变成两个人影，她拿着的那只勺子就像一把钩子一样逐渐放大又突然缩小，最后像一阵烟雾幻化不见了。

“你回去吧。我等下就吃。”瘦猴子忍着痛说。

瘦猴子突然感到对不起张芬芬，在他刚来砖厂时，他最看不起的人就是张芬芬，他把张芬芬拿去和王小红作比较，觉得王小红都比她漂亮。这些以往的心事现在想一想都令他羞耻。张芬芬是个好女人，现在他肯定，这世上除了瘦女人以外，就只有张芬芬最好。

张芬芬看出瘦猴子一脸疲惫，嘱咐了他几句，转身走了出来。路过张大胡子窗前，她停住了脚步，张大胡子的女人正在说她的闲话。她把眼睛贴近窗户的缝隙。

“…… 你不相信么？我真是看出来张婆娘对瘦猴子有意思。”

“哪个张婆娘？”张大胡子掏着烟锅。他嫌纸烟不过瘾，现在改抽草烟了。

“张芬芬呀。”

“去，你自己就是他妈个婆娘，这样称呼别个，多难听呀。”张大胡子打燃火机慢腾腾地点烟。

“我就是看不惯她勾引瘦猴子。”

“奇了怪了！瘦猴子是你的？”张大胡子想笑，他扁着嘴，用烟杆指一指她的门牙。

张芬芬没有容许张大胡子的女人说下去，她故意重重地咳嗽了一声，然后闪身出来，笑眯眯堵住张大胡子的门，望着张大胡子的女人尖声问道：

“我对瘦猴子有没有意思，你有意见吗？你那门牙是嚼舌根嚼掉的吧！”

张大胡子的女人红着脸，她没料到张芬芬就站在窗口偷听。

“哟喂，我还正想找你问话，上次小眼结婚，你在酒席上说的那些话是什么意思？我们家哪个得罪你了？你要那样乱说。”张大胡子的女人找不着话说，又不甘示弱，只好翻旧账。

张芬芬蹬了张大胡子的女人一眼，走了。她没有心情吵架。

“你这张破嘴也该收敛一点。”张大胡子出门来，看看张芬芬走远了，才扭身警告他的女人。

张芬芬闷声回房，她一点说话和做事的心情也没有，倒在床头，望着矮房顶上的石棉瓦发呆。

“大中午，还没睡够哇？”冉姑娘来了，她径直走到张芬芬身边坐下。

张芬芬腾地翻身坐起，摇着冉姑娘的肩膀问：“上次包工头带瘦猴子去医院检查，你也去了，医生到底是怎么说的？”她渴盼的眼神像秋天的阳光，落在冉姑娘脸上。

冉姑娘挣开她的手，避开脸不说话。她不知道怎么把这件事告诉张芬芬。虽然张芬芬并不是瘦猴子的妻子，但是在张芬芬心里，瘦猴子是她的魂。

“你就说吧，我保证能撑住。什么结果我都能接受。”为了让冉姑娘相信她的话，她又说，“反正我又不是他的婆娘。我们只是朋友。我问一问，只是为了表示一下对朋友的关心，你说吧。”

冉姑娘实在不想再瞒下去。明天瘦猴子就要走了，难道真要到走的时候才跟她说吗？想想就觉得残忍。冉姑娘轻轻咳嗽一声，这一声咳嗽，一是给自己镇定，二是让张芬芬做好心理准备。

“说吧。”张芬芬捋了捋头发。

“是肝癌……晚期。”

“啥？”

“肝癌。晚期。”

“啥！”张芬芬带着哭腔。

“医生说，非常严重，最多只有一个月……”冉姑娘说着，从口袋里掏出一张车票，“这个，是包工头今天给他买的车票，让我转交给瘦猴子。”

“你去司徒镇了？”张芬芬故作镇定。

“是。去买油。”

“包工头呢？我去问他仔细。你肯定在跟我开玩笑！”张芬芬慌张着站起来，但是她根本就站不稳，一下又瘫坐在床上。

“包工头还在司徒镇呢，带着一个女的。他今晚不会回来了。他说明天黄昏之前赶回来送瘦猴子上车。”冉姑娘看张芬芬不说话，也想着让她先平静平静，于是举着那张车票说，“我先拿去给他。”

“别！”张芬芬一把拽住冉姑娘，轻声说，“别让他晓得病情。就说包工头想让他提前回去过年。反正他也想回去过年了。”张芬芬的眼泪出来了。

“他早就晓得自己的病情。”

“什么？他怎么没跟我说……”张芬芬失魂落魄，手在床单上揪来揪去，把毯子上的花也揉皱了。

冉姑娘出去了。

张芬芬又躺回床上，这回比先前更无精打采。她摸来一瓶酒，独自喝起来。

“医生说，最多只有一个月。”这句话反复飘荡在张芬芬的脑海里。

“全世界的人都晓得你快要走了，你也晓得你快要走了，就我啥狗屁也不晓得！可笑不可笑！”张芬芬摇摇晃晃地站起来，提着酒瓶，像疯子一样对着门板上悬着的照妖镜说话。她喝了酒，反而有了站起来的力气。

“张芬芬，你喝多了。”张大胡子坐在自家门口抽烟，他听见张芬芬在说话，跑来一看，果然，这个喝急酒的人已经醉深了。他大步上前，想要抢掉她手中的酒瓶。

“走你的远点！”她将酒瓶子举起来，想要砸张大胡子的脸，可是她无法对准张大胡子的脸。她现在看到的张大胡子至少有五张不同面色的脸。

张大胡子没有生气，上前一把抢了瓶子。张芬芬失去重心，摔倒在地。

瘦猴子听见了张芬芬的闹声，猜出她一定喝了不少酒，他想起来看看，但是无法起身。瘦猴子接了那张火车票就把冉姑娘赶走了。这个房间空荡荡的，如果不是张芬芬在外面吵闹，他以为自己已经躺在坟墓里，与人间不生关系了。去医院回来已经十五天，病倒了五天，他已经五天没有真正见过外面的天色了，虽然房梁的砖孔里偶尔会飘进来几束散碎的冬天的阳光，也无法令他病态的心感到一丝活力。现在，他所剩下的精力是用来怀念以往生活的。只有回想过去才能使他感到自己还活着。他还记得自己拉砖的路，那条路要走一千五百步，其中，从库房到场地是七百三十五步，从场地再到窑洞是七百六十五步。这些路他都用步子去计量。那条道上有十五处小坑，能绕开的五个，不能绕开的十个，十个中有八个会卡住架子车的轮子，要半弯着腰，前后倒一倒，才能将车轮子从坑子里拽出来。现在他回味着这些艰苦的过往也不感到艰难，他想再拉一回砖，多挣一块钱。他想起张芬芬以前问他，人死后还会不会牵挂阳间。他当时听来只觉得好笑，现在想来却十分难过。

“你又喝酒干啥？”

瘦猴子听到是冉姑娘的声音，他放了一点心。有冉姑娘照顾，张芬芬不会出什么事。

瘦猴子躺在床上，他想，如果自己真死了，魂魄是不是还有机会来砖厂看一看，如果阴间也有火车，那火车是不是也要收票钱？比阳间便宜一些还是贵一些？阳间的路费可真是太贵了。骗子也多。刚出来时，他在车站遇着一个卖橘子的青年，一斤橘子收了他五十块钱。他当然不想给，可是那卖橘子的青年秤杆一挥，四五个大汉忽然跳出来团团将他围住，他只好憋屈地买下那些橘子。那是他这辈子买的最贵的橘子，吃起来酸得掉牙，还有一半是烂的。阴间的鬼大概不能出来做生意了，只能搭伙帮人推磨挣点小钱，而且这小钱怕是不容易挣，不然阳间的人不会每年清明还要送些钱币下去。听说鬼只是一丝魂魄，那魂魄不需要房子来住。这样想来，阴间大概是没有工厂可进，也没有房子可居，像砖瓦厂这样的地方，大概只有阳间才有。

他手里握着包工头买的火车票，眼泪忍不住落了下来。这是他第一次掉眼泪。不知道为什么，他感觉自己一辈子没有好好落过泪，心里亏得慌。当时，他的女人生病，他的牛被牵走，他被包工头租到这里干活，他都忍住了眼泪。但是现在他十分想落泪。为了不让门外的人听见他的啜泣声，他将被子拉来蒙住脑袋。

瘦猴子终于流足了眼泪，被褥湿了一片，他用旧衣服去擦。

黄昏过后，张芬芬周身染着泥灰躺在床上，酒醒了一半。她爬起来找水喝，走路还晃晃悠悠，但是意识清晰。她不敢去看瘦猴子，往窗前站了一下，又折身坐回床边。

这个下午来看瘦猴子的人比司徒镇赶街的人还多，他们的脸上统一带着笑容，让人以为春天来了。他们就像花瓣一样飘进瘦猴子的房间。

“可是感觉要好些了？”一位年长的妇人笑眯眯地问。

“吴姐，你坐。我感觉好些了。”瘦猴子艰难地说。

妇人看瘦猴子眼圈发红，嘴唇干紫，伸手摸了摸他的额头：“哎呀，这样热，得吃点退烧药。”

“习惯了。经常这样热，现在不热还觉得不正常。吴姐你坐。”

妇人没有坐，她七弯八拐说一些注意休息，回去路上小心，天气凉了多加一件衣服，钱要放在稳妥的地方等等之类的话，然后告辞离开。妇人回到家立马烧水洗手，用香皂反复搓洗，好像她刚才碰了什么不该碰的东西。

其余的人也差不多与那妇人一样，琐碎地安慰了瘦猴子一番，当然，他们不是说完这些话立刻就走，而是慷慨地留下一些钱，说是给瘦猴子在车上买东西吃。来看瘦猴子的人当中，属老杨最真挚，他说着说着两眼就泛起了泪花。

老杨离开后，老杨的狗迈着拖沓的步子也来到瘦猴子的房间，它慢悠悠地晃着尾巴，两只无神的老眼盯着瘦猴子一眨不眨。它似乎也想表示点什么。

“你想讨点饭吃是不是？可惜我五六天没有好好吃饭了，没有剩饭给你吃。出去吧。”瘦猴子望着老狗，和气地摆着手。

狗大约听懂了他的话，呜呜哼了两声，跑了出去。

瘦猴子的房间又恢复到先前的冷清。

张芬芬始终没有勇气去看瘦猴子，她坐在床边一动不动。

天黑了，瘦猴子在房里“哎哟”了一声，声音并不大，中间隔着张大胡子一家，张芬芬还是将这声音听得清清楚楚。她生了翅膀似的飞到瘦猴子门前，一把推开门。

“咋啦？”她喘着粗气问。

瘦猴子半躺在床边，脸青面黑。他从床上摔下来了。

“没事。”他简短地回答张芬芬的话。他左手紧紧托住胸口，好像不这样托着，胸腔里的器官就要坠到肚里去。

“是不是很难受？”张芬芬这样问着，心里却在骂自己白痴。痛是明摆着的事情。

“不很痛。”瘦猴子在张芬芬的搀扶下又坐回床上。被子潮湿，有砖灰的味道，也有一股霉味。张芬芬往瘦猴子身上搭了一件衣服，再将有些阴湿的被子盖在他身上。

“你下床干啥？”张芬芬问。

“想去场地上看看强娃子，他说去找包工头结账，明天好走。他去了半天没见回来。”

“包工头在镇上，明天才回来。强娃子在大猩猩家喝酒。你就安心躺着吧，明天包工头肯定会主动来找你们的。你们这一去，也不晓得多久才……”张芬芬一说到明天的事情，眼泪就要忍不住，话也说不下去了。

“我们那里有草药，说不定回去喝两碗药汤就好了。等病好了，我还来砖厂做活。”瘦猴子安慰张芬芬。

“你吃点啥？我去给你煮。”

“不了。我一点胃口也没有。现在就是不吃东西，胃也撑得慌。”他痛苦的神色无法掩饰。现在，他只感觉自己是不需要吃饭，不需要上厕所，不需要睡觉和走路的人。

“外面还在下雪吗？”瘦猴子问。

“下。”

“下得大吗？”

“大。”

“你回去吧。我躺一会儿。”瘦猴子想一个人静一静。这是他其中的一个理由，实际上，他是不想看到张芬芬难过的样子。

张芬芬出去以后，瘦猴子就昏迷了，等他从昏迷中醒来，老杨的狗正在门前“可卡可卡”抓他的窗户，这声音正是将他从昏迷中牵出来的引子。他轻微松开托着胸口的手，清了清嗓子，准备跟狗说点啥。

“你又犯老毛病啦！”

老杨在门口将狗大声喝回去了，他怕吵着瘦猴子睡觉。

屋里一派安静了，现在听来，除了风声就是人们熟睡的鼾声。张大胡子的呼噜声就像两只猪在打架，哼儿哼儿，从砖墙的细缝里飘进瘦猴子的房间。瘦猴子并不讨厌这鼾声，现在，他十分喜爱听这鼾声。“我快要死了，这大概是最后要听的声音了吧？千万不要死在路上。我得回去见见她们。”瘦猴子在心里祈祷，他也不知具体应该向谁祈祷，他只在心里尊它们是“神灵”。他喊着“神灵”说出了自己的请求。

后半夜了。瘦猴子躺在床上睡不着。他从床板下的窝洞里摸出一沓东西，这是这几个月他挣来的钱。除了最后一个月的钱和年终的少量奖金还在包工头手里外，其余的工资全在这里了。瘦猴子稳稳地握住这些钱，好像握住了他最后这几个月的命，耗掉的日子是无法握住的，但是一天天挣来的钱却真真地握在手里，这让瘦猴子感到踏实，也十分激动。这些钱他一分也不舍得用，虽然医生建议用药可以减轻他的疼痛，如果运气够好，可能还会延长他的生命。但是医生用到“延长”两个字，使他感觉很悲哀。“这不是拿用命换来的钱去换命吗？反正也是换不回来了。”瘦猴子这样一想，他更是不想花掉这些钱。这些钱抽掉一张，就等于把他之前度过的日子销毁了一点，瘦猴子越想越不划算，反正也是治不好，多活那么一两天也无多大意思，不如留点钱给儿女。瘦猴子将钱又放回床板下。

门外的雪下得平静，瘦猴子半睁半闭着眼，似睡非睡。

次日黄昏，瘦猴子被他的弟弟强娃子搀扶着走出砖厂。包工头一早结完工钱后去了市区，他没有亲自送瘦猴子上车，听说要为明年的合同奔走一下。砖瓦厂的工友送瘦猴子到半途才折回去。张芬芬和冉姑娘执意要送到司徒镇。

司徒镇的黄昏冷冷清清，昨夜新下的雪还完整地铺在地面上——除了行人和车辆经过的地方留下了印子。

张芬芬跟在瘦猴子身后，一路上什么话也说不出。前些日子她亲手做的一双手套昨夜终于完工，现在这双手套正躺在她的衣袋里，她很纠结，不知要不要拿出来给瘦猴子。

强娃子和冉姑娘去买吃的了，张芬芬怏怏从衣兜里掏出手套。她打定主意把手套送给他，就算……她不敢往下想。她希望瘦猴子会好起来，就像他自己说的那样，兴许喝两碗药汤就好了。

瘦猴子接过手套，握在手中看了又看，突然又转手还给张芬芬。他说：“你送给我，我也带不走它，还是不要白白糟蹋它了。你是个能过日子的好人，这手套你留着。这边天冷。”

张芬芬的泪水喷涌而出。

瘦猴子站在街口，这是当初他刚来司徒镇站过的地方，不同的是，那时是早上，而现在是黄昏。他还清楚地记得那个早上的事情，包工头领着他，在对面的一家面馆吃了一碗炸酱面，他们喝了几盅自带的白酒。因为喝醉，包工头与面馆老板吵了几句嘴，险些打起来。现在那面馆还在，瘦猴子抬眼就望见面馆门墙上的招牌。

“饿吗？我请你吃一碗面吧？”瘦猴子说。

张芬芬点了点头。现在，瘦猴子说任何事情她都会同意。可是他们还没有走到面馆，瘦猴子就昏倒了。张芬芬一边摇着瘦猴子的肩膀，一边大喊救命，声音就像洪水一样撞开了这个冷寂的黄昏街头。街面上围了一些看热闹的人。

躺在地上的瘦猴子动弹不得，他的体温好像要消失了，眼神涣散。

“走开走开！”强娃子从远处奔来，手里提着的东西也丢掉了，冉姑娘在背后一路捡了跟着跑。强娃子冲开人群，俯身抱住瘦猴子。

“你不能死在外地啊！哥……”强娃子张大嘴巴，喘着粗气。

瘦猴子抖动了一下身子，仿佛只是受了一场风寒，他打了一个喷嚏，神智又清醒了。

“看来这碗面要欠到下辈子了。”瘦猴子无奈地说。

“啥？”看到瘦猴子醒过来，强娃子放心了一点。

瘦猴子和张芬芬都没有解释这碗面的事情。这是他们共同的秘密了。

车来了，就像所有的人一样，车没来之前，他们想着各种各样的道别话，可是车子一来，所有想好的话只是野草般缠在各自心里，实际上说出来的，只是世上所有分别者惯用的最最普通的道别话。瘦猴子和张芬芬也不例外。

“路上小心。”

“好。”

“你也保重。”

“好——”

瘦猴子没多久便死在了乡下家中。他在砖瓦厂暂住过的房间一直空着。没有人愿意住进这个房间。他们说瘦猴子的房间闹鬼，说瘦猴子走时说过，死后如果真有魂灵，他就时不时飘回来看看。他们认定瘦猴子的魂灵真的来了，并且就在他生前居住的矮房里。

以往王小红经常一个人在场地上闲逛，可是确定瘦猴子死后她就不逛了，就算逛，她也不会逗留太晚。听场地上的老杨说，瘦猴子的魂大概经常在场地上拉砖，有一天晚上，他的狗在瘦猴子用过的架子车上翻来跳去，从架子车上摔下来，栽进一条泥沟，死了。“你说一条泥沟能摔死狗吗？不可能！肯定是瘦猴子看这狗活得十分遭罪，把它领走了。说来也可怜，他难道不晓得，鬼魂给阳间拉砖是得不到工钱的吗？看来这都是命，一个人活着是苦命，做了鬼也是苦命。我将来要是死了，我就在阴间做个酒鬼，把阳间的苦累全都忘掉，不然像这样的冷天，活人都睡觉了，死人还在扫场地！”王小红一想到老杨说的话就要打寒战。现在虽然是春天了，天气逐渐转暖，晚上可以四处走走，但是王小红戒除了这份兴致。

张芬芬搬去住在了瘦猴子的房间。她从前非常怕鬼，现在却希望见到鬼。可惜她什么也没看见。在瘦猴子的房间，她时常哼唱一支曲子，那是以前在什么地方学来的极其悲伤的曲调。这调子原本已经忘记，后来不知怎么又突然想起来了。

“你要觉着好听，就出来跟我说一声。”张芬芬每晚入睡前都要说上这样一番话，好像真是在跟什么人讲话。讲完这些话，她就开始哼曲。砖厂的人听着这曲子悲伤，先是跟着落泪，后来他们烦躁了，当这曲子再响起时，他们就拿东西敲墙，表示不满。

有很长一段时间，砖厂里的土墙因被人不断敲击，总是簌簌落灰，就像在下一场干巴巴的雨。

鱼在岸

夜色降下来，工棚里没有灯火，雨点敲在棚顶。这个叫少富的死者，没有一个守夜人为他把守。好在山间没有野兽，他除了孤独一点倒没什么可担心的，哦不，他已经不知道孤独是什么滋味。一切都结束了。

这样的冷雨夜，连夜鸟也不吱一声。像这样安静的时刻，如果他活着，一定是过不惯的。他生前最爱热闹。

他结婚那天最热闹。这事情又要从头说起。

迎接新娘子那天早上——天麻麻亮——他母亲拿来新衣裳，靠在门边说："我活到这把年纪总算等到你结婚了，快快穿上它，大红的衣裳，喜气。你看我也穿得新崭崭的。今天所有亲戚朋友都会来。你三个姨妈，两个舅舅，五个表叔，他们都会来。要是你外公外婆还活着，他们也会来。你看看，今天可是你的大日子呀……"

"妈，你起得太早啦。接亲还早哩。"少富说。

"你快些穿上。"老妇人催促。

天大亮时，人们准备去接新娘了。少富已穿戴整齐。

"少富，你要是到街上化个新郎妆，往脸上抹点白灰啥的，肯定好看。你这皮肤稍嫌黑了点。"人们接了少富的喜烟，不得不夸赞几句。

"黑才值钱，你看那黑毛猪，肉香！"他不好意思告诉别个，为了这大喜的日子，他头一天晚上就烧了一锅热水，把周身洗得干干净净，尤其是脸，还特意端了镜子照着洗。

“不管黑还是白，今天是人家的好日子。不要胡说。”一个老者慢悠悠地打着圆场。他是村中的长辈，人人都得给他几分面子。

少富得到老者解围，特意过去敬了一杯酒。

天不作美，突然下起一阵小雨。新娘子还在路上。少富立在门前显得有点尴尬，也有点着急。他抬眼望了一下天空，又无奈地看了他母亲一眼，他母亲也正在看他。母子俩对望了一会儿，不知道说什么好。

按照村里的说法，结婚下雨，证明这家人小气。

“来，喝老酒。”少富搬出早前买来的瓶装酒。这举动好像是特意为了证明自己不小气，要大大方方招待客人。

等他们喝下几杯老酒后，雨停了，新娘子也来了。她是骑着一匹瘦马来的。

新娘子比新郎个头高。顶着一块红色盖头，人们看不见她的脸。可是看不见新娘的脸他们也知道这新娘长什么模样。她身材肥胖，皮肤不白，患有多年难治的鼻炎。她叫银子。此刻银子从马背上下来，脚还没沾地直接就被新郎接住了。少富抱她进门时，险些绊个跟头。

“哈哈，银子太重！抱不动。”年轻的客人打趣地说。

“感谢感谢，银子抱不动才好。大吉大利。”少富的母亲千恩万谢地望着那群年轻人。

银子是村中最肥的姑娘，性格外向，虽然笑容不多，姿色平平，但见人就打招呼，很讨人喜欢，主要讨少富喜欢。少富的母亲也喜欢，因为这个肥姑娘叫银子。银子，一听就很贵气。

婚后的少富换了个人似的，精神抖擞，脸上的笑容幅度拉得更大。他没出去做工。他平常是要出去做工的，以他现在的家底，还不到享清闲的时候，他母亲也不允许他待在家中。她相信算命先生说的话，少富的财运在外边，在家永远挣不着钱。

少富只读了三年书就出外做工了。当时，他十一岁，在一家修路的工地上当童工，专门负责挖炮眼。这算是最轻巧的活。挖炮眼那段日子，他连做梦也在喊“放炮了快跑”。

后来他改行了。他是进了一次工地厨房后决定改行的，那些蔬菜吸引了他。厨子可以事先品尝菜肴，这让他很高兴。那时他已经十六岁，是个年轻的厨子。他吃得很胖，下巴上堆着一圈肉，肚子凸得老高。

“家中的伙食跟外面比，是差很多。”他只敢私下里跟母亲这样说。婚后的这段时间，他没出去做工，因为母亲又请了个算命先生，那先生说，少富婚后两年不用出去干活。他这两年的财运在家里，不在外边。

很快二三个月过去了，少富在家也待得差不多烦腻起来。

“我要是这么一直待在家里，肯定连买盐的钱也没有了。我还是出去做活吧？”少富跟他的母亲和妻子商量。

年轻的女人不好意思表态，她心里当然不愿意和丈夫这么快分开，但她要是照实话说，又怕被耻笑。因此，她只微微笑了一下，什么话也不讲。

“你想出去可以，但算命的说了，这两年的财运不在外边。”母亲表明了态度。

少富立在猪圈旁边，懒散地挥动手臂，指着那两头黑猪说：“小时候见够了猪，就是没吃够猪肉。我这个胃还是靠打零工才得到饱足。那些新鲜菜……现在我不出去做活了……我在家也照样吃饭，但就是感觉吃不饱，吃不到胃里去，胃里一点油水也没有。你们说奇怪不奇怪？”他扭头看向母亲和妻子。

“你这个……这两年你的财运不在外边。”他母亲犹豫着，答非所问。

银子还是没有说话。她只拿了一双温和的眼睛望着少富。她的一双粗手正在学绣鞋垫，那是给少富绣的。她当姑娘的时候可不愿意干这些细活，但现在做了人家的妻子，不绣双鞋垫怕招人闲话。

“要是养猪的话,可以挣到钱吗？”银子终于说话了。说完这句话，立刻将食指放进嘴里。她的手被针扎了一下。

“对呀，养猪。”少富一拍脑门，“我现在就去挖地基，修猪圈。”

少富的母亲笑眯眯地望着银子，那眼神除了赞赏还带点儿别的味道——她平时看到钱的样子——只要银子说养猪挣钱，那肯定挣钱。

他们正在商量建猪圈的事情，少富的父亲从院子背后转出来了。他要是不出来，人们根本想不起世上还有这么一个人。他瘦黑的脸上不带一丝笑意，因为常年生病，腿脚不便，走起路来一阵风就可以把他刮倒的样子。老人性格古怪，喜欢清静，他在后院的杂物间摆了一张床，自己独居在那里。搬去后院的那天，他大声说：“你们谁也不能来打扰我，听清楚了没有？如果我不喊你们，你们就不能来打扰。”他说完这句话就去了后院。他的饭菜是少富和他母亲轮流送过去。母子俩坚持一段时间后，谁也不愿意去了，因为老头脾气大，送早了骂，送晚了也骂。现在是他亲自来取饭,取不着也骂。少富的母亲非常生气，不过她也想通了,“这人年轻时候的好脾气用光了,现在只剩下坏脾气。不过是说话大声一点罢了，有什么关系呢？”她这样安慰自己。再有人问到少富的父亲，她也不那么伤心了，她会笑嘻嘻地说：“那人在后院修道哩。”

现在那老道士来取饭了。她立刻转进厨房，端了一只绿色的瓷碗和一个白瓷盅出来。她将那白瓷盅递上前:“今晚杀鸡,给你留的鸡肝。”

“鸡屁股呢？”老头干巴巴地说。他一辈子就爱吃鸡屁股，如果杀鸡不让他吃着鸡屁股，他是不会承认自己吃了鸡肉的。

“在里面。少富没吃。”银子指着白瓷盅。

老头没看银子。他一转身看见少富从屋檐下取出锄头准备往后院走，张口就骂：“要翻天吗？见着你老子也不打声招呼。结了婚翅膀就硬了！这家还不是你的，老子还没有死！”

银子呆呆地望着老人，大气也不敢出。

“我们想多养几头猪。老爹，你看看哪里可以修猪圈？”少富讨好地笑着。

“噢？这样说来，你是要干正事啰？那就随你的便。不要来烦我。这个家现在不是我的了。”老头提着竹篮走了。

银子和少富的母亲吃惊地望着老头离去的背影，谁也不敢说话。

少富顶着夜色在前院挖地基。他原本想把猪圈修在后院，又怕他父亲不愿意，只好将原先的猪圈往两边扩一扩。

“你老爹脾气不小。他一直是这样吗？”银子站在屋檐下，低声说。

“他年轻时脾气好得很。”少富单手支在猪圈上休息。

“我看不出来。”

“很多事你不知道，”少富停顿一下，想起什么似的，慢声慢气地说，“他现在也是你爹了，不要再‘你老爹’或者‘他他’的，他会不高兴。”

银子没再说话，回房睡觉了。院子里就剩下少富一个人。

月亮出来了，照在地上白亮亮的。晚上空气清新，干活不像白天那么汗流浃背，少富微微抬了一下头，看那月光落在院墙上，院墙上站着一棵孤草，月光把它拉得瘦长瘦长。“银子……”少富受到一股莫名的感动，朝窗口看了一眼，“今晚月亮真圆。九月十五了吗？”他寻思着，再朝那窗口看去，只见灯光暖和地从窗口飘出来。屋里静悄悄的，像从前一样静。银子肯定睡着了。

这时，一只夜鸟落在院墙上，拍着双翅。少富瞟它一眼，抓了一把泥沙将它撵走了。

“跟一只鸟生气吗？没出息。”

是他父亲的声音。

“你来啦？”少富抬起头。

“你这是什么话？对外人才该说‘你来了’。我来帮你铲土。”

父子俩忙活了大半夜，他们很少说话，也不坐下来休息。因为他们的速度相当慢，就像一匹老马和一匹小马在赶夜路，它们走得慢极了。少富偶尔偷偷看一眼父亲。

“你看什么？没见过？”老头撞见了他的目光。

“还确实没见过今晚这样的。”少富感慨地说，那语气温和得像一片飘着的羽毛。

“你是想说我年轻时候懒，不顾家，现在这样吓着你了，是不是？你这样想也对。我就是那样的人。要不然你也不会小小年纪去挖炮眼。我想你心里一定在恨我。”

老头放下铲子坐在泥地上，拍着手上的泥土。他今晚心绪平静，很想谈心。

“老爹，我没有这样想。”少富也坐下来了。他掏出两段纸烟，递了一支给父亲。

“你这样想没什么错。我不怪你。我年轻时候想干的事情可不是养几头猪那么简单。知道吧，我做梦都想干一件大事，赚大钱……那时你妈还没有过门，你外公外婆拐弯抹角说我太穷，担心你妈嫁给我要吃苦。我心里很不服气，时时刻刻想的就一个事情：挣大钱。

“有一年，村里来了个外乡人，他说外面好挣钱，几乎不用什么气力就可以挣到很多钱。我对‘很多钱’是最上心的了。为‘赌一口气’，我和他出去了。说去就去。谁跑来劝我也没用。去了才知道这口气赌岔了，差点悔断我的肠子。知道是干什么吗？”

“不知道。”少富摇头，认真地望着父亲，希望他说下去。这还是他第一次听父亲讲往事。并且这还是他出生之前的事。

“这事除了你妈以外，谁也不知道，你外公外婆爷爷奶奶都不知道。不过他们现在全都不在啦，我稳稳地瞒了他们一辈子。我原本想瞒你一辈子，可是今天晚上我很想说它。”老头有点伤心地望着猪圈，避开少富的目光，颤抖着嘴皮子，终于吐出五个字：“我们偷牛卖。”

“什么？”少富怀疑自己没听清。

“我说，我们偷牛卖。我们到外乡偷牛卖。你可听见了？你老爹我一辈子想干一件大事挣大钱，落到最后成了偷牛的贼，贼！……”他狠狠地说出“贼”字，然后捂住嘴巴。

“难道……难道你……你就不会跑回来吗？”少富结结巴巴的，他心里也分不清是个什么滋味了。

老头冷笑一声：“人生地不熟，身无分文。就是要走回家也要有那走路的力气。你要想走路就得吃饭，不偷牛拿什么吃饭？我告诉你，一文钱逼死英雄汉。那人手下十几个人，你以为说脱身就能脱身吗？后来还是我执意要走，他们没有办法，逼我偷了三次才放我回家。咋样，现在知道你爹当年的穷相，心里不舒服了吧？”

“没……”少富吐出一个字。

“这些都不关乎什么了，最重要的是你今天给我说想养猪的事情，这让我很高兴。年纪去了大半才清楚，人就得脚踏实地，想一口吃成胖子是不可能的。你现在不想那吃吃喝喝的日子了，想干点正事了，我听起来就很舒服。以前看你吃吃喝喝，挣的钱只够填那张嘴巴，我心里就不是味道。但我没脸说你，我自己从前也是这么混日子的。”老头说到这里，又拿起铲子干活了，铲了两铲子，又转头对少富说，“不要怪我对你们发脾气，我这脾气都是空架子。”

少富本来想解释关于养猪的事情，心里反复地冒出一句话——“我只是想吃猪肉，想让家里油水多一点。”——却没敢说出来。他脑子里跑出许多蔬菜瓜果，使他神思飘忽。“土豆炖小鸡……”他想。

他俩一直忙到后半夜才回房睡觉。

少富进屋时，银子已睡醒了一觉。趁她醒着，他说：“我老爹今晚和我说了许多话，就刚才，他来帮忙。”

“他脾气变好啦？”银子想起白天的提醒，急忙补充说，“我们的爹。”

夫妻二人都很高兴老头的转变，他们甚至说到要给老头重新整理后院的房子。那房子已老化，开始漏雨，就连门板也因为雨打风吹的缘故，长了一层薄薄的要绿不绿的青苔。

可是第二天早饭时间（菜还没有炒好），老头提着取饭的竹篮来到前院，昨晚那温和的态度没有了，又恢复到从前那严肃而干巴巴的无精打采的神态。他看到少富就跟没看到一样，看到银子时，眼睛一瞪就过去了，银子吓了一跳。

“煮的什么烂菜。什么时间了还不吃饭，锅被马踢了吗！”老头将竹篮扔在地上，扭身回了后院。他这一顿饭又赌气不吃了。

银子望着少富说：“你说的，他昨晚好了。”

“是好了……呀。”少富立在厨房门口，手里端着的一瓢水洒了出来。

“好什么好。你没看他瞪我的样子吗？你昨晚准是在说梦话。我觉得你老爹对我有意见。”银子说完就回了卧房。这顿饭她也不想吃了。

少富的母亲在厨房听到了所有人的话，但她像什么也没听见似的，菜一起锅，高喊一句“吃饭”，自己就先吃了。她知道能吃下这顿饭的只有少富和她。少富无论什么时候，哪怕遇上天塌下来的事情，也不会不吃饭。不过这顿饭他确实没吃出什么味道，满脑子都是银子生气的脸。可他除了一张笑脸，再没有什么话可以安慰银子了。

“你这笑是胎中带来的吧？从我认识你到现在一直是这个样子。像这样的时候，你还笑什么呢？有什么好笑的？你没看出来我在生气吗？”银子怒气冲冲地盯着少富。“你不要生气了。”说这句话的时候，他应该温和诚恳，最好上前和她坐在一起。可是没有，他像门神一样贴在门板上，摆着那任何时候都带着的笑容说了这句话。

“我从来就是这个样子的。你以前就知道。”少富又说。脸上的笑容丝毫没有减去。

“我以前瞎了。”银子将那双没有绣完的鞋垫扔在地上。她想：这样他应该笑不出来了吧？

他在笑。

银子一个月没有和少富说话。

少富的母亲，那个聪明绝顶的女人，早就看出银子和少富在闹别扭，可她装着什么也不知道。她像村里所有的婆婆那样，一心偏袒自己的儿子。茶余饭后，她就和村里的婆婆们聚到一起了。这种聚会的话题主要围绕着自家的儿媳妇。这些儿媳妇在这样的话题中没有一个是可爱的，因为她们让婆婆感到伤心，让这些上了年纪的人心里很不舒服，以至于她们认为媳妇生活挑剔，和她们说话总是欠缺一种亲情——对待亲生母亲的亲情。银子的婆婆甚至猜想，儿媳妇一定是嫌弃自己年纪大，嫌弃与自己吃饭，觉得是一种折磨，她喜欢食物煮得软一点，便于咀嚼和消化，可银子喜欢食物硬一些，这样有嚼劲，有味道，抵饿。“她从来不顺着我的意思。”少富的母亲总是难过地跟别人诉苦。

这天一早，少富的母亲又惦记起了聚会，心里盼着天黑——天黑最适合聚会——她将在夜幕下带着一股怨恨的喜悦说出自己的心事，也能在这样的聚会中听到别人的儿媳妇的蠢事。她们说话之前，每个人都要将自己的儿媳妇形容一遍:容貌，衣着，说话的语气，赖床，放屁，口臭等等。起先是啰啰唆唆地说，说到关键时刻就要下一番简短的总结。这是必须的。谁要是说了一堆话没有来个总结，那就是在说儿媳妇的“闲话”。她们可从来不承认对儿媳妇有什么偏见。“作为婆婆，我已经算好的啦。”她们统一这样肯定自己。她们用一种喝足了茶的语气说话，声色有力，思路清晰，毫不含糊。

少富的母亲终于等到了天黑，她和同辈们准时在攀枝花树下聚会了。那里有一片草坪，处于半高的山包上，有鸡鸭猪狗在旁边打转，也有泉水从山旁经过。此地空气清新，地势宽阔，孩童们很少来走耍。这是她们选了众多场所后定下来的“老地方”。

“你今天来得早哇。”她们彼此打招呼，然后话题开始了。她们一直说到鸡鸭猪狗回家睡觉了，才准备结束这场聚会。

“银子……”少富的母亲拖长声音总结（她总是第一个或者最后一个发表总结），“只是名字好听罢了，格外还有什么呢？她要不叫‘银子’，我早将她轰出门去。她绣一双鞋垫，跟杀牛一样吃力。她那双粗手哪像绣花的？”最后用两字收尾，“笑人！”

“我家的，那才是个菩萨老爷，”蹲在一只烂簸箕旁的老妇人接着少富母亲的话总结说，“比你们家银子还懒。银子用杀牛的力气绣鞋垫，好歹是绣了，那份心意明摆着。我家的，你要她绣花？哟喂，你快想都不要想。进门三年（说来我就生气），我儿子的衣服破了还要老娘来补。”

她们总结完了之后会感到一点心虚，害怕谁将自己方才的话说出去让儿媳妇听见，于是每个人又将自己的儿媳妇的优点刨出来说一遍，就像老猫在火塘边撒尿，撒完了过意不去，又将火塘里的柴灰扒来捂住一样。干完这些“后事”，她们就可以心安理得回家见儿媳妇去了。

少富的母亲这天晚上总结完了回家，走到院门时看见银子蹲在门边呕吐。

“你咋啦？”她跑上前问。语气虽不十分热情，但也自然而然。

“不知道。”银子捂着胸口，“突然想吐。”

“突然想吐？”老妇人打着问号在心里转圈，突然拍手道，“你多久没来‘好事’啦？”

银子寻思了一下，抬头望着婆婆说：“两个月了吧？大概。”

“这就对啦！”少富的母亲立刻喜笑颜开，扶起银子，将她送回房间。

“你准是怀上了。好啊，我们家香火有人继承啦。你要好好休息，以后家务事交给我。”

“妈，还不知道……”

“准是错不了啦，我吃的盐比你过的桥还多。你放心，一定是了。准是。”少富的母亲抢着说，又给银子说了许多她的老经验：不能说别人孩子丑，不能塞老鼠洞，不能蹲门槛，不能隔着门拿东西，不能久站久坐，不能吃羊肉、狗肉、鸭肉、兔子肉等等。

这天晚上少富的母亲失眠了。她想了很多关于少富的事情，想到那个孩童时期的少富，一个吃不饱的孩子，为了减轻家里负担十一岁就出去打零工（这里她流了眼泪），以及少富成年后好吃的样子——他好吃的样子或许讨人嫌，但在一个母亲的眼里，这是再好不过的事情，“能吃是福”——现在，少富就要当爸爸了，她就要当奶奶了，她心中对少富的歉疚减轻了一点。“我的儿，这苦日子总算熬出头啦。我没什么本事,让你吃这么多苦。”她暗自感叹。接下来,她又想到“时间过得真快”的问题，想到这个问题立刻想起自身的年纪。她摸出枕头下的小镜子照自己的脸，看见那镜中脸上的肉都塌了下去，剩下失去水分的、蜡黄又皱巴巴的表皮敷在面上。她放下镜子，心里悲伤极了，这个时候她承认自己的确老了。她回味着年轻时候喜欢的食物，也是硬邦邦的，难以消化但很有嚼劲。那些软绵绵的食物她曾经也很排斥。她咂了几下嘴巴，嘴里唾沫黏稠，是一股疲倦的失眠的气味。她原谅了银子平时的冒犯，并且决定以后也不去参加聚会了。天快亮时，她昏昏沉沉睡着了。

少富知道了银子怀孕的事情很高兴，但他不懂怎样说高兴的话。晚上，他麻利地杀了一只鸡，将炖好的整只鸡端到房间给银子吃。

过了半个多月，少富的猪圈彻底建好了，他从高山买了几只小猪崽关在里面。高山的猪崽都是放养的，它们还不习惯被圈养，成天呜噜呜噜叫。

“看见了吧，什么人买什么猪，肚皮吃圆了还叫！叫叫叫，叫个球！”少富的父亲每次来取饭都指着猪圈骂一通。

“老东西，就要当爷爷了还不高兴。”

“哼！”老头从鼻孔里吹出不满，话也懒得多说，提了饭菜又回到后院去了。少富的母亲站在那里生闷气。

过了几个月，银子要生产了。就在要生产的前半个月，少富的父亲得了一场重病，卧床不起了。老头终于解除了“不许到后院去”的禁令。

“爹，你想吃点什么？我去给你煮。”少富又到后院看望父亲，他脸上的笑容始终抹不掉。这是该掉眼泪的时刻，他的父亲随时会死去，连睁眼的力气都没有了，可他流不出眼泪来。

“现在给我吃人参也没有胃口。”老头半天才将这句话说出来。

“你要打起精神吃点东西，这样病好得快。”

“好得快？”老头吃力地睁开眼睛，模模糊糊望着床前的儿子，“我清楚自己的病情。你不用安慰我。现在……”他咳嗽两声，喉管里传出难受的回音，“现在吃仙丹也无用。我要死了。”

“你不会死的。”少富说。

“是人都要死。”老头合拢双眼不说话了。

少富从后院出来，心里很难过，但他看上去没有一点难过的样子——他永远是笑眯眯的样子。

“你爹都病成那样了，你还这副模样。”银子指着他骂，她希望少富尽量表现出难过的失魂落魄的样子来。

“我是很难过……”他说出半句话。

“在你脸上看不出来。”银子肯定地望着他的脸。

“我有。”

“你没有。我怀疑你是一个没有心的人。”银子扭头不看他。

晚上，少富一个人来到猪圈旁边坐着吹冷风。

“夜里冷飕飕的。回屋吧。”他母亲也到院里来了。她看上去精神不太好。

“妈。”他往旁边挪了一下。

老妇人挨着儿子坐下，她没有立刻说话，而是仰头看远处夜色里的山峰。院里隐约有些光亮，那是银子房间的窗口飘来的灯光。

“你心里有事情装着，从来也不说出来。从小你就是这个样子。你这辈子除了你老娘，恐怕没有人知道你心里的苦痛。个个笑你憨笨，个个说你不成器，个个笑你的‘胎中笑’。他们懂什么？什么也不懂。他们看不穿你的心思，尽瞎说。我知道的，银子也看不穿。可是儿子，”她像对待半大的孩子那样摸着少富的头发，“胎中笑是福气，是好命，别人笑你，那是他有不起这样的福气。”

“妈，我没想那些。真的。”

“不要在我面前说谎啦。没那个必要。”老妇人懒懒地望向猪圈，一束灯光正打在小猪身上，“它们明年就可以卖钱了。”

“是。”少富点头。

“你是不是也觉得我爱钱？”

少富急忙摇头。

“我的确爱钱。谁不爱呢？尤其像我们这样的穷人家。但我让你去做工不光是为了钱。你想想看，你做工也没给我捎回来几个铜板（她抿嘴笑了一下）。我早就看出你惦记那外面的茶饭。从你十一岁挖炮眼我就看出来了。那些茶饭是你小时候想吃也吃不到的。你爹也清楚你的心思，他只是脑子不正常了，话都说到天上去了。你不要怪他。现在你凭自己的本事可以吃到，我很高兴。可是银子就要带小的了，你要当爹了，她怀的可是我们家的香火啊。当家才知柴米贵，养儿才懂娘辛苦。你只有自己当了父母，才会清楚我让你出去挣钱，不是我真的想钱。”

少富被母亲说穿了心思，有点不好意思，低头望着地面的一根枯草。他想辩解一下，又不知怎样说。

“你什么也不用多想，算命的说了，这两年的财运在家里。”她指着圈里的小猪。

老妇人受不了外间风寒，进屋了。

少富一个人蹲在猪圈边，此时那窗户里的灯光也没有了。他听见后院里父亲的骂声传来。很快那骂声就跑到跟前来了。

“以为你们全都睡死了。原来这里还坐着一个活的。”老头抖着他瘦巴巴的手。

“爹……”

“当不起！”老头打断少富的话。

“你好啦？”少富高兴地站起身。他白天去看的时候，父亲还重病不起，现在好像换了个人，精神抖擞能骂人了，并且这么晚了还到前院来。

“我什么时候不是好的？难道你们都盼着我死么？”

“不是，不是那个意思。”

“不是那个意思是哪个意思！我晓得，你成家了，顶梁柱啦，了不得哇。我是该死啦！”老头一抽身准备回后院，毕竟有病在身，心里有劲双脚无力，急转身把自己绊倒了。

“爹……”少富慌忙跑过去。

老头挣开少富的手，从地上爬起拍拍屁股上的灰尘，慢吞吞走回后院。他没有跟少富说来前院的原因，莫名其妙发一通脾气又转回去了。

少富回到房间时银子还没有睡着，她半躺在床头，脸色红红的。少富不敢多说话，怕惹她生气，不一会儿睡着了。

“猪。”银子怨恨地吐出一个字。

到了后半夜，银子肚子发痛，一阵痛过一阵。她开始呼吸困难，坐站不是，半弯着腰，额头上汗珠子也冒出来了。她终于忍不住哼叫一声，那是非常低的声音，连少富也吵不醒。她知道自己就要生产了，但她内心相当复杂，初为人母的羞耻的情绪正在裹挟她。接着又哼叫了一声，这一声不受自己控制，是疼痛的自然反应。她抬眼望向少富，希望他醒来又害怕他醒来。他醒来能帮什么？真臊皮。她闭上眼睛。她平时听到的所有的“经验”都飘在脑际。可那些经验此时毫无用处。

比如拆床板，喝一杯温开水，剪开自己的裤脚等等，她都没有力气去做。她又想到一些可怕的言传："血""关口""有命喝鸡汤无命见阎王"。一种屈服的心情战败了她，抖着双手，从不信神的她此刻竟然在胸前合起手掌，念念有词。"我那时年轻，我不信你，我有罪……"她刚念到这里，疼痛又将她打趴下了。眼皮上已经挂着汗珠子，她感觉这圆滚滚的肚子就像一座下坠的山，拉着她往深渊里去。她挣扎着想要坐到地上，以为那样会让她舒服一点，可是刚挨着地面，那山一样的疼痛就抽向她的身体，比站着更痛苦。她又起身，艰难地来到床前。此刻她的眼皮已被汗水压得睁不开了。

"你睡死了。"她无声无气地咒骂了一句。

银子挣扎着来到门口，她想喊婆婆救命，但是喊不出来。一种羞耻的难以言说的自尊心压得她无法张口。她又回到房间，在那盏十五瓦的灯下翻找旧衣服。可是接下来呢？找到旧衣服之后怎么办呢？她就不知道了。她听到的经验不够详细，没有告诉她旧衣服找来具体做什么用。

她找出的旧衣服掉到地上，她也瘫坐到地上，这回她痛得大叫起来。这叫声就像被什么人割掉一块肉那样惨烈。她发现脚间有液体流出来，她以为是尿，羞得眼泪也出来了。

那叫声终于吵醒了少富。他从床上一骨碌弹起来，眼睛睁得溜圆，这回他的笑容是红色的。

银子连说话的力气也没有了，她张着嘴大口大口地出气。

"咋啦？"母亲推门而入。她嘴上这样问，其实心里清楚是怎么回事了。"你出去烧点水。再煮几个糖鸡蛋。"她把少富推出门去。

少富像掉进了迷雾里，不知道发生了什么事。但是他听任母亲的安排，在厨房烧了一锅水。他坐在灶前想了半天才知道怎么回事，那笑容又变成火光的颜色了。他走到门外张望了一下，又抬眼望望天，心里说"感谢老天爷"。他本想去后院告诉父亲，但没有去。和银子一样，他也感到一阵害羞。很快这害羞就被屋里银子的喊声打断了。他想进去看看又不好意思去，于是他在门口打转，转来转去又转回厨房，立在厨房门口求菩萨。

水烧开的时候，他听到一声婴儿的哭声。

少富高兴得不知所措。“我现在要做些什么？”他寻思了一下，不知道该做什么。

“水烧好了。”他激动了半天说出这么一句。

“你呀，傻。”他母亲笑着瞪他一眼。她来厨房取水。

“你可以进去看看了。去看看你的女儿。”过了半小时左右，他母亲让他端着糖鸡蛋进去。

忙完天已大亮，他们这才想到应该去后院报喜。少富和母亲一同来到后院，还端了一碗荷包蛋。

后院因受到禁令不许人前往，所以那院坝里已长出许多杂草，没有杂草的地方也生着青苔了。好在老头经常来前院取饭，从那青苔和杂草间踩出一条二尺宽的路，只有沿着这条路走，才不会在院坝里摔跟头。

老头的房子已随时要倒塌的样子，门板的下半截长了一层厚厚的青苔，从关着的门槛夹缝里又冒出几根细细高高的草。一把生锈的镰刀挂在门墙边。

“你说他何苦呢？”老妇人擦了一下眼，像在跟自己说话。

母子俩走到门前停住了脚步。屋里静悄悄的。

“还没睡醒。”少富说。

“你喊门吗？”少富的母亲有点胆怯地望着门板。以前来送饭也要事先喊门，若直接进去，饭菜就会被扔出来。

“要喊吗？”少富这样问着，手已经敲响了门板。他想，这是来报喜，父亲应该高兴才对。敲了两三下门，屋里一点动静也没有。

“奇怪，睡这么死吗？”少富的母亲把着门缝往里瞧了瞧。屋里黑洞洞的，什么也看不清。

母子俩不敢贸然进去，耐心等在门口，同时支起耳朵听屋里随时可能传来的响声。平常这个时候，屋里会传来几声咳嗽——门被敲响时——然后脚步声跟着来到门后。

“爹。”少富又敲了几下门。这回力气用得足，门顶上挂着的菖蒲也抖了下来。

“怎么回事？”老妇人心里一沉，一种不好的预感罩住她。几乎在同一时刻，母子俩的手都放到了门板上，推门而入。

屋里潮湿得随时要长草，床摆在靠墙的位置，中间站着一根柱子，死死顶住可能会倒塌的房子。因为漏雨，地上有水滴出来的洞眼。

“这崖洞。”老妇人抬高眼睛说。

“爹还睡着，没醒。”

他们站在离床铺七八尺远的地方望着。

“喊醒他。”老妇人终于等得不耐烦，说着便走上前去，使劲推了一下，“醒醒……”

“天塌啦！”她大喊一声，从那僵直的身体上抽回自己的手，目光落在那死灰般的脸上。

“儿子，你爹走啦。”她半天才说出来。

少富扑到床前，想将父亲扶坐起来，可是那身子已经僵直，不过弯了。

“昨天还好好的，前半夜还出来说了些气话……”少富抱着那冰凉的身体不肯放下，这是他长大后第一次与父亲这么接近。泪水滑到嘴边，他尝到一丝咸味。

“哭吧儿子，你这辈子只有这一次机会哭他了。”老妇人擦了一把眼泪。

“妈。”少富转头喊了她一声。他不知道怎样说安慰的话。“是人都要死。”——他想到父亲之前的话。一种人生的绝望刺一样扎在心里，说不出的苦闷将眼泪更加猛烈地催出来。他那“胎中笑”此刻被哀伤掩盖了大半，像一棵成年的松树满身冰雪。

那天的喜事只能写在冥币上烧给他的父亲了。他们还算隆重地埋葬了父亲，在那新坟前立了一块牌子，在牌子跟前滴了几滴白酒，放下一把花生米。

随着少富父亲的去世，一些谣言开始流传在这个村子。他们猜测少富的女儿是少富父亲的转世，因为一生一死，这是再明白不过的事情。并且在之后的几个月，他们都有意无意地注意少富的女儿，他们说，那人要是没有喝孟婆汤，一定会有前生的记忆，投生后肯定会有事情发生，比如说——就他们听到的传说：一个有钱的老爷死后在阴间没有喝孟婆汤，所以投生后还能找着他前世藏在墙洞里的金筷子——他们就等着少富的女儿长大，然后引导她找出“金筷子”。

少富的女儿取名存银。她奶奶亲自取的乳名。

存银生得瘦巴巴的，皮肤和她爹一样黑，八个月了才会稍稍抿嘴笑笑。

“都让她爹笑完了。”人们私下里说。

银子一天到晚给存银找偏方，希望这病鸡一样的女娃可以长得健壮点。可是什么偏方都试过了，一点效果也不见。

“她吃的饭都喂给影子了。”少富的母亲和银子说，“你生她那天晚上应该早点来喊我，一定是你耽搁得太久。你想想，当时那脐带差点缠死她，脸青面黑，我差点以为养不活了。”

银子默不作声，因为她也搞不清楚是不是因为脐带缠了脖子才会使存银那样瘦。

“生进的骨头长进的肉，我有什么办法。”银子只敢在少富面前抱怨。

存银长到八岁时胖了一点，只是那皮肤照样黑得发亮，面孔也较为严肃，很少见她笑。她的母亲此时又怀了第二胎，在那阳光斜照的屋檐下裁着一件小衣裳。

“黑煞神，”她母亲喊着她的绰号，“给我端碗水来喝。”

存银飞跑到井边打水了。她时常用这样的速度为母亲办事，因为她尝过用慢速度做事后招来的后果——身上的藤条印子。

银子生了存银后的两三年时间，脾气变得越来越坏，当然她不敢与婆婆生气，婆婆的脾气比她还大。但是她们在说话时免不掉一些较量，绕着大弯子讥讽对方。这些讥讽的话大多围着她们的“本事”。这“本事”的源头都是因为各自生出的黑孩子。她们谁也不承认自己生的孩子比对方黑，但又嘲笑对方最没本事，一定做了什么黑不见天的事情，才会报应到子女身上。

“看那只花母鸡的毛发，它是长的他妈的什么颜色？看那样子，怕是要下黑蛋。”少富的母亲懒声懒气地说。

“我看另外一只才要下黑蛋的样子。它那身皮毛一看就是根种不好，肯定会有遗传。我想它下的黑蛋要是落到煤炭里，踩碎了都找不出来，那心子肯定也是黑的。”银子笑眯眯地接住婆婆的话。

婆媳二人一有闲工夫就在门口斗气。并且年老的又参加了婆婆辈的聚会。年轻的也参加了媳妇辈的聚会。二人都在那些聚会上说了不少闲话。不过自从银子怀孕后，斗嘴就少了，各自的聚会也取消了。

少富婚后一直没有出去做工，他养的小猪早就长成大猪，并且全都吃进肚子里，他的身材越来越胖。不过现在又一个孩子装在银子的肚子里，这让他万分高兴。他希望这一胎可以生个儿子，并且皮肤可以白一点。

这个午后还算清静，婆婆出去栽菜，少富上街买东西。银子从来没有感觉这么清静过。但这样的清静时刻也让脑子忙活起来了，她想到上个月搬离村子的娘家人，想起母亲那挂满泪水的脸——“姑娘……姑娘注定是外面的人……”她母亲的话还回响在耳边。她感到一阵孤独，然后是无尽的埋怨。埋怨之后她又理解了母亲的话，因为母亲自己也没有娘家了。外公外婆已不在人世，现在母亲那个所谓的“娘家”实际上是她哥哥嫂嫂的家。她从一个有家的人变成一个无家的人。现在她和母亲一样，是一个无家的人了。“少富的家就是我的家。”她这样安慰自己，很快又推翻这个安慰。她抬眼看看这座房子，寻不到一丝熟悉的气味。住在这里近十年，她的感情还是完完整整留在了娘家——娘家的房子里。那房子如今成了一片废墟。她每次喊少富的母亲，心里就在思念自己的母亲。可是母亲在远方，她的声音再也不能时刻传进母亲的耳朵。她越想越难过，眼泪从嘴唇滑进嘴里，呛进喉咙里。

过了一会儿，她的情绪平复了，放下衣裳走到院门口张望。缸里的水温吞吞的，她想喝一口清凉的井水，可是存银还没有回来。

少富回来了。

“给你买了几个苹果。”他挑出一个，在衣角上擦了一下递给银子。

“让那黑煞神给我打水，去了就不见回来。”银子粗声说。

“有你娘家发来的一封信，念给你听吗？有些字可能认不得。”少富从衣兜里掏出一个信封。

“认得多少念多少。”银子迫不及待。

那信是银子的母亲找人代写的，其中有一句写道：“我就不多说了，听说寄信要称重量，我怕写多了超重。”

“寄信要称重吗？”银子问。

“要的。”少富把信递给银子，然后去山上干活了。银子坐在房前发呆，衣服也懒得裁了。

“妈。”存银回来了，周身沾满泥巴。

“黑煞神，你还晓得回来？”银子正在思念母亲，这想见不得见的思念转成了一股怒火，她揍了存银一顿。揍完还是感到伤心，絮絮叨叨又说了一席话：

“你有爹有妈，比谁都强。你哭的眼泪有人看得见，你还哭什么哭？

你是哭给我看的吗？要是哪天爹妈都不在你身边了，你还哭给谁看？小短命的，不识好歹的。”

她一直骂到少富的母亲栽菜回来才停住。那天的晚饭她吃得很少，夜里也早早就睡下了。可能因为情绪波动，夜里肚子疼得厉害。

“是不是要生了？”少富问。

“早着。还差一个来月。”

天快亮时，少富的母亲听到了一声婴儿的啼哭。她慌慌张张走出门，看见少富在院坝里走来走去。

“咋回事？”她低着嗓门。

“生了。刘婶子在接生。”

“怎么不喊我？”老妇人心里泛酸，她斜了儿子一眼，“自家人不喊，喊外人。”

刘婶子走出来了。

“生啦，生了个茶壶嘴子！”

“啊！天哪！我的儿……的儿！”老妇一扫先前的不悦，激动万分，奔进屋看她的小孙子了。

自从银子生了儿子，脾气比原来更坏。脸上原本不多的笑容现在一点也看不到了。少富不敢问她为什么不高兴，少富的母亲就更不会问了。她很想告诉他们，她之所以这样不高兴，是因为她想她的娘家了，她想去外省看一下她的母亲，告诉她的母亲，她生了一个儿子。可是没有用，少富成天躲着她，因为她的脾气实在收不住，全都发到少富身上。可那些脾气不是她的本意，只要少富问她一声关于这脾气的原因，她就会原原本本告诉他，但是少富不问。他对她的忍让表面上看去充满情义，实际上令人感到心寒，那是没有任何暖意的迁就。她更加思念自己的母亲。好在她刚刚生产，她有许多事情要做，给孩子喂奶，裁衣裳，绣小孩的鞋子。她让自己忙得晕头转向，这样可以忘却思念母亲的痛苦。

"姑娘注定是外面的人。"母亲的话总是回响在她耳边。她一会儿认命，一会儿又不认命。当初这桩婚事全由哥哥嫂嫂做主，他们收了不少彩礼，然后，她就为了那些自己丝毫也享用不到的彩礼来还债了。多少年过去了，她以为看久了就会接受这桩婚事，可没有，她只要一看到少富就会想起那些彩礼。她恨哥哥嫂嫂，恨少富，也恨自己。

"我生了个儿子。"黄昏时，她抱着儿子坐在院坝里这样想。

"我生了个儿子。"早晨，她抱着儿子坐在院坝里又这样想。

"我的债还完了吧？"晚上失眠，她整夜这样想。

银子的身体消瘦了，她无精打采，孩子也懒得管。她喂奶时，总是将奶水呛进孩子的鼻孔。

"她像中邪了。"少富的母亲说。她把小孙子抱来跟自己睡，也不让银子喂奶，磨了米面煮粥给孩子吃。

少富的母亲成天抱着小孙子出去和人闲聊，她告诉他们，这孩子已经断奶了。"我用米面喂他，"她赞叹地说，"虽说是个早产儿，但丝毫看不出早产的样子，你们看这双胖手、这肉嘟嘟的小脚，还有这饱满的脑门儿，哪像个早产的？这比那足月的娃娃还受看。我们的小八斤一看就是有福气的。是不是？"

她给小孙子取名八斤。

少富又养了几只猪崽，并且这回他打算养大了卖掉一只，然后给银子买几套漂亮的衣裳。

"她给我生了个儿子。"他高兴地想。

很快他的猪养大了，也卖了个好价钱。那天早上，他带着银子一起上街买衣裳。他们把整条街的衣服铺子都看遍了，最后在桥头那家铺子选了两套白色的风衣。那风衣就和医院那些医生穿的白衣裳差不多。

"这个穿上兜风吗？要是不兜风我们就不买了。"少富一再地问卖衣服的老板娘。

“兜。”老板娘头也不抬地回答。她早就看出这两口子不识货。她推荐的两件衣服比这强多了，但他们不要，偏要这碾米机房的人买去干活的劳保服。

“我就喜欢这颜色，你看它多白，多亮啊，一点灰尘都不粘。”银子拉起风衣袖子在少富面前比画。这是她小时候最爱的白衣裳。

老板娘看出这二人的心思，把衣服价钱抬高了两倍。这正合少富的心意，他就是要买一件很贵的衣裳送给银子。这倒是老板娘事先没有料到的，所以她现在正后悔没有抬高三倍。为了讨银子欢心，少富自己也买了一件。他心想：“这才像两口子。”

银子和少富在衣服店就把白风衣穿上了。

“好看吗？”少富和银子立在穿衣镜前，问着店里的老板娘。

“好看好看，我还没看见谁穿出你们这样的效果。”老板娘点头哈腰站在夫妻二人身后，她手里的钞票抓得紧紧的，嘴巴笑得合不拢。突然她又想起什么似的，转身进了衣服店的小包间，出来时手中多了一对白袜子：“送给你们。这样配起来更漂亮啦。”

少富和银子说了一些感谢的话走出铺子。他们把那一对白袜子也换上了。

街上刮着小风，银子和少富的白风衣被小风刮得衣角飘飞，风衣后面叉开得有些高，每走一步，那两片衣角就分别拍打着他们的脚腕，他们自己也能听见衣服的拍响。

“是真的风衣，很兜风。你听这响声多大——听到了吗？贵衣服就是不一样。”少富说。

银子没作声。

街上的人逐渐多起来，起先没有人注意银子和少富的衣服，逐渐有那么二三人停下脚步扭头观看，很快引来许多人扭头观看了。最后这街上所有看见少富和银子的人都把手里干着的活或者正在走的路停下来观看他们。之后那人群中传出几声哈哈大笑。这样一来，很多人就粗鲁地笑了起来，并且指指点点，大声谈论。因为人多嘈杂，少富和银子都没有听清他们具体说了什么。气氛更加热闹，人们又将高声谈笑转成交头接耳，眼睛望着少富和银子，好像在互相转告晚间哪里有马戏团表演。

“他们在看我们。”银子有点心虚。她从那些人的表情里感受到一股嘲笑的味道。

“他们没有风衣，”少富高兴地说，“稀罕着呢。这样贵的风衣这么好的料子，看看这大街上几个人穿得起？”他很高兴今天这么招人喜欢，所有人的眼睛都望着他们，这样的场景比他结婚那天还热闹。他最喜欢热闹。

银子听少富这么一讲，心里痛快了。“我们去下馆子吗？”她高兴地问。

“当然可以。今天你想吃什么都可以。”少富从衣兜里亮出一扎票子。这是另外半扇猪的钱。

“把吃饭的钱留下，其他的交我保管。”银子说着就从少富手中抢过那扎钞票，“你这人粗心大意，弄丢了也不知道。”她快快地将钞票藏进裤兜。这是她婚后第一次掌管钞票，以前是婆婆在掌管。婆婆说，没有生儿子之前永远当不了家。这个“家”当然就是掌管钱财的意思。

“可是……”少富望着空手，不敢往下说。

“把另外的也给我。”银子又伸出手。

少富愣了一下。

“怎么？你妈说生了儿子才算是女主人。我现在生了儿子了。说话不算话么？以后你挣的钱都不用交给她了。”

少富另外一只口袋里装着的钱也被搜走了。

他们进了一家豆花店。

“咱们可以吃更好的。”少富小心地望着店主人的背影，凑到银子耳边说。

“吃什么我说了算。”银子扬手朝店家喊道，“两碗豆花。”

“我觉得可以吃点卤鸡爪，或者卤鸭。”

“就吃豆花。”

“我们今天有钱。”

“你一辈子就知道吃吗？你看这街上做生意的，那卖白风衣的老板娘，他们的日子过得多好。我们也可以攒钱来这里租个铺子。我虽然不识字，但我会认钱会算账，做买卖我也可以。”银子严肃地望着少富。少富也望着她，但一声不吭。这个心里只想着吃喝的男人此刻的表现让她恼怒极了。她想到村里人的闲话，他们说少富把老爹都吃死了，说他是个不成气候的笑面傻子。

银子又耐住性子说了很多关于做生意的好处，可是少富没有明确表示做生意的态度。银子一阵心寒，一句话也不再多说。不过这一天还是让她很有收获，当她穿着白风衣和少富一起回到村子时，女人们都站到路边来观看，她们赞叹着这件风衣的料子，又问了这风衣的价格，听到价格时伸出舌头，统一说道：“有钱，有钱呀。”

“他硬要给我买。”银子指着少富跟她们说。

女人们羡慕地夸赞了少富。最后她们怀着一种说不好是羡慕还是嫉妒的心情回到了自家屋里。

有白风衣的日子很让银子风光。可是很快又有了新的麻烦。她的婆婆让她交出从少富手里夺去的钞票，她当然不愿意，于是这婆媳二人又开始在家吵嘴了。老的三天两头闹着要上吊，年轻的也三天两头闹着要离开这个家。

“你们根本就把我当外人。生了儿子我也还是外人。”银子哭着说。吵架时她总是第一个开哭。

“生了儿子你是主人没有错，但还不是真的主人。只要我这老疙瘩没有进棺材你就当不成这个家。二十年媳妇熬成婆，我也是这样过来的。但我当年可没有你这样的本事呀，你本事真不小！这么点时间就急着翻天了。可惜这是老祖宗的规矩。老天爷是长眼睛的，你尾巴翘得再高也没用。不要说你是银子，你就是金子也当不了这个家！除非我死了！”少富的母亲不急不慌地说。她吵架经验丰富，每次都占上风。

少富劝谁都没用，劝谁谁骂他，现在他不劝了，只要婆媳二人一有吵架的苗头，他就趁早躲出去。

这天一早他又躲到外面来了，穿着那件白风衣站在山包上发呆。山包下是他父亲的坟墓，他走到坟前站了一会儿，胡思乱想了一阵，就在那坟前睡着了。等他醒来已过了中午。他回到家里，看见存银守着一桌饭菜不敢动筷子。母亲和妻子都没有进屋吃饭，她们互不理睬地坐在屋檐下生闷气。

“都不吃吗？”少富笑笑地走进厨房吃饭去了。

“白养的。天塌了也不忘记吃。”老妇人瞟了一眼儿子，在心里抱怨。她的嗓子沙哑得发不出声音了。

银子连抱怨的心情也没有了。以往一直在心里埋着的念头这会子又飘了出来。她看了一眼八斤和存银，又将那念头压回去。

可是那念头一直像一朵火苗在她内心燃烧，尤其当她再次和婆婆吵架，那个心事最终像烧红的铁一样烫在她心上。之后的几天，她尽量压住脾气不与婆婆吵架，对少富的态度也像变了个人。

银子和少富一到傍晚就穿上风衣出去闲走。银子总是叮嘱少富许多事情，除了教他白风衣应该怎么洗，还告诉他两个孩子应该怎么带。大的需要买什么样的衣裳，小的需要穿几码的鞋。她还买了许多花线给少富和存银做鞋垫，把他们的旧衣裳全都缝补好，又另外做了几双布鞋给八斤。只要一有时间，她就在忙针线活。她面前摆着的针线篮子里装满了少富和存银以及八斤的鞋垫和布鞋。那些花花绿绿的鞋垫看上去很惹眼。

终于她的针线活做完了。她算了算耗去的时间，啊，大半年。大半年过去了。冬天也过去了。初春有些冷，那件已经穿旧的白风衣又重新穿在了身上。这天傍晚，她把鞋子显眼地放在床头，指给存银看。

“这是你的，这是你弟弟的，这个，是你爹的。一双一双地穿，穿烂了再换。懂了没有？”她仔仔细细地说。

存银从来没有看见母亲这般温柔过，所以此刻她又感动又害怕，什么话也说不上来，只默默地点头。

“你弟弟一看就是个精明的主，他长大了肯定不要人操心，”她叹了一口气，摸了摸存银的脑袋，“反正你也傻乎乎的，也好，傻人有傻福。随你爹的性格。他这辈子除了吃喝别的什么都不想。你猜他跟我说啥？他说人活着就是为了这张嘴巴，有多大的能力吃多大碗饭。我在他心里是不本分的人。你看看，你奶奶本分，你爹本分，你爷爷也本分，就我不本分。我让他做生意……哎呀，跟你说你也不懂……他昨天卖的猪多少钱？你听说了没有？钱又给你奶奶了对不？”

孩子有些慌乱，但还是听清楚了母亲的话。

“卖了好几张钱，都给我奶奶了。我看见的。”存银笑盈盈地望着母亲。

“又给奶奶了。”银子咬了一下嘴唇，脸色变得难看起来。很快她又转成笑脸望着存银：“出去玩吧。”

存银难得看见母亲的笑容，她没有立即走开。“要是妈妈每天都这样就好了。”她心想。她突然想到昨天奶奶把钱放到后院的一个墙洞里的事情。

“钱在墙洞里。”她随口说了出来。

银子眼睛亮了一下。她温和地说道：“以后不要在外面跟别人说这件事情，知道吗？”

存银满口答应。

第二天早上，少富要去走亲戚，银子特意早起为他煮了一碗荷包蛋。少富走后，银子就在房间里梳头发。她把头发光光地梳起来，还上了一点发油，又把白风衣也穿上了。她慢吞吞走到门口，看见婆婆在院坝里剥豆子。

“我要上街买点东西。”她望着存银和八斤说，实际上是说给婆婆听的。她们吵架后一直没有说话。

少富的母亲装作没听见，但咳嗽了一声。

银子带着存银和八斤去附近的小店买了许多零食给他们。姐弟俩第一次从母亲手里得到糖果，他们很开心。银子望着存银和八斤，突然流出了眼泪。

“妈……”存银害怕地放下糖果。

“眼里进了沙子。”银子擦了一下眼睛，朝两个孩子挥手说，“回去吧。要听你奶奶的话。”

他们抱着母亲买的糖果高兴地回去了。八斤还走不稳，存银背着他。

少富的母亲一直等着银子回家做饭，但是天黑了也不见回来。她跑到村里打听消息，当天去赶街的人都告诉她，看见银子上了一辆班车。

“真臊皮！这不要脸的东西，她逃跑啦！找到打断她的腿！”少富的母亲气愤地哭喊起来。这是她第一次为了银子掉眼泪。

第二天少富回来了。他没有表现得多么痛苦，即使心里有一阵伤心，也被他的胎中笑掩盖了。

“你一定要找她回来。这太臊皮了。找回来打断她的腿。不要怕花钱。”老妇人说着就朝后院走，不到两分钟，那后院就传来她哭天骂地的声音。

“天杀的，她偷光了我的钱！”

少富在街上吃了一顿卤鸡爪，给母亲和两个孩子买了一些吃的东西，就回来了。他根本没有找银子。

“你真是没有出息。”母亲指着他骂。

“她早就想走啦。你看那些布鞋，那些鞋垫。”少富说。

老妇叹了一口气，什么也不再说了。

银子走了以后，少富又出去做工了。这一做就是十年。这十年来，家中所有的事情都落在了母亲和存银的身上。现在家里就剩下老妇人和她的小孙子八斤。因为存银已经出嫁了。

少富很少回家。不过他偶尔会捎一些钱回来，时不时还把工地上的蔬菜和酒肉也偷偷捎上一份。

那天下午，少富的母亲又收到从工地捎来的钱和酒菜。她的耳朵已听不清声音，所以那捎酒菜的人将东西递给她就走了。她打开包袱，里面除了一扎散钱还有一条鱼和几斤猪肉。

“我还是喜欢圆白菜。”她喊了一声八斤，将包袱里另外裹着的一盘凉菜递给他，“我吃不动这个。”

八斤瘦瘦高高的，看样子将来的个头会超过他父亲。他从奶奶手中接过那盘凉菜，手也不洗就吃了起来。他沉默寡言的性格像少富，但脸上没什么笑容。自从他母亲走后他的笑容就少了。

这天傍晚祖孙二人正在吃饭，从外面慌慌张张跑来一位邻居。他和少富在一个工地做活。

“婶子，”那人声音发抖气喘吁吁地说，“出大事了……”

老妇人没有听清，那人又重复了一遍。现在她听清了，心里一阵凉飕飕的，放下碗筷来到门前：“出什么大事了？”

“少富……”他擦了一把汗，大声说，“少富昨天走了。在工棚里停着。”

老妇人眼前一黑，瘫倒在地。她头上包着的黑帕子也散了，露出一头稀疏的白发。

厨房里传来摔碎碗的声音，那人歪头一看，看见八斤手里端着的碗落到了地上。

“八斤，好孩子。”那人一边扶起老人，一边跟八斤说话。他也找不到更好的话来安慰这个孩子。现在最要紧的是少富，他的尸体还停在工棚里。被雨水浇湿的衣裳还没有换。

“我儿子死了。”老妇人醒了过来。

“婶子，”那人低头望着脚尖，“少富突然倒在地上，昨天下大雨，他的衣裳又脏又湿，你得给他准备一套干净的带去。”

“白发人送黑发人。”她自言自语，在地上坐了好久。天黑尽了，她脸上的悲伤让夜色掩盖了，只听见她微弱的啜泣声幽幽响在屋檐下的墙脚边。她抖颤的双手撑着地面终于爬了起来（她不要人扶），慢吞吞走回自己的房间。那人和八斤跟在她身后。

“婶子，你不要太伤心，身体要紧，少富他是笑着走的，看上去没受什么痛苦。”

“我死了儿子，”老妇人声音极小，“我给他取名少富，你看看，他叫少富，可他从来没有富过。我还给他的儿女取的都是好名字：存银、八斤。你听听，多好的口风。我是想让他老了可以享福。可是……除了他的胎中笑，生带来死带去……这房子，坡上的庄稼，圈里的猪，他吃的东西……对了，他吃了饭才走的吧？”

“没有。饭还没有熟。”那人老老实实说。说完他才感到后悔，他应该说个谎话骗这个可怜的母亲。

老妇人打发走了带消息的人。她一个人点燃蜡烛蹲在房间里。

“奶奶，为什么不点灯？”八斤已从悲痛中缓过来，他还不太明白死是什么意思。他只听说，人死了就不会再出现，将永远见不到死去的那个人。也就是说，他以后再也见不到他的父亲了。但十年来，他也很少见到父亲。他与父亲的感情淡薄，不如与奶奶的感情深厚。他躲在自己的房间哭了一会儿，把心中存着的那点对父亲的感情哭完了之后，就不那么难过了。现在他走出房间，看到奶奶的房间亮着蜡烛便走了进来。

“点灯刺眼。”老妇人抬眼望了一下孙子，眼泪又漫了出来，“八斤，你现在成孤儿了。”

八斤没有说话，站在烛台边，用指甲抠蜡烛上红色的“泪水”。

“你真是没有心肝的样子，你爹死了，你为什么不哭？”老妇人一把扯过他。

“我已经哭过了，你看看我的眼睛，红的。”八斤低下脑袋，将眼角翻给奶奶看。

老妇人让八斤回房睡觉。并且让他明天自己做饭吃，守好房子。

八斤出去了。

老妇人整晚没睡。上半夜一直掉眼泪，下半夜眼泪哭干了，眼睛也哭肿了，视线模糊，所以下半夜她的眼睛跟全瞎的没什么区别。但是她对这个房间十分熟悉，摸索着准备带给少富的衣物。第二天早上，她洗了一把脸，眼睛可以看见东西了。她脸上再也没有什么悲伤的表情，挎着一只篮子出门了，篮子里装着那件白色的风衣和一双她亲手做的布鞋。

这一路上她遇见了很多熟人，他们全都向她抛来同情的目光。她很怕那些目光。为了阻挡这些目光，她先跟他们说话。

“少富死啦。我去带他回家。”

“我儿子是笑着死的。”

“人都要死的。”

她见着一个熟人就提前跟熟人打招呼，别人回她的话她也听不清楚，所以她说完话直接就走了。那些同情的目光全都被她丢到身后。

天黑尽了，她终于走到了工地，在少富倒下的地方点燃三炷香并且烧了一堆纸钱。按照某种说法，死在外面的人魂魄找不到归途。所以她用村中古老的方法给儿子招魂：

“少富少富，莫做那孤魂野鬼，天黑风大，山高路远，少富少富，跟妈回家，家在白崖山下，家在白崖村中，不在黑水河边，不在奈何桥旁，我带了你的风衣和布鞋……少富少富，擦亮眼睛，擦亮耳朵，家在白崖山下，家在白崖村中，进屋桌上三碗水，白米在中间，菜食在左右，少富少富，跟妈回家……”

她念完起身，然后进了少富的停尸房。她看见躺在木板上的儿子，脸上还有泥印子，像一条落在岸上折腾了半天终于不能回到水中的鱼。她从篮子里取出白色的风衣和布鞋，给儿子换下那身湿透了的发出死者味道的衣裳，又将布鞋套在他的脚上。

“人都要死的。”她说。

第二天，少富的工友们正在寻思这老妇人怎么将儿子的尸体弄下山时，看见工棚外来了一个人。那人正是去给老妇人传消息的。他身后跟着一匹黑马。

图书在版编目（CIP）数据

书中人 / 阿微木依萝著．—南京：译林出版社，2021.6
ISBN 978-7-5447-8571-6

I.①书… II.①阿… III.①小说集－中国－当代 IV.①I247

中国版本图书馆 CIP 数据核字（2021）第 012283 号

书中人　阿微木依萝 / 著

责任编辑　陈绍敏
特约编辑　汤　成
装帧设计　鹏飞艺术
校　　对　刘文硕
责任印制　贺　伟

出版发行　译林出版社
地　　址　南京市湖南路 1 号 A 楼
邮　　箱　yilin@yilin.com
网　　址　www.yilin.com
市场热线　010-85376701
排　　版　鹏飞艺术
印　　刷　三河市中晟雅豪印务有限公司
开　　本　960 毫米 × 640 毫米　1/16
印　　张　18.75
版　　次　2021 年 6 月第 1 版
印　　次　2021 年 6 月第 1 次印刷
书　　号　ISBN 978-7-5447-8571-6
定　　价　49.80元